D1736952

CLASICOS CASTELLANOS

FERNANDO

DE ROJAS

LA CELESTINA

I

EDICIÓN Y NOTAS DE JULIO CEJADOR Y FRAUCA

MADRID
EDICIONES DE «LA LECTURA»
1913

INTRODUCCION

*Libro al parecer divi-
si encubriera más lo huma-.*
CERVANTES.

El año 1499 imprimióse en Burgos una obrita
dramática en diez y seis *autos,* intitulada *Comedia de Calisto y Melibea,* que ha reimpreso Foulché-Delbosc en 1902 del único ejemplar que,
hasta poco ha, tampoco conocía nadie. Su presente dueño, el benemérito hispanista Huntington, acaba de reproducirla con el esmero que
suele.

Describió minuciosamente este preciosísimo
ejemplar el sabio hispanófilo, Director de la
Revue Hispanique, en el tomo IX (año 1902,
págs. 185-190), añadiendo unas advertencias
críticas de subido valor, las cuales, con otras
del tomo VII, ha de leer antes que nada el que
quiera enterarse de *La Celestina,* porque edición
y notas vuelcan de todo punto el problema ó el

montón de problemas, que acerca de tan famoso
drama se han despertado y todavía no han tenido cumplida solución. Hay que leer después
el magnífico trabajo sobre *La Celestina* escrito
por Menéndez y Pelayo, en el tomo III de los
Orígenes de la Novela (1910), y el muy discreto
y más ceñido del agudo y erudito Adolfo Bonilla, en sus *Anales de la Literatura española*
(1904).

Por ahora, la edición de Burgos de 1499 ha
de tenerse por primera ó *princeps,* aunque hubo
de haber otra anterior, ya que en ella se lee:
Con los argumentos nuevamente añadidos.

En su primer estado, la obra no tenía otro
título que el que sirvió de *incipit* á la edición
de Sevilla de 1501 y se ha conservado en las
posteriores: "Síguese la comedia de Calisto y
Melibea, compuesta en reprehension de los locos
enamorados, que, vencidos en su desordenado
apetito, á sus amigas llaman e dizen ser su dios.
Assi mesmo fecha en aviso de los engaños de
las alcahuetas e malos e lisongeros sirvientes."
Acaso al fin iba un *explicit* con la fecha y lugar
de la impresión. No se conoce ejemplar alguno
de esta edición, y aun hay quien supone no la
hubo.

Vengamos al segundo estado de la obra, que
es el que presenta el ejemplar llamado *Heber,*

por el nombre de quien antes lo poseyó, y es el reproducido por Foulché-Delbosc y Huntington, esto es, la edición de Burgos de 1499. Su título dice: "Comedia de Calisto y Melibea. Con sus argumentos nuevamente añadidos; la qual contiene demas de su agradable y dulce estilo muchas sentencias filosofales e avisos muy necessarios para mancebos, mostrandoles los engaños que estan encerrados en sirvientes y alcahuetas." En este segundo estado, la obra lleva, además del dicho título, el *incipit,* que reproduce el título del primer estado, el "argumento" general y un "argumento" delante de cada uno de los 16 autos.

En su tercer estado la obra lleva el mismo título que en el segundo; pero, además, una *Carta* de *El autor á un su amigo,* unos versos acrósticos, el *incipit,* el *argumento* general y *argumento* de cada auto, y al fin lleva seis *octavas* del editor Alonso de Proaza. Tenemos un ejemplar completo de una edición que ofrece este tercer estado, hecha en Sevilla en 1501, naturalmente por dicho Alonso de Proaza, y reeditada por Foulché-Delbosc en 1900, el cual cree se hizo esta edición de 1501 sobre la de Burgos del año 1499. Acerca de Proaza véase la *Biblioteca de Gallardo,* I, núm. 457 y el trabajo citado de Menéndez y Pelayo.

Hasta aquí la obra se llamó *Comedia* y tuvo 16 autos; pero otro cuarto estado nos ofrece la edición de 1502, de Sevilla, con el nuevo título de *Tragicomedia de Calisto y Melibea,* y que, además de todo lo del tercer estado, contiene hasta 21 actos, un *Prólogo* nuevo y tres nuevas octavas añadidas á las del final ("Concluye el autor").

El quinto estado de la obra lleva el título y todo lo del anterior y 22 actos: el añadido es el de *Traso,* que no trae la edición de Valencia de 1514. Cito esta última edición por ser hoy la mejor tal como se halla reproducida por Eugenio Krapf, Vigo 1900: "La Celestina por Fernando de Rojas, conforme á la edición de Valencia de 1514, reproducción de la de Salamanca de 1500. Con una Introducción del Doctor D. M. Menéndez y Pelayo."

Nuestra presente edición es reproducción de esta de Vigo de 1900 y de Valencia de 1514; pero como la *princeps* de 1499, publicada por Foulché-Delbosc dos años después, el 1902, ofrece el estado más autorizado de la obra, quisimos que aquí se reprodujese con toda fidelidad, y así, hemos logrado juntar entrambas ediciones, poniendo *en tipo común la edición dicha de Burgos de 1499,* corregidas las erratas manifiestas y descorregidas algunas pocas que no debió corregir el hispanista francés, y *en cursiva todo lo demás que se halla en la de Vigo y Valencia,* añadido á aquella edición de Burgos de 1499, la más antigua que conocemos.

¿A quién se deben todas esas sucesivas añadiduras, que hemos visto hallarse en los diversos estados de la obra? ¿Son del autor del primitivo estado ó son de otros editores y correctores?

Lo primero que se ve añadido en el segundo estado son los argumentos que, por consiguiente, no son del autor.

En la *Carta á un su amigo* en el tercer estado, en que aparece por primera vez, no se nombra á *Mena* ni á *Cota,* que sólo son nombrados en las ediciones de 21 autos, en las cuales la carta está retocada. En la de Sevilla de 1501 dícese nada más: "Vi que no tenia su firma del auctor, y era la causa que estava por acabar; pero quienquiera que fuesse…" Tampoco se hallan estos nombres en los acrósticos de la edición de Sevilla de 1501, y sí en las de 21 autos. Dícese en aquélla:

> Si fin diera en esta su propia escriptura
> carta: un gran hombre y de mucho valer."

En vez de:

> Cota é Mena con su gran saber.

Dícese en la *Carta* que él (el que se da por au-

tor de ella y de los acrósticos y *Prólogo*) halló
en Salamanca el primer auto y que él continuó y
acabó la comedia, añadiéndole otros quince, que
compuso en quince días de vacaciones. Bonilla,
con otros pocos, cree esto al pie de la letra y supone que la primitiva *Comedia* tuvo dos autores :
uno del primer auto, otro de los quince restantes.
Por el contrario, Lorenzo Palmireno, Moratín,
Blanco White, Gallardo, Germond de Lavigne,
Wolf, Ticknor, Menéndez y Pelayo, Carolina
Michaelis de Vasconcellos, opinan que esto que
allí se dice es un artificio del único autor, el
cual lo es de los diez y seis autos. Foulché-
Delbosc es de parecer que la *Carta* no es del auto de la *Comedia,* sino de algún editor que ha
inventado ese artificio, no menos que lo de haber
compuesto en quince días los quince autos restantes. Para mí, único es el autor de los diez y
seis autos de la primitiva *Comedia,* y la razón
está en la unidad del plan, tan maravillosamente entablado en el primer auto, y en la unidad
de caracteres, de estilo y lenguaje, que en los diez
y seis son iguales. Ni vale lo que dice Bonilla
que, no habiendo razón en contra, debemos dar
crédito á lo que el autor dice en la *Carta.* Porque
la *Carta* no parece ser del autor de la *Comedia,* por lo menos está *amañada,* como dice Menéndez y Pelayo. De hecho la *Carta* y los demás

preliminares están llenos de contradiciones, muestran particular afición á Juan de Mena, tomándole versos y palabras, lo cual no se halla en la *Comedia* primitiva, y no están escritos con la gallardía que ella, ni mucho menos con el ingenio que en toda ella campea. Diríase que el autor, que supo escribir obra tan portentosa como la primitiva *Celestina* y los quince autos en quince días (!), no se supo dar maña para escribir una *Carta* ni un *Prólogo,* que está tomado del Petrarca é infantilmente acomodado á su propósito, por no decir de una manera desapropositada y fuera de sazón. No puede, pues, darse crédito á cuanto en estos preliminares se dice ni puede contrarrestar ese dicho al hecho manifiesto de la unidad de plan, caracteres, estilo é ingenio, que se manifiesta en los diez y seis autos.

Dice el autor de la *Carta* que "quiso celar y encobrir su nombre", y con todo eso lo pone luego en los versos acrósticos: "El bachiller Fernando de Rojas acabó la comedia de Calysto y Melybea y fvé nascido en la puebla de Montalbán."

Y en la penúltima octava de Proaza, "corrector de la impresión", se declara el enigma de los acrósticos:

> Por ende juntemos de cada renglon
> de sus onze coplas la letra primera,
> las quales descubren por sabia manera
> su nombre, su tierra, su clara nacion.

Así en la primera edición en que aparece
por primera vez la *Carta*. ¿Pudo el autor caer en
tamaña contradicíón, escribiendo la *Carta* y con-
sintiendo se declarase lo que en ella decía no
querer declarar? *Carta* y versos parecen, pues,
ser de Proaza; por lo menos no son, para mí,
del autor de la *Comedia*.

Carta, versos acrósticos y octavas finales apa-
recen por primera vez en la misma edición de
Sevilla de 1501. Las octavas finales son de Alonso de Proaza, que se da por corrector de la
edición. El mismo corrector añadió en la edición del año siguiente de 1502 otras tres octavas. A él, pues, han de achacarse los cambios
que en la misma edición de 1502 hizo en la
Carta y en los acrósticos, introduciendo á Cota
y Mena. Y así como fué autor de los versos
finales y los aumentó, así debió de serlo de la
Carta y de los acrósticos, mudando en una y
otros lo que le pareció, como en cosa propia.
Tanto en la *Carta,* como en los acrósticos, como
en los versos finales hay sentencias y palabras
de Juan de Mena, al cual se muestra muy afi-
cionado Alonso de Proaza, mientras que no

hay apenas recuerdo de tal poeta en los 16 autos de la primitiva *Celestina*.

La edición de Sevilla de 1502 fué preparada por el mismo Proaza, y en ella fué donde añadió octavas finales y retocó *Carta* y acrósticos. Ahora bien: en esta edición es donde por primera vez se ve mudado el título de *Comedia* en el de *Tragicomedia* y se añaden autos enteros, hasta llegar á 21 los primeros 16 y se ingieren trozos en los mismos 16 primitivos, y además aparece un *Prólogo,* que alude á ese alargamiento de la primitiva *Comedia.* ¿Quién no ve que el que todo esto hizo fué el mismo Proaza? ¿Envióle el autor de la *Comedia* todas esas añadiduras ó son de Proaza mismo? Realmente el que hizo el *Prólogo* fué el que alargó la obra, pues en él se da razón del alargarla.

El *Prólogo* es una mala acomodación del que puso el Petrarca al libro segundo de su obra *De Remediis utriusque fortunae.* La gran verdad filosófica, raíz de las mudanzas de la fortuna, de que el Petrarca trata en su obra, proviene de que "lucha es la vida del hombre sobre la tierra", como dijo Job, y que lucha es el vivir y el ser de toda la naturaleza. Por eso el Petrarca desenvuelve en su Prólogo maravillosamente esta raíz de la fortuna. El *Prólogo* añadido á *La Celestina* trae todo esto como grave parto de los montes bramadores para parir el ridículo ratón, de que no es extraño haya habido diversidad de opiniones acerca de *La Celestina*. ¿Es esto propio del excelso ingenio que escribió la *Comedia?* Por su cargo y aficiones literarias conocía Proaza el Tratado de Petrarca, y, hallando citas de él en la *Comedia,* endilgó el *Prólogo* con otro del poeta italiano para disimular la superchería; pero el plagio es tan fiero, la acomodación tan desmañada, el estilo tan otro del de la *Comedia,* que mentira parece se le desmintiera á Menéndez y Pelayo, á quien siguen otros críticos españoles. Pero el sello de Proaza se halla indeleble en medio del *Prólogo.* Como veremos, al llegar á cierta especie, acuérdase de que la toca Juan de Mena, y dejando allí á Petrarca, nos planta la cita que halló en la *Glosa* que hizo Hernán Núñez á su poeta predilecto.

¿De quién son los autos añadidos juntamente con el *Prólogo,* en el cual alude á ellos y por ellos se escribió? Todos los críticos españoles, siguiendo á Menéndez y Pelayo, opinan que son del mismo autor que compuso la primitiva *Comedia.* Lo dicho creo que bastaba para sospechar que fuesen del mismo Proaza. Y, efectivamente, el estudio de los actos añadidos y su cotejo con los 16 primitivos lo confirman de

tal manera, que redondamente digo no ser lo
añadido del primitivo autor y ser probablemente obra de Alonso de Proaza.

"La forma en 16 actos es indiscutiblemente de
mérito superior á la forma en 21. No se necesita
mucho sentido crítico para comprenderlo. Pero
este argumento no puede servir para probar que
el autor de las adiciones no es el autor de la
obra, *sino todo lo más que las adiciones echaron á perder el texto primitivo.*" Así discurre, y
muy bien el Sr. Bonilla (*Anal.*, pág. 19); pero
el caso es juzgar *en qué medida* lo echaron á
perder. Porque bien añade que Tamayo y otros
fueron menos felices al retocar sus obras de
cuando por vez primera las escribieron. Pero
¿es este el caso? Es cuestión de pura estética y,
además, de estilo y de erudición. Hasta dónde
llegó á echarse á perder la *Comedia* con las adiciones, lo verá el lector, y básteme decir que
no podrá el Sr. Bonilla traer ejemplo semejante al que hallamos en el auto 14, donde el
despeño del drama y conversión súbita de una
comedia en tragedia, que el autor puso por por-
tentoso golpe de ingenio artístico y fué preparando con tanta destreza hasta aquel punto, des-
aparece en la segunda redacción con alargar la
obra por varios actos inútiles, episódicos, que
nada tienen que ver con la acción principal y

**

sólo sirven para destruir el efecto más trágico del drama, quebrándolo en el punto más culminante. Eso no es añadir ni corregir; es destruir, es partir por el eje toda la obra, es borrar y rechazar el mayor golpe de ingenio el mismo autor que lo creó y lo fué paso á paso preparando por todo el drama.

Hay escritores que no saben divertirse nunca del propósito, y el buen dramaturgo ha de ser de esta laya. El autor de *La Celestina* lo es como el que más, hasta el punto de que Menéndez y Pelayo dice no darse en la primitiva redacción ni un solo trozo episódico, ni largo ni corto, sino que todo va siempre derecho al intento. Vienen las adiciones, y en cinco actos añadidos comprende lo episódico..., pues los cinco actos enteros. Todos forman un episodio desatado de la acción, y no sólo desatado, sino que, por encajarse en medio de ella y en el mismo trance del nudo, destruye todo su efecto y la unidad de la obra. Alárgase por todo un mortal mes lo que había de soltarse en unas horas. ¿Qué cambio fué ese del autor en su manera de proceder? Si tal hubo, el autor enloqueció, perdió todo su ingenio y es verdaderamente digno de lástima, tan grande creador primero como desatinado corrector después.

Al autor le gustaba la erudición humanística;

pero era la corriente y tomada de Petrarca. El corrector no se contenta con seguir esta moda del Renacimiento, sino que busca erudiciones exquisitas y raras y las amontona donde peor pegan y enfrían el movimiento de la acción, que, sin duda, no sintió en lo hondo de su alma como lo había sentido el autor.

Los pensamientos del autor siempre son propios de un pensador elevado, de un ingenio sutil, de un muy maduro juicio, y entallan tan al justo á la acción como el vestido más lindamente cortado; los del corrector se despegan de ella y no pocas veces son livianos y aun frisan en verdaderas patochadas.

A la delicadeza y propiedad de caracteres y sentimientos del autor sobrepone el corrector pinceladas groseras y exageradas de pintor de brocha gorda, que avillanan los sentimientos y malean los caracteres de la primitiva *Comedia*.

Trae puntualmente el autor los refranes y con comedida parsimonia; el corrector los ensarta juntos por medias docenas, sin ton ni son, y casi nunca los cita con puntualidad.

Tan á menudo trae el autor hondas y galanas sentencias de Petrarca como citas de Mena trae el corrector.

En el estilo, alguna vez le imita; pero las

más veces es muy otro. Y gracias que ya no
tiene que terciar Celestina, porque no hubiera
podido hacerla decir el corrector ni una sola
cláusula á derechas.

Acerca de las fuentes de la obra ha tratado
largamente Menéndez y Pelayo en el tomo III
de los *Orígenes de la Novela;* pero creo since-
ramente que su inmensa erudición bibliográfica le hace ver relaciones, que de hecho no hay
entre muchas obras y *La Celestina.* Cuanto haya
de cierto ó probable se dirá en las notas.

Las fuentes ciertas de la primitiva *Comedia*
son el *Libro de Buen Amor,* de HITA, de quien
tomó toda la traza y el principal personaje,
esto es, la vieja Celestina, cambiando la viuda
Doña Endrina, más á propósito para los amoríos
clericales, en doncella, que á su intento venía
mejor; ensanchando la acción con la secundaria
de los criados y mujeres de la vida, y con-
virtiéndola al fin en tragedia, con la imitación
de la novela griega de Hero y Leandro. De
HITA toma el autor otras varias cosas, y, sobre todo, tiene siempre los ojos en él para
beberle el espíritu realista y popular y la manera sentenciosa.

La segunda fuente es el *Corvacho,* que imita
en varios pasajes de estilo enteramente vulgar
y castizo.

La tercera es el PETRARCA, sobre todo en su
libro *De los Remedios contra próspera y adversa fortuna,* que se tradujo y se leyó mucho
en todo el siglo xv, y tornólo á traducir galanamente Francisco de Madrid, Arcediano de
Alcor, y fué impreso el año de 1510 en Valladolid. El eruditísimo y benemérito hispanista
italiano A. FARINELLI ha tratado *Sulla fortuna
del Petrarca in Ispagna* en el *Giornale storico
della letteratura ital.* (t. 44, pág. 297), recor-
dando cómo el *Prólogo* de *La Celestina* comen-
zaba con la misma sentencia que el del segundo
libro del *De Remediis,* y notando tres lugares
de la *Comedia* que á esta obra parecen aludir,
bien que sin citar los pasajes de la del Petrarca.
Yo he hallado otras muchas referencias, que se
verán en las notas con la traducción de Francisco de Madrid, edición de Sevilla de 1524,
Juan Varela, de Salamanca, la cual he estudiado
minuciosamente, así como el texto original *De
Remediis utriusque fortunae* en la edición de
Basilea, 1554 (*Francisci Petrarchae Florentini,
Philosophi, Oratoris et Poetae clarissimi... Opera quae extant omnia*).

El corrector conoció esta devoción del autor
con las obras del Petrarca, y pudiera haberle
imitado en no pocas de sus añadiduras; pero sólo
le tomó lo que toca á las riquezas, en el auto IV,

y alguna otra cosa que puntualizaremos, y le plagió desmañadamente en el *Prólogo*. En cambio sacó cuanto pudo, erudición y frases enteras de Juan de Mena, de quien el autor apenas para nada se acuerda.

Hay que señalar en la primitiva *Comedia* una referencia al *Diálogo entre el Amor y un viejo*, de Rodrigo de Cota; otra á la *Cárcel de Amor*, otra al Tostado.

¿Quién fué autor de la primitiva y verdadera *Comedia de Calisto y Melibea?* En Mena ni en Cota no hay que pensar. ¿Lo fué Francisco de Rojas? Si no hubiera más que el testimonio de Proaza y los acrósticos, sería para puesto en duda, porque un embuste ó broma de más entre tantas otras, bien poco montaría. Las pruebas, si lo son, las ha aportado el eruditísimo Serrano y Sanz, uno de los trabajadores más sesudos, modestos, poco sonados y que más debieran serlo de nuestros eruditos. El meritísimo Catedrático de la Universidad de Zaragoza halló y estudió dos procesos de la Inquisición de Toledo que probaban vivía en 1518 y en 1525 un bachiller Fernando de Rojas, que parece ser el mismo puesto en los acrósticos (*Rev. Arch.*, 1902). El primer proceso es de 1517 y 1518, contra uno que vivía en Talavera, y donde se presenta como testigo el dicho

bachiller; el otro, de 1525 y 1526, contra Alvaro de Montalván, "vezino de la puebla de
Montalvan", acusado de judaísmo y de edad de
setenta años. El 7 de Junio de 1525 declara el
acusado tener cuatro hijos, entre ellos "Leonor
Alvares, muger del bachiller Rojas que conpuso
a Melibea, veçino de Talavera", y añade: "aora
XXXV años", y "que nombrava por su letrado
al bachiller Fernando de Rojas, su yerno, veçino de Talavera, que es converso". El Inquisi-
dor "le dixo que no ay lugar, e que nombre
persona syn sospecha; e asy nombro al liçençia-
do del Bonillo, e por procurador a Antonio Lo-
pez". Si el padre de Rojas era judío, lo probable es que lo fuera su madre, y tal lo cree hoy
el mismo Serrano y Sanz, aunque en su estudio
opinó lo contrario. El año 1525 tenía la mujer
de Rojas treinta y cinco años, y su marido cree
Serrano y Sanz tendría unos cincuenta, de modo
que hubo de escribir la *Comedia* á los veinticuatro años. Unos treinta y cinco años antes
del 1521 dice el documento que la escribió, esto
es, el año 1490, aunque veremos que probablemente fué después de 1492.

Foulche-Delbosc concluye: "Tant qu'un té-
moignage indiscutable ne l'attestera pas, nous
nous refuserons à reconnaître Rojas comme
l'auteur de la *Comedia*. Si les vers acrostiches

en 1501, et son beau-père en 1525, lui attribuent
cette paternité, c'est probablement que lui-même
s'en targuait : nous venons d'exposer les raisons
pour lesquelles cette prétention nous semble in-
admisible. Loin de voir un *insigne* literato en
Fernando de Rojas, nous estimons qu'il se don-
na comme l'auteur d'un chef-d'œuvre qu'un
autre avait écrit." (*Rev. Hisp.*, 1902, pág. 185.)

En mi opinión, el autor de la *Comedia*, en
su primer estado, si no con certeza, es muy probablemente el Fernando de Rojas que aparece
en los acrósticos y en los citados documentos.
No hay pruebas hasta ahora para no admitir
el testimonio de estos últimos, y aunque sin ellos
los acrósticos no merecieran crédito, los documentos se lo prestan á los acrósticos y los acrósticos corroboran el dicho de los documentos.

Por declaración del mismo Rojas y por testimonio de su suegro sabemos que era abogado.
Naturalizóse en Talavera, pues ya aparece como
vecino de aquella ciudad en 1517, y á ella se refiere cuanto de él se sabe hasta el 1538. Ejer-
ció aquel año en Talavera, desde el 15 de Fe-
brero al 21 de Marzo, el cargo de Alcalde mayor, sustituyéndole el Dr. Núñez de Durango,
según noticias comunicadas al Sr. Serrano por
D. Luis Jiménez de la Llave y tomadas del
Archivo municipal.

El autor del *León Prodigioso* (1636), el Licenciado Cosme Gómez Tejada de los Reyes, dice en la *Historia de Talavera,* que escribió y se conserva manuscrita en la Biblioteca Nacional (Ms. 2039): "Fernando de Rojas, autor de la *Celestina,* fábula de Calixto y Melibea, nació en la Puebla de Montalban, como él lo dice al principio de su libro en unos versos de arte mayor acrósticos; pero hizo asiento en Talavera: aquí vivió y murió y está enterrado en la igelsia del convento de monjas de la Madre de Dios. Fué abogado docto, y aun hizo algunos años en Talavera oficio de Alcalde mayor. Naturalizóse en esta villa y dejó hijos en ella. Bien muestra la agudeza de su ingenio en aquella breve obra llena de donaires y graves sentencias, espejo en que se pueden mejor mirar los ciegos amantes, que en los christalinos adonde tantas horas gastan riçando sus femeniles guedejas... y lo que admira es que, siendo el primer auto de otro autor (entiéndese que Juan de Mena ó Rodrigo de Cota) no solo parece que formó todos los actos un ingenio, sino que es individuo (indivisible)." Como se ve, á carga cerrada admite este historiador cuanto en el Prólogo y acrósticos se dice; pero las noticias acerca de Rojas no dejan de tener su peso y gravedad, cual la del historiador que nos las comunica.

El testamento de su cuñada Constanza Núñez, descubierto por Pérez Pastor en el Archivo de Protocolos de Madrid, nos ha permitido conocer el nombre de la hija de Rojas, que se llamó Catalina Rojas, casada con su primo Luis Hurtado, hijo de Pedro de Montalbán.

En el archivo de la Parroquia del Salvador, de Talavera, hállanse las partidas de bautismo de 1544, 1550 y 1552, referentes á varios hijos de Alvaro de Rojas y de Francisco de Rojas, casado el último con Catalina Alvarez, patronímico que llevaba también la mujer de Rojas. De su familia fueron, pues, Alvaro y Francisco, si ya no eran sus propios hijos.

En las *Relaciones geográficas,* que los pueblos de Castilla dieron á Felipe II desde 1574 en adelante, y se hallan en El Escorial, contestando á la pregunta de que se especificasen "las personas señaladas en letras, armas y en otras cosas que haya en el dicho pueblo, ó que hayan nacido ó salido de él", el bachiller Ramírez Orejón, clérigo, que fué, en compañía de Juan Martínez, ponente, como hoy diríamos, de esta Relación, contesta que "de la dicha villa (de la Puebla de Montalbán) fué natural el bachiller Rojas, que compuso á Celestina".

Hablemos ya de la obra, quiero decir de la *Comedia de Calisto y Melibea,* tal como la lee-

mos en la edición más antigua de Burgos de
1499, pues de lo añadido por el corrector harto
se dirá en las notas y ya hemos dado antes el
juicio que nos merece.

"Los amantes desapoderadamente apasionados, que nos pintan los novelistas, son como los
aparecidos de que se atemorizan las viejas:
todo el mundo habla de ellos y nadie los ha
visto." Bonita frase de La Rochefoucauld; pero
tan falsa como bonita. No pasa mes sin que lea-
mos en los periódicos tragedias amorosas, amantes que se matan á sí mismos ó que matan á
sus amantes. Al día siguiente sólo se acuerdan
de ellas los jueces y abogados que entienden
en los tribunales. "Parece cosa de novela", solemos decir al leerlas; "parece cosa de realidad",
deberíamos decir al leer tales amores y sus tristes fenecimientos en una buena novela. Porque
los tribunales de justicia henchidos están de sus
causas judiciales y los manicomios más llenos
todavía de sus tristes víctimas.

¿Y hay casa, hay por ventura pecho donde
el amor no esté desenvolviendo su eterna tragedia? ¿No trae enlazados en sus doradas redes
y distraídos á los mozos, revueltos y alterados
á los hombres, desasosegados á los mismos viejos? ¿Quién se librará de sus dulces asechan-
zas? Como se cobija en la ligera cabeza de la

mozuela, así, y sin otros miramientos, se cuela
en la grave sesera del senador, del magistrado,
del filósofo. El mancilla y empaña las almas
virginales, encizaña las familias, trueca las condiciones, quebranta las amistades, desvela á los
más tranquilos, convierte en homicidas á los
mismos amantes, alborota los espíritus, levanta
guerras, asuela ciudades, revuelve el mundo.
¿Acaso hay nada en él que no se haga por el
amor?

No es una niñería, un lujo, un pasatiempo de
desocupado; la vida de la humanidad cuelga de
él. Demás estarían las ciudades, sobrarían los
ejércitos, holgarían las tierras, si hombres no
hubiese; pero si hay hombres es porque hay
amor. Para tan grave cargo, como le encomendó
la naturaleza, hubo de dotarle de poderes no
pensados: el amor es fuerte, furioso, loco. Que
la vida de los hombres cuesta mucho y es menester el colmo de la locura para escotarla. Sin
esa "titillatio, concomitante idea causae exter-
nae", como paradisíacamente definió Espinosa
el amor, el mundo se acababa, y es harto grave
cosa el mundo.

Por muchas que sean las víctimas del amor,
por aciagos que sean los acaecimientos que oca-
siona, por muertes, desolaciones, ruinas, que
amontone sobre la haz de la tierra, más ne-

cesita, más se merece, más se le debe, más demanda, con nada de eso se paga: á cambio de desastres, guerras, tragedias sin cuento, da lo que con nada de eso es comparable, la vida de los hombres sobre la tierra. Y no es ello de tan menguado precio, que no haya permitido Dios, según la doctrina católica, hasta que el pecado entrase en el mundo y le señorease, y con él la muerte, y tras la muerte y el pecado, que la misma Divinidad encarnase y fuese blanco de estos dos tiranos del mundo.

Ei amar es luchar, sufrir y morir, no menos, antes mucho más es vivir, de donde nace que vivir es morir, sufrir y luchar. El demonio del amor es el demonio de la muerte, pero eslo por ser el demonio de la vida.

Esta es la no sé si llamarla tragedia ó comedia del mundo y del vivir de los hombres. Sabíalo, por lo menos, muy bien sabido el que compuso la *Tragicomedia de Calisto y Melibea,* cuando cifró toda esta filosofía del amor, de la vida y del mundo en el último auto, donde exclama el viejo Pleberio, que de viejos es exprimir todo el sustancioso jugo de la vida: "¡O vida de congoxas llena, de miserias acompañada! ¡O mundo, mundo! Muchos de ti dixeron, muchos en tus qualidades metieron la mano. A diversas cosas por oydas te compararon; yo por triste esperiencia lo contaré, como á quien las ventas y compras de tu engañosa feria no prósperamente sucedieron... ¡O amor, amor! que no pensé que tenías fuerça ni poder de matar á tu subjetos!... ¿Quien te dió tanto poder? ¿Quien te puso nombre que no te conviene? Si amor fuesses, amarias á tus sirvientes; si los amases, no les darias pena; si alegres viviesen, no se matarian, como agora mi amada hija... Alegra tu sonido, entristece tu trato. ¡Bienaventurados los que no conociste ó de los que no te curaste!"

He aquí la conclusión de la *Tragicomedia,* y he aquí la raíz de la filosofía schopenhaueriana, del pesimismo de la vida y del amor. El cual en *La Celestina* es lo que el *Ananke* ó fatalidad en la tragedia griega, lo que levanta el drama, ó, mejor diré, lo hunde en la sima del espanto y terror con que atrae á los lectores ó espectadores, les hiela el corazón y juntamente les encadena halagüeñamente el gusto, les enhechiza y ciega y, quieras que no, los arrastra y despeña consigo en sus honduras lóbregas é inapeables. Y venturoso de aquel, que por este poder del arte trágico, hundido y ensimado en las lobregueces de sí mismo, llegue á comprender lo que es el amor, el mundo y la vida en sus más soterradas y filosóficas raíces, amargas, sí; pero, por lo mismo, empapadas en el sustancioso jugo de la más alta sabiduría.

Ahora vendrán y se nos echarán encima todos los moralistas, pasados y presentes, y también los que aún no son nacidos, y condenarán *La Celestina* como libro que "es afrenta hasta el nombrarlo, y que debría mandarse por justicia que no se imprimiese ni menos se vendiese, porque su doctrina incita la sensualidad á pecar y relaja el espíritu á bienvivir."

¡ Sapientísimo señor Obispo de Mondoñedo, Fr. Antonio de Guevara, discretísimo maestro Luis Vives y cuantos les hacéis coro y se lo hicisteis desde que *La Celestina* se leyó! Guardaos esos vuestros discretísimos consejos para quienes no se compuso *La Celestina,* quiero decir para monjitas y colegialas; que los que quieran conocer el mundo, el hombre, el vivir y su amarga y agridulce raíz, el amor, en que consiste toda la sabiduría, y por cuyo conocimiento fuisteis vosotros mismos sapientísimos varones y maestros de la filosofía española, leerán la *Tragicomedia* y aprenderán y... no se escandalizarán...

Esto cuanto al intento y espíritu de la obra; los medios de ejecución atañen al literato. Pero de ellos, que pueden reducirse á los caracteres, la invención y composición de la fábula y, finalmente, al estilo y lenguaje, se ha dicho tanto y con tanto acierto, que duelo da el escoger, habiendo de dejar lo más, y aun lo mejor escogido no cabría en esta *Introducción*. Menéndez y Pelayo llenará las medidas del curioso que desee enterarse (*Orígenes de la Novela*, t. III).

> Libro en mi entender divi-
> Si encubriera más lo huma-.

dijo Cervantes cuan breve y galanamente pudiera decirse. No volveré á lo del *encubrir lo humano,* que el propio Cervantes se sabía muy bien no fuera hacedero sin deshacer lo *divino* que el libro encierra: que fuera hacer una sortija de oro sin oro.

"¿Quales personas os parecen que estan mejor exprimidas?", pregunta Martio en el *Diálogo de las lenguas.* Y responde su autor, Juan de Valdés: "La Celestina está, á mi ver, perfetísima en todo quanto pertenece á una fina alcahueta." Tan es así, que el pueblo español, con certera crítica, hizo de *Celestina* un nombre apelativo, no á modo de sustantivo, como de otros famosos personajes, por manera que decimos: *Fulano es un Quijote, es un Sancho Panza, es un Tenorio;* sino que *celestina* llamamos á toda trotaconventos, tercerona ó alcahueta, sin más cortapisas y como adjetivo corriente. Y que no tiene semejante. Porque no es la alcahueta común, sino la de diabólico poder y satánica grandeza. "Porque Celestina—dice Menéndez y Pelayo—es el genio del mal encarnado en una criatura baja y plebeya, pero inteligentísima y astuta, que muestra en una intriga vulgar tan redomada y sutil filatería, tanto caudal de experiencia moderna, tan perversa y ejecutiva y dominante voluntad, que parece nacida para corromper el mundo y arrastrarle encadenado y sumiso por la senda lúbrica y tortuosa del placer." "A las duras peñas promoverá e provocará á luxuria, si quiere", dice Sempronio.

Hay en Celestina un positivo satanismo, es una hechicera y no una embaucadora. Es el sublime de mala voluntad, que su creador supo pintar como mujer odiosa, sin que llegase á ser nunca repugnante; es un abismo de perversidad, pero algo humano queda en el fondo, y en esto lleva gran ventaja al Yago de Shakespeare, no menos que en otras cosas.

Elicia y Areusa son figuras perfectamente dibujadas, discípulas de Celestina, no prostitutas de mancebía ó mozas del partido, sino "mujeres enamoradas", como las llamaban, que viven en sus casas, sin el sentimentalismo de las de Terencio ni el ansia y sed de ganancia de las de Plauto, más verisímiles que las primeras y menos abyectas que las segundas. Los criados

***

de Calisto son todavía menos romanos y más españoles; no esclavos, sino consejeros y confidentes, que le ayudan y acompañan, aunque avariciosos y cobardes.

Calisto y Melibea han sido siempre comparados con Romeo y Julieta en lo infantiles, apasionados y candorosos. "Mucho de Romeo y Julieta se halla en esta obra—dice Gervinus (*Histor. de la poes. alem.*)—, y el espíritu según el cual está concebida y expresada la pasión es el mismo." Y Menéndez y Pelayo, á quien seguimos: "Nunca antes de la época romántica fueron adivinadas de un modo tan hondo las crisis de la pasión impetuosa y aguda, los súbitos encendimientos y desmayos, la lucha del pudor con el deseo, la misteriosa llama que prende en el pecho de la incauta virgen, el lánguido abandono de las caricias matadoras, la brava arrogancia con que el alma enamorada se pone sola en medio del tumulto de la vida y reduce á su amor el universo y sucumbe gozosa, herida por las flechas del omnipotente Eros. Toda la psicología del más universal de los sentimienos humanos puede extraerse de la tragicomedia. Por mucho que apreciemos el idealismo cortesano y caballeresco de D. Pedro Alarcón, ¡qué fríos y qué artificiosos y amanerados parecen los galanes y damas de sus comedias al lado del sencillo Calisto y de la ingenua Melibea, que tienen el vicio de la pedantería escolar, pero que nunca falsifican el sentimiento!"

Cuanto al arte de la composición dramática, la traza es sencillísima, clara y elegante, y más de maravillar por la época en que se compuso, antes de nacer el teatro moderno, puesto que es la primera madre de él *La Celestina.* Calisto, de noble linaje, entra, siguiendo á un halcón, en la huerta donde halla á Melibea. Enamorado de ella y desdeñado, acude á Celestina, que con sus arterías y hechizos prende el mismo fuego en el pecho de la virginal doncella, y con sus mañas y mujeres se atrae la voluntad de los criados de Calisto. Pero la codicia la hace á ella no querer partir con ellos el collar que le había regalado el galán tan bien servido, y á ellos que maten á la vieja, quedando medio descalabrados al saltar por la ventana, huyendo de la justicia, y ahorcados por ésta en la plaza. Sólo al través de la puerta se habían hablado los amantes, y, según lo concertado, va de noche Calisto á la huerta de Melibea; pero después de lograr tan apetecida dicha, al salir y saltar de la tapia, cae muerto el amante. Ella, al saberlo, como heroína del amor, hace que su padre la oiga al pie de la torre, en cuya azotea ella sola le cuenta su desgracia y luego se deja caer muerta á sus pies. El triste anciano endecha tan horrible desventura y las miserias del mundo, de la vida y del amor.

"El genio gusta de la sencillez, el ingenio gusta de las complicaciones—dice Lessing en su *Dramaturgia*...—El genio no puede interesarse más que por aventuras, que tienen su fundamento unas en otras, que se encadenan como causas y efectos." Hasta la muerte de Celestina todo era comedia, la comedia del amor y de la vida; desde aquel punto se convierte la acción en tragedia. Mueren ambos criados. Torna lo agradable con la escena de la huerta. Pero cuanto más agradable, más triste y terrible siéntese la desgracia inesperada de Calisto y la trágica muerte de Melibea. Este cambio *repentino* es de efecto maravilloso. El despeño de la acción así preparado y ejecutado es lo más admirable de la obra.

Del estilo y lenguaje de *La Celestina* la mayor alabanza que le cabe es haber casado en ella su autor el período y sintaxis, que venía fraguándose por influjo humanista del Renacimiento y en que sobresalieron el Arcipreste de Talavera, Hernando de Pulgar, Fernán Pérez de Guzmán, Diego de San Pedro y Mosén Diego de Valera, con la frase y modismos, refranes y voces del uso popular, que nadie hasta él había empleado. El autor de *La Celestina* llevó el habla popular á la prosa, como el Arcipreste de Hita la llevó al verso.

De aquí las dos corrientes de estilo y lenguaje, que cualquiera echa de ver en *La Celestina*. El habla ampulosa del Renacimiento erudito la pone en los personajes aristocráticos, y á veces en los mismos criados, que remedan á su señor; el habla popular campea en la gente baja, sobre todo en Celestina; á veces, y siempre más ó menos, se mezclan y hacen un todo rimbombante, prosopopeico y abultado para nosotros, pero muy propio de la época aquella. "El Renacimiento—dice Menéndez y Pelayo—no fué un período de sobriedad académica, sino una fermentación tumultuosa, una fiesta pródiga y despilfarrada de la inteligencia y de los sentidos. Ninguno de los grandes escritores de aquella edad es sobrio ni podía serlo." Estamos todavía lejos de aquel maravilloso prosista de los tiempos de Carlos V, Juan de Valdés, cuyo principio estilístico será eternamente el único verdadero: "Que digais lo que querais con las menos palabras que pudiéredes, de tal manera que, esplicando bien el conceto de vuestro ánimo y dando á entender lo que quereis dezir, de las palabras, que pusiéredes en una clausula ó razon, no se pueda quitar ninguna sin ofender ó á la sentencia della ó al encarecimiento ó á la elegancia."

"¿Qué os parece del estilo", le pregunta Torres, hablando de *La Celestina*. "En el estilo, á la verdad, va bien acomodado á las personas que hablan. Es verdad que pecan en dos cosas, las cuales fácilmente se podrían remediar...: la una es el amontonar de vocablos algunas veces tan fuera de propósito, como *magnificat* á *maytines;* la otra es en que pone algunos vocablos tan latinos, que no se entienden en el castellano y en partes adonde podría poner propios castellanos, que los hay. Corregidas estas dos cosas en *Celestina,* soy de opinión que ningún libro hay escrito en castellano adonde la lengua esté más natural, más propia ni más elegante."

Tiene razón. Las voces latinas son pocas en comparación con las que usaron Juan de Mena, Juan de Lucena, para no hablar de otros renacentistas que habían perdido los pulsos, casi tanto como algunos mozos escritores de hoy, que creen escribir elegante castellano y dar á entender que saben latín y hasta griego empedrando su estilo de voces bárbaras, pues bárbaras para el castellano son las griegas y latinas. Pero Valdés no podía ver estas barbaridades y hace bien en tachar las pocas de *La Celestina*.

Pero es el primer libro donde se ve el habla popular y no mal casada con la erudita, y, aunque con alguna afectación, hermosamente arreada á la latina cuanto á la construcción del período prosaico. Por eso era el libro *más natural y elegante* escrito hasta entonces, y en él y en las *Epístolas* de Guevara y el *Lazarillo,* que vinieron más tarde, fué donde españoles y extranjeros aprendían nuestro idioma.

El Renacimiento español puede decirse que nace con *La Celestina,* y con ella nace nuestro teatro, pero tan maduro y acabado, tan humano y recio, tan reflexivo y artístico, y á la vez tan natural, que ningún otro drama de los posteriores se le puede comparar.

Es *La Celestina* para leída, más bien que para representada, cabalmente por carecer de convencionalismos teatrales y no estar atada á otros fueros que á los de la libertad y de la vida, que la vida y la libertad no pueden encorralarse entre bastidores. Pero el alma es dramática, dramáticos los personajes, los lances, el desenvolvimiento interno y el lenguaje dialogado, tan diferente del lenguaje de Cervantes, como el drama lo es de la novela. No es *novela dramática,* porque toda novela es narración; ni *poema dramático,* porque no menos es narración todo poema; es puro drama, y no representable por tan puro drama como es y pura vida.

El naturalismo ó realismo, ó como quiera llamarse al mirar derechamente á la naturaleza, á los hombres, y quintesenciar una y otros por el arte, es tan fuerte aquí como en la obra del Arcipreste de Hita; aunque ya lo postizo del remedo humanista altere los personajes señoriles de Calisto y Melibea con la folla, que hasta en la vida real afectaban en el habla las personas cultas.

Tal es, en mi opinión, *La Celestina* primitiva, quiero decir la *Comedia de Calisto y Melibea,* que se imprimió en Burgos el año de 1499.

Ediciones á que se refieren algunas variantes:

B. Burgos, 1499.

S. Sevilla, 1502, reproducida en la de Venecia, 1531, según dicen.

R. Roma, 1506, traducción italiana.

Z. Zaragoza, 1507, edición Gorchs, Barcelona, 1842.

A. Madrid, 1822, editada por León Amarita.

O. Rouen, 1633, editada en casa de Carlos *Osmont,* con el texto castellano y traducción francesa al lado.

V. Valencia, 1514, reeditada por Krapf, Vigo, 1900.

JULIO CEJADOR.

LA CELESTINA

TRAGICOMEDIA

DE CALISTO Y MELIBEA

EL AUCTOR

A VN SU AMIGO

Suelen los que de sus tierras absentes se hallan considerar de qué cosa aquel lugar donde

1 Recuérdese que no es del autor. Suponiéndola de Proaza, editor y corrector, queda aclarada la carta. En ella se ve tambalear el pensamiento entre lo que Proaza sentía de la obra como editor y lo que hacía decir al supuesto autor. Trasparéntase este doble pensamiento: el propio y el fingido que al autor le cuelga, y de ahí la vaguedad de toda ella.

3 *Absentes.* Cualquiera diría que Rojas vivió con Proaza en Valencia y que, habiéndose ausentado, quiere servir á los valencianos con el primer auto hallado de *La Celestina.* Nada hay, sin embargo, de todo esto. El ausente de Valencia, donde solía vivir, es Proaza. El servicio se refiere á toda la *Comedia* de 16 autos, pues sólo el primero era bien poca cosa, y en él no se ve el provecho que dice cierra la obra para *galanes y enamorados,* y con todo, en boca del autor había de referirse sólo al primer auto ajeno, por las alabanzas que de la obra hace y por lo demás que dice. *Antes se coge al mentiroso que al cojo,* y basta leer el primer trozo de esta carta para ver que no es del autor, sino de Proaza. El pensamiento es, además, vulgar, desleída la manera de exponerlo y el estilo flojo, afectado é indigno del autor de los 16 primeros autos.

4 *Donde,* de + onde, de donde. HERR., *Agr.,* 5, 5: Al corcho de la colmena, donde salen. *Cid,* 353: En el costado dont yxio la sangre.

*parten mayor inopia ó falta padezca, para con
la tal seruir á los conterráneos, de quien en
algun tiempo beneficio recebido tienen é, viendo que legítima obligacion á inuestigar lo se-*
5 *mejante me compelia para pagar las muchas
mercedes de vuestra libre liberalidad recebidas,
assaz vezes retraydo en mi cámara, acostado sobre mi propia mano, echando mis sentidos por
ventores é mi juyzio á bolar, me venia á la me-*
10 *moria, no sólo la necessidad que nuestra comun
patria tiene de la presente obra, por la muche-
dumbre de galanes é enamorados mancebos que
possee, pero avn en particular vuestra misma
persona, cuya juuentud de amor ser presa se*
15 *me representa auer visto y dél cruelmente las-
timada, á causa de le faltar defensiuas armas
para resistir sus fuegos, las quales hallé esculpidas en estos papeles; no fabricadas en las
grandes herrerías de Milán, mas en los claros
20 ingenios de doctos varones castellanos forma-*

---

1 *Inopia,* latinismo.

9 *Ventres,* perros que ventean la caza.

14 *Ser presa,* participio, no sustantivo.

18 *Hallé esculpidas,* en el primer auto, que luego dice
ser el hallado, no hay tales armas, sino el comienzo que
entabla muy bien la *Comedia.*

19 *Milán.* Preciosas eran las armas que en aquella ciudad se fabricaban; pero aquí comienza el corrector á acordarse de Juan de Mena, que dice en el *Laberinto* (c. 150):
"O las ferrerias de los Milaneses."

20 *De doctos varones.* ¿Cuántos concurrieron á hacer
un solo auto? Pues de él se trata en esta carta. ¡Sino que

*das. E como mirasse su primor, sotil artificio,
su fuerte é claro metal, su modo é manera de
lauor, su estilo elegante, jamás en nuestra castellana lengua visto ni oydo, leylo tres ó quatro
vezes. E tantas quantas más lo leya, tanta más* 5
*necessidad me ponia de releerlo é tanto más me
agradaua y en su processo nueuas sentencias
sentia. Ví, no sólo ser dulce en su principal hystoria ó ficion toda junta; pero avn de algunas
sus particularidades salian deleytables fontezi-* 10
*cas de filosofía, de otros agradables donayres,
de otros auisos é consejos contra lisonjeros é*
[*malos siruientes é falsas mugeres hechizeras.*] *Ví
que no tenía su firma del auctor, el qual, segun
algunos dizen, fué Juan de Mena, é segun otros,* 15

se le va el santo al cielo, olvidando Proaza que es Rojas
el que se supone escribirla, y en su pensamiento tiene *toda*
la obra!

7 *Sentencias.* ¡Bien pocas son las del primer auto!

8 *Principal hystoria.* ¡En el primer auto no hay his-
torias secundarias ni siquiera principal llevada al cabo!

12 *Consejos contra lisonjeros,* etc., no los hay en el
primer auto.

15 *Mena... Cota,* nombres que se añadieron aquí en la
segunda redacción de la *Carta.* Sólo Proaza era capaz
de atribuir la obra á Mena. De la *Glosa* que hizo éste á
su *Coronación* decía el Brocense que "allende de ser muy
prolija, tiene malísimo romance y no pocas boberías (que
ansí se han de llamar): mas valdria que nunca pareciesen
en el mundo, porque parece imposible que tan buenas
coplas fuesen hechas por tan avieso entendimiento" (*Epis-
tolario españ., Bibl. Rivad.,* II, p. 33). Rojas distinguía
harto de bueno y mal romance para atribuir la obra á
Mena, en quien, en cambio, idolatraba Proaza, que es

Rodrigo Cota; pero quien quier que fuesse, es
digno de recordable memoria por la sotil inuen-
cion, por la gran copia de sentencias entrexeri-
das, que so color de donayres tiene. ¡Gran filó-
5 *sofo era! E pues él con temor de detractores é*
nocibles lenguas, más aparejadas á reprehender
que á saber inuentar, quiso celar é encubrir su
nombre, no me culpeys, si en el fin baxo que lo
pongo, no espressare el mio. Mayormente que,
10 *siendo jurista yo, avnque obra discreta, es agena*
de mi facultad é quien lo supiesse diria que no
por recreacion de mi principal estudio, del qual

el que, al hacer la segunda edición sevillana, nos salió
con semejante embajada, creyendo con este nombre en-
salzar la prosa de *La Celestina.* De Cota conocemos los
versos del *Diálogo entre el amor y un viejo,* pero nada
sabemos de su prosa.

6 *Nocibles,* de *nocir,* dañar, de *nocere.*

8 *En el fin baxo que lo pongo;* aquí *baxo* no puede
ser más que adjetivo por abyecto, despreciable, pues, como
adverbio, es barbarismo, hoy muy usado, que no conocie-
ron los clásicos. Quiere decir que pone en mal lugar al
autor publicando su obra del primer auto, por lo menos
para con esas detractoras lenguas, y por eso tampoco
quiere poner su nombre como continuador. ¡Y con todo
eso lo pone en los acrósticos! ¡Y luego en los versos del
final Proaza declara cómo en ellos ha de leerse el nombre
del autor, que el mismo autor dice aquí no querer expresar! Todo ello, *Carta,* acrósticos y versos finales salieron por vez primera en la edición de Sevilla de 1501,
hecha por Proaza. Dándose él por autor de los versos
finales, á él han de atribuirse los acrósticos, la *Carta* y
este enredo de no querer expresar lo que luego expresa.

10 *Obra discreta.* Si lo es, ¿cómo con ella pone al autor en un *fin baxo,* esto es, ruín, despreciable?

*yo más me precio, como es la verdad, lo hi-
ziesse; ántes distraydo de los derechos, en esta
nueua labor me entremetiesse. Pero avnque no
acierten, sería pago de mi osadía. Assimesmo
pensarían que no quinze dias de vnas vacacio-* 5
*nes, mientra mis socios en sus tierras, en aca-
barlo me detuuiesse, como es lo cierto; pero avn
más tiempo é menos acepto. Para desculpa de
lo qual todo, no solo á vos, pero á quantos lo
leyeren, offrezco los siguientes metros. E por-* 10
*que conozcays dónde comiençan mis maldoladas
razones, acordé que todo lo del antiguo auctor
fuesse sin diuision en vn aucto ó cena incluso,*

---

2 A la cuenta de las *boberías* hay que poner también
la razón que aquí da de que siendo *jurista* escribiera *obra*
tan *discreta*. Nada añado de lo retorcido del estilo.

5 *Quinze dias.* "Credat Iudaeus Apella; non ego." Aunque, á tantos embelecos, añadir uno más, no es cosa de
maravillar. ¡Buena manera de realzar el mérito del autor, que es lo que Proaza pretende!

6 *Mientra,* de donde *mientras.* C. VILLAL., *Schol.,* 1,
p. 58: Estremada locura es pensar ninguno que mientra
vive ha de satisfacer. *Cal. Dimna,* 7: Et de mientra que
el leon se fué. *Socios,* latinismo.

8 *Acepto,* latinismo.

11 *Maldoladas,* latinismo, y son ya hartos para una
carta. A ellos aludía Juan de Valdés, sin duda. *Dolare*
es desbastar.

13 Confunde *aucto* con *cena,* lo cual dificultosamente
puede atribuirse al autor. *Aucto* dice siempre el corrector;
auto siempre en la redacción primitiva. ¿Envió Rojas
esta *Carta* y los acrósticos á Proaza para que los inser-
tase en la edición de Sevilla de 1501? Créalo el que no
vea el montón de contradicciones, las *boberías* de un

*hasta el segundo aucto, donde dize: "Hermanos
mios etc.". Uale.*

---

discípulo de Mena y lo avieso de la prosa. Dejado de la
mano de Dios había de estar el autor de los 16 autos para
caer en tan disparatado consejo.

EL AUTOR

ESCUSANDOSE DE SU YERRO EN ESTA OBRA
QUE ESCRIVIO, CONTRA SI ARGUYE E COMPARA

El silencio escuda é suele encubrir
La falta de ingenio é torpeza de lenguas;
Blason, que es contrario, publica sus menguas
A quien mucho habla sin mucho sentir.
Como hormiga que dexa de yr,   5
Holgando por tierra, con la prouision:
Lactóse con alas de su perdicion:
Lleuáronla en alto, no sabe dónde yr.

Prosigue.

El ayre gozando ageno y estraño,   10
Rapina es ya hecha de aues que buelan
Fuertes más que ella, por ceuo la llieuan:
En las nueuas alas estaua su daño.

---

1 Sigue la comezón por imitar á Juan de Mena en
el metro y manera de escribir. Bien propio es todo esto
de un maestro de retórica, como lo fué Proaza, no menos que el hacer acrósticos y el pensamiento de falsa
modestia que aquí tan diluídamente va exponiendo.

Razon es que aplique á mi pluma este engaño,
No despreciando á los que me arguyen
Assí, que á mí mismo mis alas destruyen,
Nublosas é flacas, nascidas de ogaño.

5   *Prosigue.*

Donde esta gozar pensaua bolando
O yo de screuir cobrar mas honor
Del vno y del otro nasció disfauor:
Ella es comida é á mí están cortando
10 Reproches, reuistas é tachas. Callando
Obstára, é los daños de inuidia é murmuros
Insisto remando, é los puertos seguros
Atrás quedan todos ya quanto más ando.

                     Prosigue.

15 Si bien quereys ver mi limpio motiuo,
A quál se endereça de aquestos estremos,
Con quál participa, quién rige sus remos,
Apollo, Diana ó Cupido altiuo,
Buscad bien el fin de aquesto que escriuo,
20 O del principio leed su argumento:
Leeldo, vereys que, avnque dulce cuento,
Amantes, que os muestra salir de catiuo.

---

12   ¡Ya tardaba Juan de Mena en asomar la cabeza!
"Deve los puertos seguros tomar" (*Laberinto*, c. 133).
21   *Que*, repetido en el verso siguiente y sin necesidad,
aunque á veces se permitía por la claridad.
22   *De cativo*, de mal.

Comparación.

Como el doliente que píldora amarga
O la recela, ó no puede tragar,
Métela dentro de dulce manjar,
Engáñase el gusto, la salud se alarga: 5
Desta manera mi pluma se embarga,
Imponiendo dichos lasciuos, rientes,
Atrae los oydos de penadas gentes;
De grado escarmientan é arrojan su carga.

Buelue á su propósito.   10

Estando cercado de dubdas é antojos,
Compuse tal fin que el principio desata:
Acordé dorar con oro de lata
Lo más fino tibar que ví con mis ojos
Y encima de rosas sembrar mill abrojos.   15
Suplico, pues, suplan discretos mi falta.
Teman grosseros y en obra tan alta
O vean é callen ó no den enojos.

---

2 Algunos creen ver aquí una imitación de Lucrecio
(l. 4, v. 11); pero por maravilla habrá místico español
que, sin acordarse de Lucrecio, haya dejado de me-
nudear esta metáfora, que empleamos todos. Ni siquiera habla aquí de los niños, como Lucrecio: *pueris.*

6 *Se embarga,* aquí verbo impropio, pues esos *dichos
atraen* y no embargan ó embarazan el intento.

8 *Penadas,* por el amor.

13 *Oro de lata,* sigue la humildad ó falsa modestia de
retórico.

14 *Lo fino tibar,* mal dicho por *el más fino tibar,* pues
el oro de Tibar ó *el Tibar* es masculino y así se decía.

Prosigue dando razones
porque se mouio á acabar esta obra.

Yo ví en Salamanca la obra presente:
Mouíme acabarla por estas razones:
5 Es la primera, que estó en vacaciones,
La otra imitar la persona prudente;
Y es la final, ver ya la más gente
Buelta é mezclada en vicios de amor.
Estos amantes les pornán temor
10 A fiar de alcahueta ni falso siruiente.

E assí que esta obra en el proceder
Fué tanto breue, quanto muy sotil,
Vi que portaua sentencias dos mill
En forro de gracias, labor de plazer.
15 No hizo Dédalo cierto á mi ver
Alguna más prima entretalladura,
Si fin diera en esta su propia escriptura
Cota ó Mena con su gran saber.

---

3 *En Salamanca.* Es la ficción de los *quinze dias de unas vacaciónes*, que puso en la *Carta*.

6 *Imitar*, así en *Z*, *A*; en *V* y *S inventar*. La *persona prudente*, al autor del primer auto.

13 *Dos mill*, bien pocas hay en el primer auto, que es el que aquí pretende alabar; sino que en su deseo está el alabar los 16 autos.

15 Vuelve Juan de Mena con su *Dédalo y entretalladura* á sorberle el seso á su discípulo. (*Laber.*, 142 y 144.)

18 *Cota ó Mena.* Esto lo puso en la edición de Sevilla de 1502, de 21 autos; en la del año anterior, de 1501, de la misma ciudad, había puesto:

Jamás yo no vide en lengua romana,
Después que me acuerdo, ni nadie la vido,
Obra de estilo tan alto é sobido
En tusca, ni griega, ni en castellana.
No trae sentencia, de donde no mana   5
Loable á su auctor y eterna memoria,
Al qual Jesucristo resciba en su gloria
Por su passion santa, que á todos nos sana.

Amonesta á los que aman que siruan á Dios
y dexen las malas cogitacion(e)s é vicios de amor.   10

Uos, los que amays, tomad este enxemplo,
Este fino arnés con que os defendays:
Bolued ya las riendas, porque no os perdays;
Load siempre á Dios visitando su templo.
Andad sobre auiso; no seays d'exemplo   15
De muertos é biuos y propios culpados:
Estando en el mundo yazeys sepultados.
Muy gran dolor siento quando esto contemplo.

Fin.

O damas, matronas, mancebos, casados,   20
Notad bien la vida que aquestos hizieron,
Tened por espejo su fin qual ouieron:

"Si fin diera en esta su propia escriptura,
  Corta: un gran hombre y de mucho valer."
Proaza, editor de entrambas ediciones, quita y pone como
en hacienda propia y no se olvida de Mena un momento.
  2 *Despues que me acuerdo*, modo impropio de decir
y pensar.

A otro que amores dad vuestros cuydados.
Limpiad ya los ojos, los ciegos errados,
Virtudes sembrando con casto biuir,
A todo correr deueys de huyr,
5 No os lance Cupido sus tiros dorados.

---

1 Y dale con Juan de Mena, que escribió: "A otro que amores dad vuestros cuidados" (*Laber.*, 107). El *Laberinto* se imprimió en 1496 y se escribió en 1444, corriendo mucho los manuscritos entre sus aficionados.

PROLOGO

*Todas las cosas ser criadas á manera de con-
tienda ó batalla, dize aquel gran sabio Eráclito*

---

2   ¿Quién es el autor de este *Prólogo?* Aparece por primera vez en la edición de Sevilla de 1502. Ahora bien,
en ella Proaza añadió otra copla al fin: "*Penados amantes...*", para justificar el nuevo título de *Tragicomedia,*
que también aparece por vez primera en esta edición:
"Toca cómo se devia la obra llamar tragicomedia é no
comedia", como dice el mismo Proaza con la copla que
añade. Suyo es, pues, este título. Suyas son las tres
nuevas octavas que da como del autor al fin de la obra
y también salen por primera vez en esta edición ("Concluye el autor"), de las cuales la primera es la última de
las once coplas preliminares de la edición del año anterior de 1501, con ciertas variantes, como dice Bonilla.
Suyas, pues, fueron las once coplas. Ahora bien, el *Prólogo*
habla al fin del cambio de título e*n tragicomedia* y aparece por primera vez en la edición de 1502, donde Proaza
añadió y retocó todas esas cosas. Suyo es, por consiguiente, el *Prólogo.* Y suyos los autos añadidos y las
correcciones hechas, que en esta misma edición convierten la *Comedia* de 16 autos en *Tragicomedia* de 21 autos.
Así se comprende lo despropositado de todo el *Prólogo,*
que es un plagio, del que puso Petrarca al "Segundo libro
de los remedios contra adversa fortuna", "De Remediis
utriusque fortunae" (*Francisci Petrarchae Florentini, Philosophi, Oratoris et Poetae clarissimi... Opera quae extant
omnia.* Basilea, 1554). El prólogo del poeta italiano es

en este modo : "Omnia secundum litem fiunt."
Sentencia á mi ver digna de perpétua y recorda-
ble memoria. E como sea cierto que toda pala-
bra del hombre sciente está preñada, desta se
5 *puede dezir que de muy hinchada y llena quiere*

---

magnífico y expresa cómo todas las cosas del mundo son
lucha, lo cual hacía muy á su propósito de pintar la fortuna ; pero aquí viene todo ello á cuento de que la presente obra ha sido causa de contienda entre sus lectores !
El ingenio consiste en la proporción entre los medios y
el fin y la locura entre su desproporción. Dígase si hay
proporción entre la tesis de la lucha universal y el dis-
cutir sobre una comedia, y se verá si tal prólogo es digno
del ingenio que la comedia escribió. Además, propio es del
corrector y añadidor de autos el tomar cosas de Juan
de Mena. Pues bien, en este *Prólogo,* al llegar al pez ré-
mora, deja al Petrarca é ingiere lo que de él trae el poeta
cordobés. En cambio, no toma otras muchas preciosida-
des del prólogo del Petrarca. La obra de éste fué traducida
é impresa en castellano por Francisco de Madrid, Arcediano
de Alcor, Valladolid, 1510; pero antes corrió en manuscritos y se leyó en otra traducción durante el siglo xv.
(Véase A. FARINELLI, *Giornale storico della letterat. ital.,*
t. 44, p. 297.) En el Petrarca : "Ex omnibus quae mihi lecta
placuerint vel audita, nihil pene vel insedit altius, vel tena-
cius inhaesit, vel crebrius ad memoriam redit, quam illud
Heraclití : *Omnia secundum litem fieri,* et sic esse propemodum universa testantur..." Sabido es que no se conser-
van de Heráclito más que citas traídas por otros autores.
Esta la tomó el Petrarca de ORÍGENES, *Contra Celsum,* VII,
p. 663, como puede verse en DIDOT, *Fragm. philos.,* I,
p. 319 : E῏θ᾿ ἑξῆς... φησὶ θεῖόν τινα πόλεμον αἰνίττεσθαι τοὺς
παλαιούς, Ἡράκλειτον μὲν λέγοντα ὧδε· εἰδέναι χρὴ τὸν πόλεμον
ἐόντα ξυνὸν καὶ δίκην ἔριν καὶ γινόμενα πόντα κατ᾿ ἔριν καὶ
φθειρόμενα. "También dice luego que los antiguos enten-
dían una cierta guerra divina, y así dice Heráclito : Es
de saber que hay guerra común y discordia en lugar de la
justicia, y que todo nace y muere por discordia y lucha."

rebentar, echando de sí tan crescidos ramos y hojas, que del menor pimpollo se sacaría harto fruto entre personas discretas. Pero como mi pobre saber no baste á mas de roer sus secas cortezas de los dichos de aquellos, que por claror 5 *de sus ingenios merescieron ser aprouados, con lo poco que de allí alcançare, satisfaré al propósito deste perbreue prólogo. Hallé esta sentencia corroborada por aquel gran orador é poeta laureado, Francisco Petrarcha, diziendo:* 10 *"Sine lite atque offensione nihil genuit natura parens": Sin lid é offension ninguna cosa engendró la natura, madre de todo. Dize mas adelante: "Sic est enim, et sic propemodum vniversa testantur: rapido stellæ obuiant firmamento;* 15 *contraria inuicem elementa confligunt; terræ tremunt; maria fluctuant; aer quatitur; crepant flammæ; bellum immortale venti gerunt; tempora temporibus concertant; secum singula, nobiscum omnia." Que quiere dezir: "En verdad assi* 20 *es, é assi todas las cosas desto dan testimonio: las estrellas se encuentran en el arrebatado firmamento del cielo, los aduersos elementos vnos con otros rompen pelea, tremen las tierras, ondean los mares, el ayre se sacude, suenan las llamas, los vientos entre si traen perpetua guerra, los tiempos con tiempos contienden é litigan entre si, vno á vno é todos contra nosotros." El*

verano vemos que nos aquexa con calor dema-
siado, el inuierno con frió y aspereza: assi que
esto nos paresce reuolucion temporal, esto con
que nos sostenemos, esto con que nos criamos é
5 *biuimos, si comiença á ensoberuecerse más de lo*
acostumbrado, no es sino guerra. E quanto se ha
de temer, manifiéstase por los grandes terromo-
tos é toruellinos, por los naufragios y encendios,
assi celestiales como terrenales, por la fuerça de
10 *los aguaduchos, por aquel bramar de truenos,*
por aquel temeroso ímpetu de rayos, aquellos
cursos é recursos de las nuues, de cuyos abiertos
mouimientos, para saber la secreta causa de
que proceden, no es menor la dissension de los

---

1   Sigue traduciendo al Petrarca: "Ver humidum, aestas
arida, mollis autumnus, hyems hispida et quae vicissitudo
dicitur pugna est..." Francisco Madrid vierte: "El verano humido, el estio seco, mojado el otoño y el invierno
erizado e lo que llaman sucessiones en la verdad contienda, e las mismas cosas que nos crian e por quien bivimos,
que con tantos halagos nos regalan, si se comienzan á
enseñar quan espantables sean, muestranlo los terremotos,
los arrebatados torvellinos, los naufragios y los fuegos
crueles del cielo y de la tierra. Qué sobresalto el de gra-
nizo, qué fuerça de las lluvias, qué temor el del tronido,
qué ímpetu el del rayo, qué ravia la de las tempestades,
qué hervor, qué bramido el del mar, qué ruydo el de los
arroyos... ay en las escuelas tanta discordia entre los
philosophos como en el mar entre las ondas. Pues qué diré,
que ningun animal caresce de guerra, los peces, las fieras,
las aves, las sierpes ni los hombres. Un linage offende á
otro e ninguno entre todos tiene reposo. El leon al lobo,
el lobo al can y el can persigue á la liebre..."

10   *Aguaduchos*, avenidas de aguas (véase mi edic. de
HITA.)

*filósofos en las escuelas, que de las ondas en
la mar.*

*Pues entre los animales ningún género carece
de guerra: pesces, fieras, aues, serpientes, de lo
qual todo, vna especie á otra persigue. El leon* 5
*al lobo, el lobo la cabra, el perro la liebre é, si
no paresciesse conseja de tras el fuego, yo lle-
garía más al cabo esta cuenta. El elefante, animal tan poderoso é fuerte, se espanta é huye de
la vista de vn suziuelo ratón, é avn de solo oyrle* 10
*toma gran temor. Entre las serpientes el basilis-
co crió la natura tan ponçoñoso é conquistador
de todas las otras, que con su siluo las asombra
é con su venida las ahuyenta é disparze, con su
vista las mata. La bíuora, reptilia ó serpiente* 15

---

7 *Conseja* de las que dicen las viejas tras el fuego,
como dijo Santillana de los refranes que recogió en los
hilanderos ó veladas.

10 "De todos cuantos animales hay al que más aborrecen es al raton y, si sienten que la comida que les echan
en el pesebre ha sido tocada de alguno, no la quieren"
(PLIN. en HUERTA, 8, 10).

12 Del *basilisco* véase HUERTA, *Plin.*, 8, 21. De la víbora diremos después. Sigue la traducción del Petrarca:
"El basilisco á todas las otras sierpes espanta con el siflo,
destierra con la presencia y mata con la vista... Pues si
creemos lo que de la natura de la bivora escriven grandes
hombres quanta contrariedad de cosas y qué discordia ay
en ella, que con desenfrenada dulçura, aunque natural.
mete el macho la cabeza en la boca de la hembra y ella
con arrebatado hervor de luxuria se la corta e quedando
buida y preñada, quando viene el tiempo de parir, agra-
vada de la multitud de los hijos, como si cada uno pro-
curase la venganza de la muerte de su padre, tanto trabaja
por ser el primero á salir que hazen rebentar á la madre...

enconada, al tiempo del concebir, por la boca
de la hembra metida la cabeça del macho y ella
con el gran dulçor apriétale tanto que le mata
é, quedando preñada, el primer hijo rompe las
5 *yjares de la madre, por do todos salen y ella*
muerta queda y él quasi como vengador de la
paterna muerte. ¿Que mayor lid, que mayor con-
quista ni guerra que engendrar en su cuerpo
quien coma sus entrañas?

10   *Pues no menos dissensiones naturales cree-*
mos auer en los pescados; pues es cosa cierta
gozar la mar de tantas formas de pesces, quan-
tas la tierra y el ayre cria de aues é animalias é
muchas más. Aristótiles é Plinio cuentan mara-
15 *uillas de un pequeño pece llamado Echeneis,*
quanto sea apta su propriedad para diuersos gé-
neros de lides. Especialmente tiene vna, que si

15 En el Petrarca: "Echineis semipedalis pisciculus na-
vim, quamvis immensam, ventis, undis, remis, velis actam,
retinet." Pero aquí se acordó de Juan de Mena el corrector y, dejando al Petrarca, se fué á la "Glosa sobre las
trezientas del famoso poeta Juan de Mena, compuesto por
Hernand Nuñez de Toledo, Comendador de la orden de
Santiago", de cuya edición de 1490 tomó otras erudiciones, ó de la misma edición de Sevilla de 1499, que tengo
á la vista. Mena dice en el *Laberinto* (c. 242): "Alli es mez-
clada grand parte de Echino, | el cual aunque sea muy
pequeño pez, | muchas vegadas, y no una vez, | detiene las
fustas que van su camino." La Glosa del Comendador
dice: "Alli es mezclada gran parte de echino. Lucano (Non
puppim retinens euro tendente rudentes in mediis echeneis,
aquis), que quiere decir no falta allí el pez dicho echeneis,
que detiene las fustas en mitad del mar, cuando el viento
euro extiende las cuerdas. Deste pez dice Plinio... Aristó-

llega á vna nao ó carraca, la detiene, que no se
puede menear, avnque vaya muy rezio por las
aguas; de lo qual haze Lucano mencion, di-
ziendo:

> *Non puppim retinens, Euro tendente rudentes,*   5
> *In mediis Echeneis aquis.*

"No falta alli el pece dicho Echeneis, que de-
tiene las fustas, quando el viento Euro estiende
las cuerdas en medio de la mar." ¡O natural
contienda, digna de admiracion: poder mas vn 10
pequeño pece que vn gran nauio con toda fuer-
ça de los vientos!

Pues si discurrimos por las aues é por sus
menudas enemistades, bien affirmarémos ser
todas las cosas criadas á manera de contienda. 15
Las mas biuen de rapina, como halcones é águi-
las é gauilanes. Hasta los grosseros milanos in-
sultan dentro en nuestras moradas los domésti-

---

teles escribe que... El error de Juan de Mena en poner
echino por echeneis, siendo dos peces de tan diversa natura, procedió de estar depravados los libros de Lucano, del
qual él tomó ésto. Porque leyese en Lucano desta manera:
"Non puppim retinens euro tendente rudentes in mediis
echinus aquis." Por decir "in mediis aquis". "Asy mismo
estava esta diction depravada en Plinio en el nono libro
de la historia natural." Bien se ve cómo Proaza tomó este
trozo de la *Glosa* de H. Núñez, con las citas de Lucano
(6, 674), Plinio y Aristóteles y la corrección del texto. El
Laberinto así glosado era, pues, el libro que Proaza mane-
jaba. Véase HUERTA, *Plinio*, 9, 25. Adviértase que en la
edición de la *Glosa*, de Salamanca, 1505, han quitado los
versos de Lucano.

*cos pollos é debaxo las alas de sus madres los
vienen á caçar. De vna aue llamada rocho, que
nace en el índico mar de Oriente, se dize ser de
grandeza jamás oyda é que lleva sobre su pico
fasta las nuues, no solo vn hombre ó diez, pero
vn nauio cargado de todas sus xarcias é gente.
E como los míseros navegantes estén assi sus-
pensos en el ayre, con el meneo de su buelo caen
é reciben crueles muertes.*

*¿Pues qué dirémos entre los hombres á quien
todo lo sobredicho es subjeto? ¿Quién explana-
rá sus guerras, sus enemistades, sus embidias,
sus aceleramientos é mouimientos é desconten-
tamientos? ¿Aquel mudar de trajes, aquel de-
rribar é renouar edificios, é ótros muchos affec-
tos diuersos é variedades que desta nuestra
flaca humanidad nos prouienen?*

E pues es antigua querella é uisitada de largos

2 En el Petrarca: "Esse circa mare Indicum inauditae
magnitudinis avem quandam, quam Rochum nostri vocant..."
Traduce Francisco Madrid: "Que diz que ay cerca del
mar Indico una ave de grandeza nunca oyda, que los nuestros llaman Rocho, que no solamente un hombre, mas todo
un navio entero se lleva hasta las nuves colgado del pico.
E de alli dexandole caer mata los tristes navegantes..."
"Homo ipse terrestrium dux et rector animalium..." "El
mesmo hombre señor de todas las cosas terrenales e go-
bernador de todas las cosas que tienen anima." Sigue el
Petrarca particularizando lo que aquí se cifra en pocas palabras.

18 Todo este descarado plagio sobre la lucha del universo, para venir á no *maravillarse si esta presente obra ha*

*tiempos, no quiero marauillarme si esta presen-
te obra ha seydo instrumento de lid ó contienda
á sus lectores para ponerlos en differencias,
dando cada vno sentencia sobre ella á sabor de
su voluntad. Unos dezían que era prolixa, otros* 5
*breue, otros agradable, otros escura; de manera
que cortarla á medida de tantas é tan differen-
tes condiciones á solo Dios pertenesce. Mayormente pues ella con todas las otras cosas que al
mundo son, van debaxo de la vandera desta no-* 10
*table sentencia: "que avn la mesma vida de los
hombres, si bien lo miramos, desde la primera
edad hasta que blanquean las canas, es batalla."
Los niños con los juegos, los moços con las letras, los mancebos con los deleytes, los viejos* 15
*con mill especies de enfermedades pelean y es-
tos papeles con todas las edades. La primera los
borra é rompe, la segunda no los sabe bien leer.
la tercera, que es la alegre juuentud é mancebía,*

---

seydo instrumento de lid ó contienda á sus lectores! ¡No
valía la pena!

3 *Differencias,* no es galicismo. MAR., *H. E.,* I, 11:
Entre sus sobrinos habian resucitado debates y diferencias,
las cuales pretendia apaciguar.

11 *Que aun la misma vida.* El Petrarca: "La conclusion
pues sea que todas las cosas y especialmente la vida de los
ombres no es otra cosa sino una contienda." Y poco más
arriba: "Qué guerra tienen los niños con las caydas, y qué
contienda los mochachos con las letras... qué pleyto los
mancebos con los deleytes... qué pena passan los viejos
con la edad y enfermedades vezinas á la muerte."

discorda. Vnos les roen los huessos que no tie-
nen virtud, que es la hystoria toda junta, no
aprouechándose de las particularidades, hazién-
dola cuenta de camino; otros pican los donayres
5 *y refranes comunes, loándolos con toda aten-*
cion, dexando passar por alto lo que haze más
al caso é vtilidad suya. Pero aquellos para cuyo
verdadero plazer es todo, desechan el cuento de
la hystoria para contar, coligen la suma para su
10 *prouecho, ríen lo donoso, las sentencias é di-*
chos de philosophos guardan en su memoria
para trasponer en lugares conuenibles á sus au-
tos é propósitos. Assi que quando diez perso-
nas se juntaren á oyr esta comedia, en quien
15 *quepa esta differencia de condiciones, como*

---

1 *Les roen los huesos* á estos papeles, gustan tanto de
ellos, que hasta los huesos les roen. Así en GUEVARA, *Men.
Corte*, 15 : No contento de roer los huesos (gustar del mundo). Además, *murmurar*, valor que juntamente tiene aquí,
pues (dicen) *que no tienen virtud* (los huesos). Este valor
en GALINDO, *H*, 467, como roerle los zancajos.

4 *Cuenta*, acaso *cuento*.

4 *Pican*, dícese del comer un poquillo, gustando varias
cosillas en la mesa, como los pájaros. ZABALETA, *Dia, f. 1,
4* : Mientras el pájaro niño pica torpe el granillo en el
suelo.

12 *Trasponer*, usar en otras ocasiones, metáfora del
trasplantar. HERR., *Agr.*, 3, 5, 7 : En el riñón del invierno
poner ó trasponer arboles.

13 *Autos*, actos, hechos.

14 *Quando diez personas*. Para oirla *leer*, que para eso
se escribió, y confírmanlo los versos finales de Proaza
(4.ª estrofa) : como que él es el que escribió este *Prólogo*,
y aquí repite lo de allí.

suele acaescer, ¿quien negará que aya contien-
da en cosa que de tantas maneras se entienda?
Que avn los impressores han dado sus puntu-
ras, poniendo rúbricas ó sumarios al principio
de cada aucto, narrando en breue lo que dentro 5
contenía: vna cosa bien escusada según lo que
los antiguos scriptores vsaron. Otros han liti-
gado sobre el nombre, diziendo que no se auia
de llamar comedia, pues acabaua en tristeza,
sino que se llamasse tragedia. El primer auctor 10
quiso darle denominacion del principio, que fué
plazer, é llamóla comedia. Yo viendo estas dis-
cordias, entre estos extremos partí agora por
medio la porfía, é llaméla tragicomedia. Assí

---

4 *Rúbricas ó sumarios* llama el autor de este *Prólogo,*
esto es, Proaza, á los "argumentos nuevamente añadidos",
como dice la edición más antigua de 1499. No son, pues, del
autor. Y de hecho, si son *cosa bien escusada,* el autor los
hubiera suprimido; pero no fué él, sino Proaza, el que escribió este *Prólogo.*

10 *El primer auctor,* el del primer acto. Bien se ve no
escribir esto el autor de los quince restantes, sino Proaza,
pues el autor verdadero la llamó *Comedia,* y así se llama
en la edición de 1499, y no menos en la de Sevilla de 1501,
en que ya metió mano Proaza, y sólo en la del año siguiente de 1502 la llamó Proaza *Tragicomedia,* añadió **actos**
y este *Prólogo.*

14 *Tragicomedia.* Plauto, en el prólogo del *Anfitrión:*
"Voy á exponeros el argumento de esta tragedia. ¿Por qué
arrugais la frente? ¿Porque os dije que iba á ser tragedia?
Soy un dios y puedo, si quereis, transformarla en comedia
sin cambiar ninguno de los versos. ¿Quereis que lo haga
así ó no? Pero, necio de mí, que siendo un dios no puedo
menos de saber lo que pensais sobre esta materia! Haré,

*que viendo estas contiendas, estos dissonos é
varios juyzios, miré á donde la mayor parte
acostaua, é hallé que querían que se alargasse
en el processo de su deleyte destos amantes;*
5 *sobre lo qual fuy muy importunado; de manera
que acordé, avnque contra mi voluntad, meter
segunda vez la pluma en tan estraña lauor é tan
agena de mi facultad, hurtando algunos ratos á
mi principal estudio, con otras horas destinadas*
10 *para recreacion, puesto que no han de faltar
nueuos detractores á la nueua adicion.*

pues, que sea una cosa mixta, á la cual llamaré *tragico-comedia,* porque no me parece bien calificar siempre de comedia aquella en que intervienen reyes y dioses, ni de tragedia
á la que admite personajes de siervo. Será, pues, como os
he dicho, una tragicocomedia." MENÉNDEZ Y PELAYO (*Oríg.
Nov.,* III, XLVIII) opina que Rojas tomó este nombre de
Plauto y de Verardo de Cesena, que lo tomó de Plauto para
su *Fernandus Servatus,* que dice debió de leer Rojas. Pero
ni el autor la llamó *Tragicomedia,* sino el corrector; ni
Plauto la llamó *Tragicomedia,* sino *Tragico-comedia;* ni el
corrector que la llamó *Tragicomedia* da para ello la razón
de Plauto, sino la de ser mezcla de *tristeza* y *placer.* Creo,
pues, que el corrector, al llamarla *Tragicomedia,* formó este
nombre sin saber de Plauto ó sin acordarse de él, sólo por
las opiniones varias que corrían y conforme al criterio
de *tristeza* y *placer,* bien diferente del que Plauto y los
romanos tenían de estos dos géneros dramáticos. Como
está bien acomodado este título y así se ha hecho corriente, creo debemos conservarlo.

1 *Dissonos,* voz latino-bárbara.

3 *Acostava,* se inclinaba. FUENM., *S. Pío V,* f. 34: De
jada la amistad de España, á quien padre y hermano habian servido, por promesas del cardenal, acostó á la parte
de Francia.

6 *Meter,* añadir autos hasta 21 á los 16 primitivos,
y otras cosas en los mismos primitivos 16 autos.

SÍGUESE

LA COMEDIA *O TRAGICOMEDIA* DE CALISTO Y
MELIBEA, COMPUESTA EN REPREHENSION DE
LOS LOCOS ENAMORADOS, QUE, VENCIDOS EN
SU DESORDENADO APETITO, A SUS AMIGAS ₅
LLAMAN E DIZEN SER SU DIOS. ASSI MESMO
FECHA EN AUISO DE LOS ENGAÑOS DE LAS
ALCAHUETAS E MALOS E LISONJEROS SIRUIEN-
TES.

ARGUMENTO

de toda la obra.

Calisto fué de noble linaje, de claro ingenio, de gentil
disposición, de linda criança, dotado de muchas gracias,

---

1 Menéndez y Pelayo, que en todo muestra su gran
erudición bibliográfica, dice (*Oríg. Nov.*, III, LXIX) que se
parece este título al de la comedia humanística *Paulus*,
de Pedro Pablo Vergerio, escrita en el siglo XIV: *Paulus
comoedia ad iuvenum mores coercendos*, y cuyo propósito
fué mostrar cómo los malos siervos y las mujeres perdidas
estragan los más ricos patrimonios, *ad diluendas opes*. *Paulus* es estudiante y se vale de criados y de una tercerona. Pero aquí y en estos rasgos generales acaba la seme-
janza. La cual, por lo visto, es harto mayor con la obra del
Arcipreste de Hita y su glosa del *Pamphilus*, no sólo en
el asunto, que es el mismo, sino en el propósito é intento
moral. Lo de *dizen ser su Dios* es de HITA (c. 661): "Amo-
vos mas que á Dios."

de estado mediano. Fué preso en el amor de Melibea, mú-
ger moça, muy generosa, de alta y serenissima sangre, su-
blimada en próspero estado, vna sola heredera á su padre
Pleberio, y de su madre Alisa muy amada. Por solicitud
5 del pungido Calisto, vencido el casto propósito della (en-
treueniendo Celestina, mala y astuta muger, con dos ser-
uientes del vencido Calisto, engañados é por esta tornados
desleales, presa su fidelidad con anzuelo de codicia y de
deleyte), vinieron los amantes é los que les ministraron,
10 en amargo y desastrado fin. Para comienço de lo cual dis-
puso el aduersa fortuna lugar oportuno, donde á la presencia de Calisto se presentó la desseada Melibea.

INTRODUCENSE *
EN ESTA TRAGI-COMEDIA
LAS PERSONAS SIGUIENTES

———————

CALISTO.	Mancebo enamorado.
MELIBEA.	Hija de Pleberio.
PLEBERIO..	Padre de Melibea.
ALISA.	Madre de Melibea.
CELESTINA.. . . .	Alcahueta.
PARMENO..	
SEMPRONIO.. . . .	
TRISTAN.	Criados de Calisto.
SOSIA.	
CRITO.	Putañero.
LUCRECIA.	Criada de Pleberio.
ELICIA.	
AREUSA.	Rameras.
CENTURIO.	Rofian.

* *Esta lista de personas falta en la edición de Valencia, 1514 y en todas ediciones anteriores á la de 1553, impresa en Venecia en casa de Gabriel Giolito de Ferrari, adonde, según parece, fué añadida é impresa por primera vez.*

AUCTO PRIMERO

ARGUMENTO

DEL PRIMER AUTO DESTA COMEDIA

Entrando Calisto en una huerta empós de un falcón suyo, halló y á Melibea, de cuyo amor preso, començóle de 5 hablar. De la qual rigorosamente despedido, fué para su casa muy sangustiado. Habló con vn criado suyo llamado Sempronio, el qual, despues de muchas razones, le endereçó á vna vieja llamada Celestina, en cuya casa tenía el mesmo criado vna enamorada llamada Elicia. La qual, 10 viniendo Sempronio á casa de Celestina con el negocio de su amo, tenía á otro consigo, llamado Crito, al qual escondieron. Entretanto que Sempronio está negociando con Celestina, Calisto está razonando con otro criado suyo, por nombre Pármeno. El qual razonamiento dura hasta 15 que llega Sempronio y Celestina á casa de Calisto. Pármeno fué conocido de Celestina, la qual mucho le dize de los fechos é conoscimiento de su madre, induziéndole á amor é concordia de Sempronio.

Pármeno, Calisto, Melibea, Sempronio, 20
Celestina, Elicia, Crito.

CALISTO.—En esto veo, Melibea, la grandeza de Dios.

---

7 *Sangustiado,* angustiado, por *ensangustiado,* quitada la preposición *en-,* y con la *s* de *en-s-alzar, en-s-angostar,* etc.

22 *Calisto,* el griego χάλλιστος, *hermosísimo,* el protagonista de la tragicomedia. *Melibea,* la protagonista de la

MELIBEA.—¿En qué, Calisto?

CAL.—En dar poder á natura que de tan perfeta hermosura te dotasse é facer á mí inmérito
tanta merced que verte alcançasse é en tan con-
5 ueniente lugar, que mi secreto dolor manifestar-
te pudiesse. Sin dubda encomparablemente es
mayor tal galardón, que el seruicio, sacrificio,
deuocion é obras pías, que por este lugar alcançar tengo yo á Dios offrescido, ni otro poder
10 mi voluntad humana puede conplir. ¿Quién vido
en esta vida cuerpo glorificado de ningún hom-

---

misma, y tomó Rojas este nombre del *Melibeo* de las
Eglogas de Virgilio. En griego μελί-βοια, *Meliboea*, pobla-
ción de Tesalia (*Ilíada*, 2, 717), que significa *la de voz me-
losa, dulce,* que es lo que Virgilio y Rojas pretendían en-
cerrar en este nombre.

2 *Natura,* usábase este latinismo sin artículo.

3 *Inmérito,* latinismo, *que no lo merezco.*

6 *Encomparablemente.* Foulché-Delbosc corrigió *incomparablemente,* así como otros varios vocablos con *en-* los
corrigió poniendo *in-,* pero con *en-* se decían á la española, hasta que venció el *in-* latino.

10 *Ni otro poder mi voluntad humana puede complir*: todo esto falta en *V. Vido,* vió, muy usado hasta el siglo XVIII,
de *vidi(t),* como recuerdo de los romances antiguos. Adviértase el estilo, propio del comienzo del Renacimiento clásico, enfático, rinbombante, lleno de trasposiciones y voces
latinas que el autor pone siempre en labios de Calisto,
como personaje señoril y culto, que los tales solían usar
en ocasiones graves. Conociendo tan maravillosamente el
autor el habla popular que pone en boca de la gente baja,
bien se ve no emplear ese estilo á humo de pajas, sino
por remedar el que usaba la gente de cuenta. Nos parece
afectado, porque de hecho lo era, pero debemos agradecer
al autor el que nos lo haya tan bien remedado del natural
afectado de aquellos caballeros.

bre, como agora el mío? Por cierto los gloriosos
sanctos, que se deleytan en la vision diuina, no
gozan mas que yo agora en el acatamiento tuyo.
Mas ¡o triste! que en esto diferimos: que ellos
puramente se glorifican sin temor de caer de 5
tal bienauenturança é yo misto me alegro con
recelo del esquiuo tormento, que tu absencia me
ha de causar.

MELIB.—¿Por grand premio tienes esto, Calisto? 10

CAL.—Téngolo por tanto en verdad que, si
Dios me diesse en el cielo la silla sobre sus sanctos, no lo ternía por tanta felicidad.

MELIB.—Pues avn más ygual galardon te
daré yo, si perseueras. 15

CAL.—¡O bienauenturadas orejas mias, que
indignamente tan gran palabra haueys oydo!

MELIB.—Mas desauenturadas de que me aca-
bes de oyr. Porque la paga será tan fiera, qual
meresce tu loco atreuimiento. E el intento de 20

---

6 *Misto,* mezclado de cuerpo y espíritu, á diferencia
de los gloriosos Santos que están sin cuerpo en el cielo.

7 *Esquivo,* malo, terrible. *Trat. Argel,* 1: Que como
el cuerpo está en prision esquiva.

16 *Orejas,* oídos, común entonces; hoy tiénese por
vulgar.

18 *Desaventuradas.* OVIEDO, *H. Ind.,* 47, 6: La desaven-
turada muerte del hijo. CAST., *Canc.,* 1, p. 197: La triste
desaventura | es vecina de tu gloria.

tus palabras, Calisto, ha seydo de ingenio de tal
hombre como tú, hauer de salir para se perder
en la virtud de tal muger como yo. ¡Vete! ¡vete
de ay, torpe! Que no puede mi paciencia tollerar
5 que aya subido en coraçon humano comigo el
ylícito amor comunicar su deleyte.

CAL.—Yré como aquel contra quien solamente la aduersa fortuna pone su estudio con odio
cruel.

10   CAL.—¡Sempronio, Sempronio, Sempronio!
¿Dónde está este maldito?

SEMPRONIO.—Aquí soy, señor, curando destos cauallos.

---

1 *Seydo,* de *seer, se(d)er(e).*

1 *Ingenio,* índole nativa, nacida con el individuo, que
es lo que suena en latín.

5 *Subir en coraçon humano* la idea de *comunicar comigo su deleyte el ylícito amor.* Valor latino, y no castellano,
de *subire,* deslizarse ocultamente. El hipérbaton y la construcción latina revuelta con la castellana del infinitivo *comunicar,* hace dificultosísima la frase. Esta escena era
necesaria para zanjar la razón de no haber pedido Calisto
á los padres de Melibea su hija en casamiento, puesto
que ella le desechó, y, por consiguiente, el acudir á Celestina para que con sus artes la trajese á su amor. Es el
fundamento de la *Comedia.*

8 *Estudio,* empeño, otro latinismo de humanista.

10 *Sempronio,* nombre de uno de los criados de Calisto, "eterno compañero de Ticio, no puede ser más natural
en un bachiller legista" (MENÉND. PELAYO, *Oríg. Nov.,* III,
XLVII).

12 *Curando,* otro latinismo, aunque bastante generaliza-
do. *Soy,* por *estoy,* se decía así en aquel tiempo.

Cal.—Pues, ¿cómo sales de la sala?

Semp.—Abatióse el girifalte é vínele á endereçar en el alcándara.

Cal.—¡Assi los diablos te ganen! ¡Assi por infortunio arrebatado perezcas ó perpetuo intollerable tormento consigas, el qual en grado incomparablemente á la penosa é desastrada muerte, que espero, traspassa. ¡Anda, anda, maluado! Abre la cámara é endereça la cama.

Semp.—Señor, luego hecho es.

Cal.—Cierra la ventana é dexa la tiniebla acompañar al triste y al desdichado la ceguedad. Mis pensamientos tristes no son dignos de luz. ¡O bienauenturada muerte aquella, que desseada á los afligidos viene! ¡O si viniéssedes agora,

---

1 *Cómo,* por qué, castellano corriente aún hoy.

2 *Abatirse* decíase propiamente de las aves de altanería como el jerifalte. *Quij., 2, 22:* Como á señuelo gustoso se le abaten las águilas reales y los pájaros altaneros.

3 *Alcándara,* percha donde suelen estar el halcón y demás aves de altanería. Salazar, *Obr. post.,* f. 86: Mas el grifanio halcon el viento escala | y alcándara formando de una nube. Por aquí se ve que Calisto era de casa rica, donde sólo se criaban estas costosísimas aves y se ejercitaba este deporte real.

4 *Te ganen,* se apoderen de ti, proprísimo valor de este verbo, que consiste en echarse sobre algo, como veremos en el *Tesoro* (G). *Assi* optativo, ojalá. *Entret., 2:* Por verte con gusto, voy | alegre, asi Dios me salve. Nótese el prurito de amontonar epítetos á la latina y el dejar el verbo para el fin.

10 *Hecho es,* por el futuro, á causa de la certidumbre y presteza con que espera hacerlo.

Hipocrates é Galeno, médicos, ¿sentiríades mi mal? ¡O piedad de silencio, inspira en el Plebérico coraçón, porque sin esperança de salud no embie el espíritu perdido con el desastrado Píramo é de la desdichada Tisbe!

---

1 *Hipocrates é Galeno,* así corrijo. En *B Eras é Crato,* en *V Crato e Galieno, en S, Z, A* ídem *Crato,* en *R Creato e Galieno,* en la edición de Gast, de 1570, *Erasistrato y Galieno,* en Mabbe *Hypocrates and Galen.* No hubo tales médicos *Eras, Crato, Creato* ni *Erasistrato.* Hipócrates, de la isla de Coo, padre de la medicina, nacido el año primero de la Olimpiada 80, y muerto de ochenta y cinco años. *Galieno* ó *Cl. Galenus,* médico después de Hipócrates el más nombrado, nacido en Pérgamo el año 131, hijo de Nicon el arquitecto.

2 *Silencio,* así en *B, Celeuco* en *V, celestial* en *S, Z, A.*

3 *Plebérico,* en *Z, A pleberio.* La racha humanística va creciendo hasta espumarajear. En el corazón de Melibea, hija de Pleberio, que, á la latina, llama Rojas *corazón Plebérico.*

5 *Píramo y Tisbe,* los desgraciados amantes de que habla Higinio (*Fab.,* 242) y Ovidio en sus *Metamórfosis* (1. 4): Criáronse él y ella en Babilonia y eran vecinos. Enamorados, se hablaban por la hendidura de una pared y se concertaron salir de noche junto al sepulcro de Nino, debajo de un moral, y donde manaba una fuente muy fría. Llegada primero Tisbe bien rebozada, y estando aguardando sentada, vió acercarse á la fuente una leona á beber, bañada en la sangre de una vaca que se había comido. Huyó á una cueva, dejándose allí el manto, que luego desgarró y ensangrentó el león. Llega Píramo, ve estos despojos, cree que el león ha acabado con su enamorada, y, pidiendo al cielo, á la tierra y á las bestias que le vengasen, se mató con su espada. Saltó de la herida una espadañada de sangre que tiñó las moras del moral, antes blancas. Sale luego Tisbe, desconoce el moral viendo negra su fruta, echa de ver á su amante que estaba en el filo de la muerte conjura al moral encubra á entrambos y lleve siempre fruto negro de luto y se atravesó la misma espada, cayendo muer-

SEMP.—¿Qué cosa es?

CAL.—¡Vete de ay! No me fables; sinó, quiça ante del tiempo de mi rabiosa muerte, mis manos causarán tu arrebatado fin.

SEMP.—Yré, pues solo quieres padecer tu mal. 5

CAL.—¡Ve con el diablo!

SEMP.—No creo, según pienso, yr comigo el que contigo queda. ¡O desuentura! ¡O súbito mal! ¿Quál fué tan contrario acontescimiento, que assi tan presto robó el alegría deste hom- 10 bre é, lo que peor es, junto con ella el seso? ¿Dexarle he solo ó entraré alla? Si le dexo, matarse ha; si entro alla, matarme ha. Quédese; no me curo. Más vale que muera aquel, á quien es enojosa la vida, que no yo, que huelgo con 15 ella. Avnque por ál no desseasse viuir, sino por ver mi Elicia, me deuria guardar de peligros. Pero, si se mata sin otro testigo, yo quedo obli-

---

ta sobre Píramo, que acababa de abrir los ojos, de reconocerla y de morir.

3 *Ante.* GRAN., *Mem.,* I, I, 3: Aquella grande hambre de los siete años de Egipto, ante la cual dice la escritura que...

6 *Con el diablo,* manera de despedir malamente.

7 *Comigo,* así se halla siempre en la primitiva *Comedia,* mientras que el corrector corregía siempre *conmigo,* y *conmigo* escribe en los trozos añadidos de su cosecha. Sólo esta voz, tan repetida, comprueba ser diferente el corrector del autor.

16 *Por al,* por otra cosa. Ya apunta aquí en enamoramiento del mozo, segunda pareja de la tragicomedia, que así es la vida: ricos y pobres se enzarzan en el amor que les devana el seso y la vida.

gado á dar cuenta de su vida. Quiero entrar.
Mas, puesto que entre, no quiere consolacion ni
consejo. Asaz es señal mortal no querer sanar.
Con todo, quiérole dexar vn poco desbraue, ma-
5 dure: que oydo he dezir que es peligro abrir
ó apremiar las postemas duras, porque mas se
enconan. Esté vn poco. Dexemos llorar al que
dolor tiene. Que las lágrimas é sospiros mucho
desenconan el coraçon dolorido. E avn, si de-
10 iante me tiene, más comigo se encenderá. Que
el sol más arde donde puede reuerberar. La
vista, á quien objeto no se antepone, cansa. E
quando aquel es cerca, agúzase. Por esso quiérome sofrir vn poco. Si entretanto se matare,
15 muera. Quiça con algo me quedaré que otro
no lo sabe, con que mude el pelo malo. Avnque

---

3 Refrán en CORREAS, p. 54.

4 *Desbrave,* se desahogue. F. AGUADO, *Crist.,* 14, 3:
Sepa el que ha de corregir dar cuerda al culpado y dele
lugar que desbrave. Es metáfora del quitar la braveza al
caballo bravo y cerril, y así *desbravar potros* es domarlos
y *desbravador* en Andalucía el domador.

6 *Apremiar,* poner *premia* ó *apremio* antes de que por
sí maduren.

8 CORR., 195: *Lágrimas y suspiros mucho desenconan el
coraron dolorido. Desenconar,* propiamente de la herida ó
postema enconada.

16 *Mudar el pelo malo,* mejorar de estado, y díjose de
las bestias, lucias y de buen pelo, cuando están gordas, y de
mal pelaje, cuando flacas. De aquí muchas frases al tanto.
CORR., p. 29: Aunque muda el pelo la raposa, su natural
no despoja. ESTEB., 1: Cuando habia huespedes de buen
pelo. QUEV., *Zah.*: Chiquito, rúbio y de mal pelo. *Selvag.*,
84: Que desta vez yo salga de laceria y á pesar de ga-

malo es esperar salud en muerte agena. E quiça
me engaña el diablo. E si muere, matarme han
é yran allá la soga é el calderón. Por otra parte
dizen los sabios que es grande descanso á los
affligidos tener con quien puedan sus cuytas 5
llorar é que la llaga interior más empece. Pues
en estos estremos, en que estoy perplexo, lo más
sano es entrar é sofrirle é consolarle. Porque,
si possible es sanar sin arte ni aparejo, mas ligero es guarescer por arte é por cura.   10

CAL.—Sempronio.

SEMP.—Señor.

CAL.—Dame acá el laúd.

SEMP.—Señor, vesle aquí.

CAL.   ¿Qual doior puede ser tal,   15
    que se yguale con mi mal?

SEMP.—Destemplado está esse laúd.

CAL. — ¿ C ó m o templará el destemplado?
¿Cómo sentirá el armonía aquel, que consigo
está tan discorde? ¿Aquel en quien la voluntad 20

---

llegos deseche el pelo malo por entero. F. SILVA, Celest.,
13: Que mudemos el pelo malo.

1 CORR., 136: Esperar salud en muerte ajena, se condena.

3 Ir allá la soga tras el caldero ó calderón, como aquí
dice: perdido lo principal, piérdase lo secundario; avíos
para sacar agua del pozo. CORR., 70: Allá irá la soga tras
el calderon. Idem, 289: Do va la soga, vaya el caldero.

10 Por cura, procura en V.

15 Cantarcillo que inventa ó troba Calisto, que los sabía hacer y bien acomodados al caso.

á la razón no obedece? ¿Quien tiene dentro del
pecho aguijones, paz, guerra, tregua, amor, enemistad, injurias, pecados, sospechas, todo á vna
causa? Pero tañe é canta la más triste cancion,
5 que sepas.

SEMP.   Mira Nero de Tarpeya
        á Roma cómo se ardía:
        gritos dan niños é viejos
        é el de nada se dolía.

10 CAL.—Mayor es mi fuego é menor la piedad
de quien agora digo.

SEMP.—No me engaño yo, que loco está este
mi amo.

CAL.—¿Qué estás murmurando, Sempronio?
15 SEMP.—No digo nada.

CAL.—Dí lo que dizes, no temas.

SEMP.—Digo que ¿cómo puede ser mayor el
fuego, que atormenta vn viuo, que el que quemó
tal cibdad é tanta multitud de gente?

20 CAL.—¿Cómo? Yo te lo diré. Mayor es la
llama que dura ochenta años, que la que *en vn
dia passa, y mayor la que mata vn ánima, que la
que* quema cient mill cuerpos. Como de la apa-

---

4 Todo por una causa: por el amor.
6 Canción, que tambіén trae el *Quijote* (1, 14), y es del
Romancero. Véase CLEMENCÍN, I, 301; V, 399; VI, 101.
Sempronio no sabe más que los cantares populares, como
éste lo era.

rencia á la existencia, como de lo viuo á lo pintado, como de la sombra á lo real, tanta diferencia ay del fuego, que dizes, al que me quema.
Por cierto, si el del purgatorio es tal, mas querría que mi spíritu fuesse con los de los brutos 5
animales, que por medio de aquel yr á la gloria
de los sanctos.

SEMP.—¡Algo es lo que digo! ¡A más ha de
yr este hecho! No basta loco, sino ereje.

CAL.—¿No te digo que fables alto, quando 10
fablares? ¿Qué dizes?

SEMP.—Digo que nunca Dios quiera tal; que
es especie de heregía lo que agora dixiste.

CAL.—¿Porqué?

SEMP.—Porque lo que dizes contradize la 15
cristiana religion.

CAL.—¿Qué á mi?

SEMP.—¿Tú no eres cristiano?

CAL.—¿Yo? Melibeo so é á Melibea adoro é
en Melibea creo é á Melibea amo. 20

SEMP.—Tú te lo dirás. Como Melibea es
grande, no cabe en el coraçon de mi amo, que
por la boca le sale á borbollones. No es más

---

2 *Como de lo vivo á lo pintado,* frase hecha, común.
9 ¡Ya decía yo!, con razón le dije loco; pero es todavía más: es hereje.
17 No me toca á mí eso de contradecirla, pues no lo
he hecho.
19 *Melibeo,* todo de Melibea. *So* por *soy,* antiguo.

menester. Bien sé de qué pié coxqueas. Yo te
sanaré.

CAL.—Increyble cosa prometes.

SEMP.—Antes fácil. Que el comienço de la
5 salud es conoscer hombre la dolencia del enfermo.

CAL.—¿Quál consejo puede regir lo que en
sí no tiene orden ni consejo?

SEMP.—¡Ha! ¡ha! ¡ha! ¿Esto es el fuego de
10 Calisto? ¿Estas son sus congoxas? ¡Como si
solamente el amor contra él asestara sus tiros!
¡O soberano Dios, quán altos son tus miste-
rios! ¡Quánta premia pusiste en el amor, que
es necessaria turbacion en el amante! Su límite
15 posiste por marauilla. Paresce al amante que
atrás queda. Todos passan, todos rompen, pungidos é esgarrochados como ligeros toros. Sin
freno saltan por las barreras. Mandaste al hombre por la muger dexar el padre é la madre;

---

1 *Coxquear* ó *cojear de tal pie*, dícese del flaco ó falta
de que uno adolece. CORR., 95: Conocer de qué pie cojea
(Qué tratos y mañas tiene). A. PÉREZ, *Mierc. dom. 1 cuar.*,
f. 182: Los que mas cosquean deste pié son aquellos que
menos levantan del suelo.

11 *Asestara*, en *V assestasse*.

13 *Premia*, apremio. A. VENEG., *Agon.*, 4, 9: Los que
estan en el cielo no tienen esta premia.

17 *Pungidos*, latinismo por el antiguo puñir, como en
barbiponiente, de *pungere*, punzar. *Esgarrochados*, poner ga-
rrochas al toro, especie de largas banderillas ó cortas picas,
que pueden verse en el Guadarnés real.

18 En el *Génesis*, 2, 24. Alude á Dios, á quien habla.

agora no solo aquello, mas á ti é á tu ley desam-
paran, como agora Calisto. Del qual no me marauillo, pues los sabios, los santos, los profetas
por él te oluidaron.

CAL.—Sempronio.   5

SEMP.—Señor.

CAL.—No me dexes.

SEMP.—De otro temple está esta gayta.

CAL.—¿Qué te paresce de mi mal?

SEMP.—Que amas á Melibea.   10

CAL.—¿E no otra cosa?

SEMP.—Harto mal es tener la voluntad en
vn solo lugar catiua.

CAL.—Poco sabes de firmeza.

SEMP.—La perseuerancia en el mal no es   15
constancia; mas dureza ó pertinacia la llaman
en mi tierra. Vosotros los filósofos de Cupido
llamalda como quisiérdes.

CAL.—Torpe cosa es mentir el que enseña
á otro, pues que tú te precias de loar á tu amiga 20
Elicia.

SEMP.—Haz tú lo que bien digo é no lo que
mal hago.

---

4 *Por él,* por el amor; *por ellas* en *V, Z, A;* por las
mujeres.

8 *Templar gaitas* es quitar el mal humor de otro ó
tratar con él de manera que no salte.

17 *De Cupido,* dios del amor, del cual léase D. LÓPEZ,
Alciato embl., 112.

CAL.—¿Qué me reprobas?

SEMP.—Que sometes la dignidad del hombre á la imperfeccion de la flaca muger.

CAL.—¿Muger? ¡O grossero! ¡Dios, Dios!

5 SEMP.—¿E assi lo crees? ¿O burlas?

CAL.—¿Que burlo? Por Dios la creo. por Dios la confiesso é no creo que ay otro soberano en el cielo; avnque entre nosotros mora.

SEMP.—¡Ha! ¡ah! ¡ah! ¿Oystes qué blasfe-
10 mia? ¿Vistes qué ceguedad?

CAL.—¿De qué te ríes?

SEMP.—Ríome, que no pensaua que hauia peor inuencion de pecado que en Sodoma.

CAL.—¿Cómo?

15 SEMP.—Porque aquellos procuraron abominable vso con los ángeles no conocidos é tú con el que confiessas ser Dios.

---

1 En *V repruevas.*

4 *¡Dios!* es Melibea; no mujer.

6 *Burlar,* hablar en broma. VALB., *Bern.,* 4: En las leyes de amor quien no temiere, | burla, si dice que de veras quiere. Con esto se confirma que el *Incipit,* donde se dice "llaman é dizen ser su dios", es del autor, pues alude á esto varias veces.

8 *Mora,* alude á su amada, á quien endiosa.

13 *Pecado de Sodoma,* paederastia (*Génes.,* 19, 4): "Ubi sunt viri, qui introierunt ad te nocte? Educ illos huc ut *cognoscamus eos*"; son los ángeles, de que habla luego, que habían ido revestidos de hombres, y los de Sodoma, tras el banquete, los querían para su nefando crimen. Pero, según Sempronio, Calisto iba más allá, pues no ya con ángeles, sino con el mismo Dios quería pecar, teniendo por tal á Melibea. Salida bien ingeniosa y que le hace reir.

CAL.—¡Maldito seas!, que fecho me has reyr, lo que no pensé ogaño.

SEMP.—¿Pues qué? ¿toda tu vida auías de llorar?

CAL.—Sí.

SEMP.—¿Porqué?

CAL.—Porque amo á aquella, ante quien tan indigno me hallo, que no la espero alcançar.

SEMP.—¡O pusilánimo! ¡O fideputa! ¡Qué Nembrot, qué magno Alexandre, los quales no solo del señorío del mundo, mas del cielo se juzgaron ser dignos!

CAL.—No te oy bien esso que dixiste. Torna, dilo, no procedas.

SEMP.—Dixe que tú, que tienes mas coraçon que Nembrot ni Alexandre, desesperas de alcançar vna muger, muchas de las quales en grandes estados constituydas se sometieron á los pechos é resollos de viles azemileros é otras á brutos animales. ¿No has leydo de Pasife con el toro, de Minerua con el can?

---

9   *Fideputa, Quij.,* 1, 25; 1, 29; 1, 30; 1, 52, etc.

10 *Génes.,* 10, 7: "Y Cush engendró Nimrod: éste comenzó á ser poderoso en la tierra."

19 *Resollo* ó resuello, de *resollar,* alentar, *re-sufflare.*

20 En *V Pasifae.* J. PIN., *Agr.,* 22, 23: "Aun me quedan no sé qué relieves con que os hacer otro par de platos, sino que por os tener por de delicados estómagos no quiero que veais tan mal manjar como el de la *mascula libidine in feminis:* y por tanto debreis acudir á la *Priapeya* y a Luciano de Megila Lesbia y á Marcial de Bassa y de Phile-

Cal.—No lo creo; hablillas son.

Semp.—Lo de tu abuela con el ximio, ¿ha-
blilla fué? Testigo es el cuchillo de tu abuelo.

Cal.—¡Maldito sea este necio! ¡E qué po-
5 rradas dize!

---

nis y á Sapho en su epístola de sí mesma con Amithona
Telesipa, Megara, Athis Cydna, Girina, Anactoria, Andro-
meda y Polianatida; y si tocardes en Maximo Tyrio, no sal-
dreis ayunos desto. Tambien se debe decir callando *quod
ad coitum iumentorum concernit,* y del toro de Pasipha madre del Minotauro escriben Virgilio, Propercio y Ovidio,
y del caballo Semiramis Plinio y Higinio, y del perro de la
mozuela etrusca Volaterrano en su *Philologia* libro 3²,
y del de la otra tañedorcilla Glauca Eliano, y del elefante
de Alcipe Plinio y de los cabrones de las mujeres Mendesias
Herodoto y Estrabon. En las santas Escrituras se manda
matar la mujer que *cum iumentis rcm veneream exercuertt*
y en los *Cánones* se toca en esto." De Pasifae en *Natal.
Comit.,* l. 6, c. 5: "Fabulati sunt Venerem, post indicatum
suum a Sole adulterium cum Marte, in universam Solis
stirpem saevisse: quare et Ariadna a Sole oriunda ingra-
tum et durissimum Theseum experta est: et Pasiphae huius
mater ingenti tauri amore capta fuit, ita ut Daedali opera
se illi subiecerit: de qua natus est Minotaurus, cuius altera
pars homo erat, taurus altera." En Ovidio: "Nec tua mac-
tasset nodoso stipite Theseu, | dextera parte virum, dexte-
ra parte bovem." Virgilio trata esto en el l. 6 de *La Eneida:*
"Hic credulis amor tauri, suppostaque furto | Pasiphae,
mistumque genus, prolesque biformis | Minotaurus inest,
Veneris monumenta nefandae."

2 *Ximio.* "Aquellas horribles palabras de Sempronio...
ocultan probablemente alguna monstruosa y nefanda historia
en que no conviene insistir más. Acaso la venganza del
judío converso se cebó en la difamación de la *limpia sangre* de algún mancebo de claro linaje, parecido á Calisto."
(Men. Pelayo, *Oríg. Nov.,* III, xxxix.)

5 *Porradas,* necedades del que es un *porro. Quij., 2, 5:*
Estar obedientes á sus maridos, aunque sean unos porros.
Covarr.: Decimos al necio por no ser nada agudo, sino

SEMP.—¿Escocióte? Lee los ystoriales, estudia los filósofos, mira los poetas. Llenos están los libros de sus viles é malos exemplos é de las caydas que leuaron los que en algo, como tú, las reputaron. Oye á Salomón do dize que las⁵ mugeres é el vino hazen á los hombres renegar. Conséjate con Séneca é verás en qué las tiene. Escucha al Aristóteles, mira á Bernardo. Gentiles, judíos, cristianos é moros, todos en esta concordia están. Pero lo dicho é lo que dellas¹⁰

---

grosero como el cabo de la porra. CORR., 14: *A cada necio agrada su porra y su porrada.* VILLALOB., *Probl.*: ¿No sabes tu que una loca que desvaria, si la quieres contradecir, que de loca la harás muy loca y arrojará mas porradas?

1 *Escocióte?,* te dió que sentir?, metáfora común.

4 *Las caydas,* alude al libro de Boccaccio, *De casibus Principum,* muy leído en el siglo xv, y al *Valerio Maximo.* Levaron, llevaron, del antiguo *levar,* de *levar(e)*.

6 *Eclesiasticus,* 19, 2: "Vinum et mulieres apostatare faciunt sapientes." *Renegar,* apostatar.

7 Ancho campo para el comentador. Los que contra ellas dijeron y escribieron son infinitos é infinito lo que dijo y escribió cada uno. Si hubieran escrito ellas de los hombres, llegaran con la pluma adonde diciendo llegan con la lengua. Pero me pongo de su parte, porque el hombre, por más inteligente, es más culpable, y así, sólo recomiendo el *Ginaecepaenos* ó alabanza de las mujeres, por Juan de Espinosa (SBARBI, *Refranero,* t. 2.), donde se dan cita un sinfín de autores para alabarlas: ¡los mismos que en otros Corvachos se la dan para denostarlas! Séneca, en sus tragedias, con otros muchos, encarece cómo vestido Hércules y afeitado como mujer delicada, y sentado entre las doncellas de Omfala, reina de Lidia, con quien se abarraganó, trataba la rueca y el huso con aquellas robustas manos con que había domado á cuantos tiranos crueles y bestias bravas había en la tierra.

dixere no te contezca error de tomarlo en común. Que muchas houo é ay sanctas é virtuo-
sas é notables, cuya resplandesciente corona
quita el general vituperio. Pero destas otras,
5 ¿quién te contaria sus mentiras, sus tráfagos,
sus cambios, su liuiandad, sus lagrimillas, sus
alteraciones, sus osadías? Que todo lo que piensan, osan sin deliberar. ¿Sus disimulaciones, su

1 *No te contezca. Cancionero s. xv,* 264: Y conteceles
comigo | como á los que van por lana.

4 Imitado del *Corvacho,* 1, 18: "La muger que malusa e
mala es, non solamente avariçiosa es fallada, mas aun en-
vidiosa, maldiziente, ladrona, golosa, en sus dichos non
constante, cuchillo de dos tajos, ynobediente, contraria de
lo que le mandan e viedan, superviosa, vanagloriosa, mentirosa, amadora de vino la que lo una vez gosta, parlera,
de secretos descobridera, luxuriosa, rayz de todo mal é a
todos males fazer mucho aparejada, contra el varon firme
amor non teniente..." Y de HITA (c. 469): "Talante de
mugeres, ¿quien lo puede entender, | sus malas maestrias é
su mucho malsaber?" Hállase, sin embargo, este trozo en
JUAN DE ARANDA, *Lugar. com.,* p. 109, Madrid, 1613, como
dicho de Marco Aurelio: "Hablando Marco Aurelio contra
las mujeres, dice: ¿quién contará sus mentiras, sus tráfagos
y cambios? su liviandad y lágrimas? sus alteraciones y
osadias? sus engaños y olvido? su ingratitud y desamor? su
inconstancia y testimonios? su negar y rebolver? su pre-
sumpcion y vanagloria? su abatimiento y locura? su des-
den y soberbia? su parleria y sujecion? su golosina y
luxuria? su miedo y atrevimiento? su embaymiento y
escarnio? su deslenguamiento y desverguença, y al fin su
alcagueteria: y sobre todo, todo lo que piensan, osan." No
hallo este trozo en *Los doce libros del emperador Marco Aurelio,* ni siquiera en el *Marco Aurelio* de Guevara. ¿Acaso
lo tomó Aranda de *La Celestina,* colgándoselo á Marco Aurelio? No hay traducción castellana ó libro atribuído á este
emperador en el siglo xv, ni aun en el xvi, de donde pudieran haberlo sacado Aranda y Rojas.

lengua, su engaño, su oluido, su desamor, su ingratitud, su inconstancia, su testimoniar, su negar, su reboluer, su presunción, su vanagloria, su abatimiento, su locura, su desdén, su soberuia, su subjeción, su parlería, su golosina, su 5 luxuria é suziedad, su miedo, su atreuemiento, sus hechizerías, sus embaymientos, sus escarnios, su deslenguamiento, su desvergüença, su alcahuetería? Considera, ¡qué sesito está debaxo de aquellas grandes é delgadas tocas! ¡Qué pen- 10 samientos so aquellas gorgueras, so aquel fausto, so aquellas largas é autorizantes ropas! ¡Qué imperfición, qué aluañares debaxo de templos pintados! Por ellas es dicho: arma del diablo,

11 *Gorguera,* lienzo plegado y alechugado que se ponía al cuello. Espin., *Ballest.*, 3, 35: Al derredor del cual parece que tienen una gorguera.

14 "La mujer es puerta del diablo, descubridora del árbol vedado, desamparadora de la ley de Dios, persuasora del hombre, á quien el diablo no osó tentar." (Tertul., *De habitu muliebri.*) "Cabeza del pecado, arma del diablo, expulsión del paraíso, madre del pecado, corruptela de la ley." (Origen., *In Math.*, c. 15; *In Job, tract.* 2.) "Enemiga del amistad, pena que no se puede huir, mal necesario, tentación natural, calamidad deseada, peligro doméstico, detrimento deleitable, naturaleza del mal y pintada con el color del bien." (Crisost., *Homil.*, 32, c. 19 in *Math.*, y *Homil.*, 26, ibid.) "Naufragio del varón, tempestad de la casa, impedimento de holganza, cautiverio de la vida, daño cotidiano, rija voluntaria, batalla suntuosa, fiera combidada, solicitud de asiento, leona que os abraza, peligro adornado, animal malicioso y mal necesario." (Maximus Martir, c. 39, *Locorum comunium,* tomado del filósofo Segundo.) Agamenon decía que no había cosa peor que la mujer (*Odis.,* 11): Euripides pregonaba por cosa fácil hallar una

cabeça de pecado, destruyción de parayso. ¿No
has rezado en la festiuidad de Sant Juan, do
dize: Las mugeres é el vino hazen los hombres
renegar; do dize: Esta es la muger, antigua ma-
5 licia que á Adán echó de los deleytes de parayso;
esta el linaje humano metió en el infierno; á
esta menospreció Helías propheta &c.?

CAL.—Dí pues, esse Adán, esse Salomón, esse
Dauid, esse Aristóteles, esse Vergilio, essos que

---

mala mujer y por muy difícil hallarla buena (*Ifigen. eu
Aulida*); Luciano sentencia por castigado á Prometeo, con
razón, por haber hecho tan mala sabandija como la mujer
(*Amatorium*); Eunomia la de Plauto (*Aulular. y Curcul.*) á
ninguna concedía ser buena, más concedía que una es peor
que otra y que dos son peores que una; Menandro afirmaba
no haber cosa peor que la mujer, por buena que sea, y que
una no discrepa de otra, y Plutarco (*Tranquil. animi*)
concluye que por buena que sea la mujer, al fin es mujer,
que es lo que dice el trágico Carcino, que para significar
cosa mala basta decir hembra. Hállanse las palabras del
texto en JUAN DE ARANDA, *Lugares comun.*, p. 109, como
sentencia del *jurisconsulto*: "La muger es arma del diablo,
cabeza de pecado y destruycion del Parayso." ¿Acaso lo
tomó Aranda de la misma *Celestina*, pues este y el otro
trozo anterior se hallan casi juntos en *La Celestina* y en
Aranda? Básteme levantar la liebre y que los eruditos se
devanen los sesos.

4 *Las mugeres é el vino hazen los hombres renegar; do dize.* Quitóse en *V*, sin duda porque ya antes lo
había puesto en boca de Salomón.

8 Prosigue, no ya imitando, sino tomando del *Corvacho*, 1, 5: "E non pienses en este paso fallaras tu mas
fermeza que los sabios antyguos fallaron ecspertos en tal
sçiençia o locura mejor dicho. Lee bien como fue Adan,
Sanson, Dauyd, Golyas, Salamon, Virgilio, Aristotiles e
otros dignos de memoria en saber e natural juyzio, e
ynfinidos otros mançebos pasados desta presente vida e

dizes, ¿cómo se sometieron á ellas? ¿Soy mas que ellos?

SEMP.—A los que las vencieron querría que remedasses, que no á los que dellas fueron vencidos. Huye de sus engaños. ¿Sabes que facen? Cosa, que es dificil entenderlas. No tienen modo, no razon, no intención. Por rigor comiençan el ofrescimiento, que de sí quieren hazer. A los que meten por los agujeros denuestan en la calle. Combidan, despiden, llaman, niegan, señalan amor, pronuncian enemiga, ensáñanse presto, apacíguanse luego. Quieren que adeuinen lo que quieren. ¡O qué plaga! ¡O qué enojo! ¡O qué fastío es conferir con ellas, más de aquel breue tiempo, que son aparejadas á deleyte!

CAL.—¡Ve! Mientra más me dizes é más inconuenientes me pones, más la quiero. No sé qué s' es.

SEMP.—No es este juyzio para moços, según

aun hoy biuientes. Por ende esperar firmeza en amor de muger es querer agotar rio cabdal con cesta o espuerta o con muy ralo farnero." Véase FARINELLI, *Note sulla fortuna del "Corbaccio" nella Spagna Medievale*, en la *Miscelanea Mussafia*, Halle, 1905, p. 43: "Non dipende invece, a mio giudizio, del *Corbaccio* (italiano) la tirata contro le donne che Sempronio regala a Calisto nella Celestina (1.º atto) per guarire la sua struggente passione d'amare. E suggerita della *Reprobacion* dell Arciprete (de Talavera), come intendo dimostrare altrove trattando delle fonti della *Celestina*." Todo lo que se sigue está bebido, cuanto al lenguaje, del elocuentísimo raudal del Arcipreste talaverano.

7   Se acuerda el autor de HITA (c. 631-634).

veo, que no se saben á razón someter, no se saben administrar. Miserable cosa es pensar ser maestro el que nunca fué discípulo.

CAL.—¿E tú qué sabes? ¿quién te mostró esto?

SEMP.—¿Quién? Ellas. Que, desque se descubren, assi pierden la vergüença, que todo esto é avn más á los hombres manifiestan. Ponte pues en la medida de honrra, piensa ser más digno de lo que te reputas. Que cierto, peor estremo es dexarse hombre caer de su merescimiento, que ponerse en más alto lugar que deue.

CAL.—Pues, ¿quién yo para esso?

SEMP.—¿Quién? Lo primero eres hombre é de claro ingenio. E mas, á quien la natura dotó de los mejores bienes que tuuo, conuiene á saber, fermosura, gracia, grandeza de miembros, fuerça, ligereza. E allende desto, fortuna medianamente partió contigo lo suyo en tal quantidad, que los bienes, que tienes de dentro, con

---

3 HITA, 427: "Quesyste ser maestro ante que discipulo ser."

4 *Te mostró,* te enseñó. HITA, 429: En el fallaras fablas que le ove yo mostrado.

7 Del de HITA, á quien no menos tiene el autor en su pensamiento que al de Talavera: "Desque una vez pierde verguença la muger, | Mas diabluras faze de quantas ome quier'" (c. 468).

13 ¿Quién *soy* yo para esso? Así en *A* y *O.*

18 *Allende de,* además de. *Fortuna,* se usaba á menudo sin artículo.

los de fuera resplandescen. Porque sin los bienes de fuera, de los quales la fortuna es señora, á ninguno acaece en esta vida ser bienauenturado. E mas, á constelación de todos eres amado.

CAL.—Pero no de Melibea. E en todo lo que me as gloriado, Sempronio, sin proporción ni comparación se auentaja Melibea. Mira la nobleza é antigüedad de su linaje, el grandíssimo patrimonio, el excelentíssimo ingenio, las resplandescientes virtudes, la altitud é enefable gracia, la soberana hermosura, de la qual te ruego me dexes hablar vn poco, porque aya algún refrigerio. E lo que te dixere será de lo descubierto; que, si de lo occulto yo hablarte supiera, no nos fuera necessario altercar tan miserablemente estas razones.

SEMP.—¡Qué mentiras é qué locuras dirá agora este cautiuo de mi amo!

CAL.—¿Cómo es eso?

SEMP.—Dixe que digas, que muy gran plazer hauré de lo oyr. ¡Assi te medre Dios, como me será agradable esse sermón!

CAL.—¿Qué?

---

4 *A constelación,* por sino, por las estrellas, recuerdo de Hita.

6 *Gloriar,* glorificar, alabar.

7 Sigue acordándose de Hita.

18 *Cativo,* miserable, vil, malo. *Gran Conq. Ultr.,* I, 128: E llamarse mezquina e cativa, e que en fuerte punto fuera nascida. *Quij.,* I, 21: Defiéndete, cautiva criatura.

SEMP.—Que ¡assi me medre Dios, como me será gracioso de oyr!

CAL.—Pues porque ayas plazer, yo lo figuraré por partes mucho por estenso.

5 SEMP.—¡Duelos tenemos! Esto es tras lo que yo andaua. De passarse haurá ya esta importunidad.

CAL.—Comienço por los cabellos. ¿Vees tú las madexas del oro delgado, que hilan en Arabia? Más lindos són é no resplandescen menos. Su longura hasta el postrero assiento de sus pies; despues crinados é atados con la delgada cuerda, como ella se los pone, no ha más menester para conuertir los hombres en piedras.

15 SEMP.—¡Mas en asnos!

CAL.—¿Qué dizes?

SEMP.—Dixe que essos tales no serían cerdas de asno.

---

4 *Mucho* por *muy,* común entonces y ahora.

9 El oro de Arabia, que también lo recuerda el *Quijote* (1, 16 y 1, 18), se cita en el salmo 71, y á él aluden nuestros clásicos, confundiendo á veces las especies con el recuerdo de *Tibar,* río africano, que desemboca en el Atlántico.

12 *Crinados* es latinismo, con el *-ado* castellano el *crinitus,* traducción á su vez del κομητής griego, *comatus,* de mucha cabellera: "Puella male crinita." (OVID., *Ars. am.,* 3, 243). Le reteñía á Rojas este epíteto latino y lo ensartó sin venir á cuento, porque *cabellos crinados* no significa nada.

14 *En piedras,* de admiración, como *arritu* en vascuence, que vale hacerse piedra y admirarse, de donde Cervantes dijo *arriz* hecha piedra, por espantado.

Cal.—¡Veed qué torpe é qué comparación!

Semp.—¿Tú cuerdo?

Cal.—Los ojos verdes, rasgados; las pestañas luengas; las cejas delgadas é alçadas; la nariz mediana; la boca pequeña; los dientes 5 menudos é blancos; los labrios colorados é grosezuelos; el torno del rostro poco más luengo que redondo; el pecho alto; la redondez é forma de las pequeñas tetas, ¿quién te la podría figurar? ¡Que se despereza el hombre quando 10 las mira! La tez lisa, lustrosa; el cuero suyo escurece la nieue; la color mezclada, qual ella la escogió para sí.

Semp.—¡En sus treze está este necio!

3 *Los ojos verdes, rasgados.* Cotéjese con la pintura de Lucrecia en la *Historia duorum amantium,* de Eneas Silvio, y puede leerse en Men. Pelayo (*Oríg. Nov.,* III, lxxvii), y con la de la reina Iseo en *Tristán de Leonís* (Men. Pelayo, ibid., y Bonilla, *Libr. Caball.,* t. I, p. 456). Pero harto mayor parecido tiene este retrato con el de Hita (c. 432), cuya memoria no se le apartaba un punto en todo este paso. "De luengas pestañas." "Las cejas apartadas, luengas, altas en peña." "La naryz afylada." "Su boquilla pequeña, asy de buena guisa." "Los dientes menudillos, eguales e bien blancos, un poco apretadillos." "Los labros de su boca bermejos, angostillos." "La su faz sea blanca, syn pelos, clara é lysa." "Los pechos chycos" (c. 444). "Sy ha la mano chyca" (c. 448).

6 *Labrios. Selvag.,* 7: O los que tocaron sus labrios en el rio Lecteo.

7 *El torno,* la vuelta y contorno ó corte del rostro

14 *Estar en sus trece,* firme, porfiado y terco, y acaso alude al aragonés Luna, terco en su nombre de Benedicto XIII, que tomó al ser hecho papa. Quev., *Mus.,* 6, r. 14: Una niña de lo caro, | que en pedir está en sus trece |

Cal.—Las manos pequeñas en mediana manera, de dulce carne acompañadas; los dedos luengos; las vñas en ellos largas é coloradas, que parescen rubíes entre perlas. Aquella pro-
5 porción, que veer yo no pude, no sin duda por el bulto de fuera juzgo incomparablemente ser mejor, que la que Páris juzgó entre las tres Deesas.

Semp.—¿Has dicho?

10 Cal.—Quan breuemente pude.

Semp.—Puesto que sea todo esso verdad, por ser tú hombre eres más digno.

Cal.—¿En qué?

Semp.—En que ella es imperfecta, por el qual

---

y en vivir en sus catorce, | que unos busca y otros tiene. *Quij.*, 2, 39: Como la infanta se estaba siempre en sus trece.

4 Con alheña se las pintan las moras para que parezcan rubíes.

7 *Páris* fué árbitro entre las tres gracias para decidir quién fuese la más hermosa: Juno, Minerva ó Venus (Hita, mi edic., n. 223). De las tres gracias trató Alciato en el emblema 161 (trad. D. López, f. 374).

8 *Deesas,* diosas, como en fr. *déesse,* ital. *deessa,* con el sufijo -*essa,* para dar al latín *dea* una terminación más sonora. Men., *Coron., 7*: El qual monte era consagrado á Diana, deesa de la castidad e de la caza.

9 El P. Juan Mir (*Hispanismo,* 2, p. 54) reprueba el *He dicho* al fin del discurso, prefiriendo el *Dije.* He aquí que Rojas prefiere el "He dicho *quan brevemente pude*", respuesta al ¿*Has dicho?*

14 *Animal imperfecto* decían nuestros clásicos que era la mujer, lo cual, así como lo que aquí se dice es consecuencia de la doctrina de Aristóteles acerca de la mu-

defeto desea é apetece á tí é á otro menor que tú. ¿No as leydo el filósofo, do dize: Assi como la materia apetece á la forma, asi la muger al varón?

CAL.—¡O triste, é quando veré yo esso entre mí é Melibea!

SEMP.—Possible es. E avnque la aborrezcas, cuanto agora la amas, podrá ser alcançándola é viéndola con otros ojos, libres del engaño en que agora estás.

CAL.—¿Con qué ojos?

SEMP.—Con ojos claros.

CAL.—E agora, ¿con qué la veo?

SEMP.—Con ojos de alinde, con que lo poco parece mucho é lo pequeño grande. E porque no te desesperes, yo quiero tomar esta empresa de complir tu desseo.

CAL.—¡O! ¡Dios te dé lo que desseas! ¡Qué

---

jer comparada con el varón, según la cual el varón en la generación es acto, idea y forma; la mujer, potencia y materia, y al formarse el nuevo ser, sale hembra cuando no alcanza á la debida proporción para que se forme varón (*Generac. d. l. animales,* l. 1, c. 2 y 14; l. 4, c. 1 y 2; *Metafís.,* 1, 6).

14 *Ojos de alinde,* ojos de aumento. Decíase *espejo de alinde* el de aumento que usaban las damas para *alindarse* el rostro, del cual verbo es posverbal derivado. *Corvacho,* 2, 3: El espejo de alinde para apurar el rostro, la saliva ayuna con el paño para alindar. De aquí *ojos alindados* en *Lisandro y Roselia,* 14, por hermosos, y en J. PIN., *Agr.,* 4, 15: Adonis tan alindado. LEÓN, *Cant.,* 4, 15: Graciosa, amable y alindada.

glorioso me es oyrte; avnque no espero que lo
has de hazer!

SEMP.—Antes lo haré cierto.

CAL.—Dios te consuele. El jubón de broca-
5 do, que ayer vestí, Sempronio, vistétele tú.

SEMP.—Prospérete Dios por este é por muchos más, que me darás. De la burla yo me lleuo
lo mejor. Con todo, si destos aguijones me dá,
traérgela he hasta la cama. ¡Bueno ando! Há-
10 zelo esto, que me dió mi amo; que, sin merced,
impossible es obrarse bien ninguna cosa.

CAL.—No seas agora negligente.

SEMP.—No lo seas tú, que impossible es fazer sieruo diligente el amo perezoso.

15 CAL.—¿Cómo has pensado de fazer esta
piedad?

SEMP.—Yo te lo diré. Dias ha grandes que
conosco en fin desta vezindad vna vieja barbuda, que se dize Celestina, hechicera, astuta, sa-

---

9 *Traergela he*, se la traeré; *ge* de *lie*, *le* (CEJADOR,
Leng. Cerv., I, 157).

19 *Celestina*, nombre sugerido acaso por el *Libro del
esforzado caballero D. Tristán de Leonis*, como notó Bo-
NILLA en el t. I, p. 410, de su Colección de *Libros de Ca-
ballerías*. En el c. 52 del *Don Tristán*: "Dize la historia
que quando Lançarote fué partido de la doncella, ella se
aparejó con mucha gente y fuese con ella su tia Celestina."
COVARRUBIAS (*Tesor.*, 1674, p. 184) dice que se dijo "*quasi
scelestina a scelere*, por ser malvada, alcahueta embus-
tidora". *Lenas*, como ella, se hallan en el teatro de Plauto:
Cleereta en la *Asinaria*, Seafa en la *Mostellaria* y otra en
la *Cistellaria* (1, 1). La *Celestina* es hija de la *Trotacon-*

gaz en quantas maldades ay. Entiendo que passan de cinco mill virgos los que se han hecho é deshecho por su autoridad en esta cibdad. A las duras peñas promouerá é prouocará á luxuria, si quiere.

CAL.—¿Podríala yo fablar?

SEMP.—Yo te la traeré hasta acá. Por esso, aparéjate, seyle gracioso, seyle franco. Estudia, mientra vo yo, de le dezir tu pena tan bien como ella te dará el remedio.

CAL.—¿Y tardas?

SEMP.—Ya voy. Quede Dios contigo.

CAL.—E contigo vaya. ¡O todopoderoso, perdurable Dios! Tú, que guías los perdidos é los reyes orientales por el estrella precedente á Belén truxiste é en su patria los reduxiste, humilmente te ruego que guíes á mi Sempronio, en manera que conuierta mi pena é tristeza en gozo é yo indigno merezca venir en el deseado fin.

---

ventos de Juan Ruiz. Probablemente Rojas no conoció el *Pamphilus.* De Hita tomó también el de Talavera su alcahueta (2, 13). El vocablo *trotaconventos* hállase en las tres obras, y el de *paviota,* como calificativo suyo en Hita, pasó al *Corvacho,* el cual se imprimió en 1495 y se escribió en 1438.

2 *Virgos.* CORR., 20: *A virgo perdido nunca le falta marido.* Idem, 359: *Como el virgo de Justilla, que se perdió entre las pajas.* Con *sirgo* ó seda solían coserlo cuando se deshacía.

19 *Venir en,* alcanzar, del venir á parar. GUEV., *Ep.,* 34: Ha venido la cosa en que las cecinas que para los reyes

CELESTINA.—¡Albricias! ¡albricias! Elicia.
¡Sempronio! ¡Sempronio!

ELICIA.—¡Ce! ¡ce! ¡ce!

CEL.—¿Porqué?

5 ELIC.—Porque está aquí Crito.

CEL.—¡Mételo en la camarilla de las escobas! ¡Presto! Dile que viene tu primo é mi familiar.

ELIC.—Crito, retráete ay. Mi primo viene.
10 ¡Perdida soy!

CRITO.—Plázeme. No te congoxes.

SEMP.—¡Madre bendita! ¡Qué desseo traygo!
¡Gracias á Dios, que te me dexó ver!

CEL.—¡Fijo mío! ¡rey mío! turbado me has.

---

en otro tiempo se buscaban, con ella agora los rústicos se
ahitan.

1 Pídele albricias porque llega su amante. Habla eclíptica y viva, que pinta de una pincelada el carácter de la vieja.

3 *Ce,* para llamar á otro ce-ceándole; pero hase de pronunciar con la *c* antigua, siseada (CEJADOR, *Tesor. Silbant.,* 51). Aquí sirve para indicarle á Celestina que no grite, no la oiga Crito, y por eso manda ella á Elicia que le meta en la camarilla y le diga que el que viene es el primo de la moza, por que no se solivïante. El silbido lo mismo sirve para llamar como para hacer callar y para desechar, pues propiamente indica llamarle la atención á uno.

5 *Crito,* nombre en el *Andria, Heautontimorumenos* y *Phormio,* de Terencio.

14 Nótese el habla pura, viva y expresiva de esta gente, sobre todo de la vieja. Ese es el verdadero castellano, que, por no llevar liga alguna humanística, es tan clásico

No te puedo fablar. Torna é dame otro abraço.
¿E tres días podiste estar sin vernos? ¡Elicia!
¡Elicia! ¡Cátale aquí!

ELIC.—¿A quién, madre?

CEL.—A Sempronio.

ELIC.—¡Ay triste! ¡Qué saltos me da el coraçon! ¿E qué es dél?

CEL.—Vesle aquí, vesle. Yo me le abraçaré;
que no tú.

ELIC.—¡Ay! ¡Maldito seas, traydor! ¡Postema é landre te mate é á manos de tus enemigos
mueras é por crímines dignos de cruel muerte en
poder de rigurosa justicia te veas. ¡Ay, ay!

SEMP.—¡Hy! ¡hy! ¡hy! ¿Qué has, mi Elicia?
¿De qué te congoxas?

ELIC.—Tres días ha que no me ves. ¡Nunca
Dios te vea, nunca Dios te consuele ni visite!
¡Guay de la triste, que en tí tiene su esperança é
el fin de todo su bien!

SEMP.—¡Calla, señora mía! ¿Tú piensas que
la distancia del lugar es poderosa de apartar el
entrañable amor, el fuego, que está en mi coraçon? Do yo vó, comigo vás, comigo estás. No

en España, como lo era en Grecia el habla de los autores
del siglo IV, la misma habla del pueblo ateniense.

8 *Me te abraçare.* Este *me* es de cariño (CEJADOR,
Leng. Cerv., I, 153).

14 *¡Hy!,* expresión de risa aguda.

18 *¡Guay!,* como *¡ay! Tener muchos guayes,* muchos
achaques ó desdichas.

te aflijas ni me atormentes más de lo que yo he padecido. Mas dí, ¿qué passos suenan arriba?

Elic.—¿Quién? Vn mi enamorado.

Semp.—Pues créolo.

5   Elic.—¡Alahé! verdad es. Sube allá é verle has.

Semp.—Voy

Cel.—¡Anda acá! Dexa essa loca, que ella es liuiana é, turbada de tu absencia, sácasla 10 agora de seso. Dirá mill locuras. Ven é fablemos. No dexemos passar el tiempo en balde.

Semp.—Pues, ¿quién está arriba?

Cel.—¿Quiéreslo saber?

Semp.—Quiero.

15   Cel.—Vna moça, que me encomendó vn frayle.

Semp.—¿Qué frayle?

Cel.—No lo procures.

Semp.—Por mi vida, madre, ¿qué frayle?

20   Cel.—¿Porfías? El ministro el gordo.

Semp.—¡O desauenturada é qué carga espera!

Cel.—Todo lo leuamos. Pocas mataduras as tú visto en la barriga.

3 Para encelarle la muy bruja.

5 · *Alahe*, de *á la fe*, aseverando por su fe y palabra. *Quij.*, 2, 17: A la fé, señor, á lo que Dios me da á entender. L. Rued., *Camil.*: Nó, á la he, porque no lo he de costumbre.

Semp.—Mataduras no; mas petreras sí.

Cel.—¡Ay burlador!

Semp.—Dexa, si soy burlador; muéstramela.

Elic.—¡Ha don maluado! ¿Verla quieres? ¡Los ojos se te salten!, que no basta á tí vna ni 5 otra. ¡Anda! véela é dexa á mí para siempre.

Semp.—¡Calla, Dios mío! ¿E enójaste? Que ni la quiero ver á ella ni á muger nascida. A mi madre quiero fablar é quédate adios.

Elic.—¡Anda, anda! ¡vete, desconoscido! é 10 está otros tres años, que no me bueluas á ver!

Semp.—Madre mía, bien ternás confiança é creerás que no te burlo. Toma el manto é vamos, que por el camino sabrás lo que, si aquí me tardasse en dezirte, impediría tu prouecho 15 é el mío.

---

1 *Petreras,* pedradas, riña á pedradas (*Dicc. Autor.*): pero dudo sea eso aquí. Más bien señal ó escoriación en la barriga de las bestias del *petral* ó *pretal,* pues juega del vocablo, por ser las mataduras por las costillas y en lo alto de las bestias. Por eso le llama *burlador.*

4 *Don malvado.* El *Don* usado socarronamente con epítetos injuriosos, en bromas ó en veras, refuérzalos mucho, pues los levanta á calificativos de gente granada.

8 *Nascida,* ninguna, como *nadi-e* salió del *nati,* ningunos. Nótese el ingenio mujeril de Elicia para salirse con la suya, que no vea al escondido.

9 *Madre* es en estas casas la vieja, como *padre* el que manda en ellas. *Quédate,* en *B quedaré.*

12 *Ternás,* antiguo, por *tendrás,* por metátesis de *te-n(e)r-as,* y la otra forma con *d* parásita, como en el antiguo *ondra* de *onra,* y en *vendrás* por *ven(i)ras.*

Cel.—Vamos. Elicia, quédate adios, cierra la puerta. ¡Adios paredes!

Semp.—¡O madre mía! Todas cosas dexadas aparte, solamente sey atenta é ymagina en 5 lo que te dixere é no derrames tu pensamiento en muchas partes. Que quien junto en diuersos lugares le pone, en ninguno le tiene; sino por caso determina lo cierto. E quiero que sepas de mí lo que no has oydo é es que jamás pude, 10 después que mi fe contigo puse, desear bien de que no te cupiesse parte.

Cel.—Parta Dios, hijo, de lo suyo contigo, que no sin causa lo hará, siquiera porque has piedad desta pecadora de vieja. Pero dí, no te 15 detengas. Que la amistad, que entre tí é mí se affirma, no ha menester preámbulos ni correlarios ni aparejos para ganar voluntad. Abreuia

2 Corr., 9: *A Dios, parcdes, que me voy á ser Santo; é iba á ser ventero.* Idem: *A Dios paredes; á Dios paredes; hasta la vuelta.*

14 *Pecadora de vieja,* pecadora vieja. La preposición *de* entre el adjetivo y el nombre da mayor ahinco y sirve para los afectos. Es hispanismo, no menos que con verbo y adverbio (*Leng. Cerv.,* I, 167, 8). *Quij.,* 1, 1: Al traidor de Galalón... Si yo, por malos de mis pecados. Idem, 2, 13: Con este mentecato de mi amo.

15 *Entre ti é mí.* Acerca de *entre* con personales, véase *Lengua de Cervantes* (I, 170). *Cal. Dimna*: E non veo carrera por do haya amor entre mi é ti. Gran., *Memor.* 5, 6: Puesto entre ti y mi.

17 *Correlarios,* uno de tantos vocablos eruditos que las gentes del pueblo oyen á los cultos y los emplean estro-

é ven al fecho, que vanamente se dize por muchas palabras lo que por pocas se puede entender.

SEMP.—Assi es. Calisto arde en amores de Melibea. De tí é de mí tiene necessidad. Pues juntos nos ha menester, juntos nos aprouechemos. Que conoscer el tiempo é vsar el hombre de la oportunidad hace los hombres prósperos.

CEL.—Bien has dicho, al cabo estoy. Basta para mí mescer el ojo. Digo que me alegro destas nuevas, como los cirujanos de los descalabrados. E como aquellos dañan en los principios las llagas é encarecen el prometimiento de la salud, assí entiendo yo facer á Calisto. Alargarle hé la certenidad del remedio, porque,

---

peándolos en la fonética y en la significación. Probablemente de *corolario,* allegándolo á *corr-er.* Está muy bien puesto en boca de Celestina, pues estas viejas son las que suelen fabricar tales voquibles.

7 *El hombre,* indefinido, como *on* en francés. *Comed. Eufros.,* 2: Comprar hombre barato es gran riqueza, comprar caro no es franqueza. S. ABRIL, *Adelf.*: Que pues hombre ha tomado esta ganancia... De quienquiera se huelga hombre de recibir una buena obra.

9 *Al cabo estoy.* CORR., 540: *Ya estoy al cabo.* (Cuando uno entiende el negocio de que le hablan.)

10 *Mescer, mecer,* menear, de *miscere,* mezclar meneando. HERR., *Agr.,* 2, 23: Asimismo, cuando \mecieren (el vino), quiten todas las cascas.

15 *Certenidad,* certidumbre, y se usa todavía en Andalucía y Murcia. *Can. s. xv,* p. 278: Syn saber çertenidad.

como dizen, el esperança luenga aflige el coraçon é, quanto él la perdiere, tanto gela promete. ¡Bien me entiendes!

SEMP.—Callemos, que á la puerta estamos é,
5 como dizen, las paredes han oydos.

CEL.—Llama.

SEMP.—Tha, tha, tha.

CAL.—Pármeno.

PÁRMENO.—Señor.

10 CAL.—¿No oyes, maldito sordo?

PÁRM.—¿Qué es, señor?

CAL.—A la puerta llaman; corre.

---

1 *El esperanza,* acerca de *el* por *la,* con cualquier voz
que comienza por vocal, como artículo femenino, véase
Leng. de Cerv., I.

5 CORR., 193: *Las paredes han oidos y los montes
ojos, ó las paredes tienen orejas y oidos.*

7 *Tha,* es *ta,* articulación de golpear la lengua contra el
paladar, y así expresa el golpear en la puerta con la al-
daba.

8 *Pármeno,* que así debe pronunciarse, según el soneto
de Bart. León. Argensola contra Pacheco de Narváez:

"Cuando los aires, Pármeno, divides
Con el estoque negro, no te acuso..."

Significa este nombre, de origen erudito, por lo que se tomo
del nominativo, y no del acusativo latino, *manens et aditans
domino,* ó *fidelis servus* (DONATO in *Adelphos*), y hállase
en el *Eunuco,* los *Adelfos* y en la *Hecyra* de Terencio. El
Pármeno del *Eunuco* es siervo ó criado, como el de *La
Celestina,* así como Libanio en la *Asinaria,* Toxilo y Sa-
garistion en *El Persa,* el *Pseudolo* en la comedia así llamada, etc., siervos todos que intervienen en los amores
de sus amos, y que tuvo presentes Rojas.

PÁRM.—¿Quién es?

SEMP.—Abre á mí é á esta dueña.

PÁRM.—Señor, Sempronio é vna puta vieja alcoholada dauan aquellas porradas.

CAL.—Calla, calla, maluado, que es mi tía. 5
Corre, corre, abre. Siempre lo ví, que por huyr
hombre de vn peligro, cae en otro mayor. Por
encubrir yo este fecho de Pármeno, á quien
amor ó fidelidad ó temor pusieran freno, cay
en indignación desta, que no tiene menor po- 10
derío en mi vida que Dios.

PÁRM.—¿Por qué, señor, te matas? ¿Por
qué, señor, te congoxas? ¿E tú piensas que es
vituperio en las orejas desta el nombre que la
llamé? No lo creas; que assí se glorifica en le 15
oyr, como tú, quando dizen: ¡diestro cauallero

4 *Alcoholada,* afeitada, alcoholarse, teñirse el pelo,
las pestañas, etc., con *stibio,* y en los ojos, para agrandarlos,
como lo hacen las mujeres y niños de Damasco y Siria,
que *stibio* es lo que significa *alcohl* en árabe. LAGUNA,
Diosc., p. 533: "El stibio es aquella especie de mineral que
llamamos alcohol en Castilla, con la cual las mujeres suelen
teñirse las cejas y alcoholarse los ojos. Porque ya por
nuestros pecados la gran corrupcion y adulterio de toda
buena costumbre convertió en disfrace y afeite lo que fué
producto y hallado para salud y beneficio del cuerpo humano." Es el que hoy llaman antimonio. LEÓN, CAS., 12:
Ni te alcoholes con negro los ojos ni te colores las mejillas,
que la naturaleza no fué escasa con las mujeres. TORR.,
Fil. mor., 20, 5: Nos quiso alcoholar los ojos con este
colirio.

es Calisto! E demás desto, es nombrada é por
tal título conocida. Si entre cient mugeres va
é alguno dize: ¡puta vieja!, sin ningún empacho
luego buelue la cabeça é responde con alegre
5 cara. En los conbites, en las fiestas, en las bo-
das, en las cofadrías, en los mortuorios, en todos los ayuntamientos de gentes, con ella passan tiempo. Si passa por los perros, aquello suena su ladrido; si está cerca las aues, otra cosa
10 no cantan; si cerca los ganados, balando lo
pregonan; si cerca las bestias, rebuznando dizen: ¡puta vieja! Las ranas de los charcos otra
cosa no suelen mentar. Si va entre los herreros,
aquello dizen sus martillos. Carpinteros é ar-
15 meros, herradores, caldereros, arcadores, todo
oficio de instrumento forma en el ayre su nombre. Cántanla los carpinteros, péynanla los pey-
nadores, texedores. Labradores en las huertas,

---

6 *Mortuorios,* entierros, voz vulgar, como *casorio* y
velorio. Cofadría, de *cofadre,* metátesis vulgar de *cofrade.*

9 *Cerca las aves,* como preposición. AVELLANED., *Quij.,*
17: Cerca los muros de una ciudad de las buenas de España hay un monasterio. R. COTA (RIVAD., *2, 226*): Por
aquellos troncos secos, | carcomidos, todos huecos, | que
parescen cerça mi.

15 *Arcadores* y *arqueador,* en los obrajes de paños, y
aun fuera de ellos, el que limpia, sacude y esponja la lana,
ó sea que la arquea. *Recopil.,* l. 7, t. 14, l. 3: Donde por
falta de arcadores en algunas partes se carduzan ó emborri-
zan los paños. Item, l. 7, t. 13, l. 9: Mando que los arquea-
dores arqueen bien las lanas que les fueren dadas á
arquear.

en las aradas, en las viñas, en las segadas con
ella passan el afán cotidiano. Al perder en los
tableros, luego suenan sus loores. Todas cosas,
que són hazen, á do quiera que ella está, el tal
nombre representan. ¡O qué comedor de hueuos 5
asados era su marido! ¿Qué quieres más, sino,
si vna piedra toca con otra, luego suena ¡puta
vieja?

CAL.—E tú ¿cómo lo sabes y la conosces?

PÁRM.—Saberlo has. Dias grandes son passa- 10
dos que mi madre, muger pobre, moraua en su
vezindad, la qual rogada por esta Celestina, me
dió á ella por siruiente; avnque ella no me co-
noçe, por lo poco que la seruí é por la mudança,
que la edad ha hecho. 15

CAL.—¿De qué la seruías?

PÁRM.—Señor, yua á la plaça é trayale de comer é acompañáuala; suplía en aquellos menes-
teres, que mi tierna fuerça bastaua. Pero de

---

1 *Aradas,* tierras labrantías. J. PIN., *Agr.,* 6, 29: Al
gañan del arada damos 30 ducados por cada año.

1 *Segada,* acción y efecto de segar. LEÓN, *Job,* 5, 5:
Cuya segada, esto es, sus panes y labranzas el hambriento
las comerá. *Bibl. Amsterd. Gen.,* 30, 14: Y anduvo Reuben
en dias de segada de trigo: tempore messis triticeae.

2 *Afán* es el trabajo. *Trag. Polic.,* 21: Yo ha que vivo
del afán de estas manos. *Tablero,* el juego, de donde *poner
al tablero,* aventurar. Siete versos seguidos octosílabos se
le escapan aquí á Rojas; pero nótese que no de la cua-
derna vía, como á Proaza le gustaban.

aquel poco tiempo que la seruí, recogía la nueua
memoria lo que la vejez no ha podido quitar.
Tiene esta buena dueña al cabo de la ciudad,
allá cerca de las tenerías, en la cuesta del río,
5 vna casa apartada, medio cayda, poco compuesta é menos abastada. Ella tenía seys oficios,
conuiene saber: labrandera, perfumera, maestra de fazer afeytes é de fazer virgos, alcahueta
é vn poquito hechizera. Era el primer oficio co-
10 bertura de los ctros, so color del qual muchas
moças destas siruientes entrauan en su casa á
labrarse é á labrar camisas é gorgueras é otras
muchas cosas. Ninguna venía sin torrezno, trigo, harina ó jarro de vino é de las otras pro-
15 uisiones, que podían á sus amas furtar. E avn
otros furtillos de más qualidad allí se encubrían.

---

2 *Vejez,* en *V vieja.*

4 *Tenerías,* fábricas de curtidos. De aquí sacan al
gunos que la acción pasa en Toledo; pero las tenerías solían
estar junto al río en todas las ciudades, Salamanca, Pa-
lencia, Sevilla, Valladolid, etc. Véase en Menéndez y Pelayo (*Oríg. Nov.,* III, xxxix) lo que hay acerca de la tra-
dición, que señala en Salamanca la casa donde vivió Celestina y la de Melibea. "¿No pudo crear, como suelen hacer los novelistas, una ciudad ideal, con reminiscencias de
las que tenía más presentes, es decir, Salamanca y Toledo?" (*Ibid.,* xlii.) Esta es, para mí, la solución más acer-
tada.

7 *Labrandera,* costurera. *Quij.,* 2, 48: Como yo tuviese
fama de gran labrandera. Corr., 4: A la mala labrandera,
le estorba la febra. (A la mala costurera.) Idem, 195: Labrandera buena, la hebra pequeña.

8 *Fazer virgos,* coser los desechos con *sirgo* ó seda.

Asaz era amiga de estudiantes é despenseros é moços de abades. A estos vendía ella aquella sangre innocente de las cuytadillas, la qual ligeramente auenturauan en esfuerço de la restitucion, que ella les prometía. Subió su fecho á 5 más: que por medio de aquellas comunicaua con las más encerradas, hasta traer á execución su propósito. E aquestas en tiempo onesto, como estaciones, processiones de noche, missas del gallo, missas del alua é otras secretas deuocio- 10 nes. Muchas encubiertas ví entrar en su casa. Tras ellas hombres descalços, contritos é reboçados, desatacados, que entrauan allí á llorar sus pecados. ¡Qué tráfagos, si piensas, traya! Hazíase física de niños, tomaua estambre de 15 vnas casas, dáualo á filar en otras, por achaque de entrar en todas. Las vnas: ¡madre acá!; las otras: ¡madre acullá!; ¡cata la vieja!; ¡ya viene el ama!: de todos muy conocida. Con todos estos afanes, nunca passaua sin missa ni bísperas 20 ni dexaua monesterios de frayles ni de monjas. Esto porque allí fazía ella sus aleluyas é con-

2 *Abades,* clérigos, curas, como todavía en Galicia.

13 *Desatacados,* sueltas las agujetas ó cordones con que se atacaba el calzón. *Quij., 2,* 60: Y así desatácate por tu voluntad. BARBAD., *Coron.,* plat. 4, f. 126: Ni por desacatadas ni desatacadas.

15 *Física,* médica.

17 Imitación del castizo estilo del *Corvacho.*

22 *Aleluyas,* cosas de contento.

ciertos. E en su casa fazía perfumes, falsaua
estoraques, menjuy, animes, ámbar, algalia,

---

1 *Fazia perfumes...* Es imitación del *Corvacho* (pte. 2,
c. 3). Otra hechicera, con sus aparejos, puede verse en
Apuleyo (c. 3): "Tenia yerbas aromáticas, planchas de
bronce con letras grabadas de letras desconocidas, pedazos
de hierro de barcos naufragados, miembros de náufragos,
huesos y pedazos de cadáveres desenterrados, narices y dedos, clavos todavía con pedazos de carne de ahorcado,
vasijas llenas de sangre de degollados, calaveras de hombres medio devorados por las fieras y arrebatados de entre sus dientes..." Como después. se han de aclarar con
ello otras frases del texto, bueno será aquí recordar que
Demócrito dice servir la calavera de ahorcado para medicina; que Artemon daba á beber miel en ella contra la ca-
ducidad; que Anteo confeccionaba brevajes, que daba á
beber en ella contra las mordeduras de perro rabioso; que
Apolonio aseguraba que contra el dolor de muelas era
bueno frotarlas y las encías con el diente de un ahorcado.
Las raeduras de uñas valían, según muchos, contra las
tercianas, cuartanas y fiebres comunes. Las hechicerías y
aparejos de las famosas hechiceras de Tesalia se describen
en el libro 6 de la *Farsalia*, de Lucano (v. 435-505). *Fal-
sava*, alterar, falsificar, porque las sustancias puras son
caras. Con el *pachuli* se falsifican hoy todos los perfumes.
G. *Alf.*, 1, 3, 7: Sin falsar llaves. Pérez Guzm., *Gener.*, 1:
Ca si por falsar un contrato de pequeña quantia de moneda
merece el escribano gran pena.

2 *Estoraque*, goma del árbol así llamado, y que se
cuaja y endurece como la resina. Acosta, *H. Ind.*, 4, 29:
El copal y el suchicopal, que es otro genero como de estoraque y encienso. *Menjuy* ó benjuy. *Anime*, lágrima, goma
ó resina de un árbol de América y de Oriente, parecida
al incienso; su perfume, oloroso y suave, fortalece al cere-
bro y la cabeza. Llámase en Castilla *ánime copal;* en Mé-
jico, *copali*. Acosta, *H. Ind.*, 4, 29: Tienen copia de diversas materias para perfumes y para medicinas, como es el
anime, que viene en gran cantidad. Lag., *Dios.*, 1, 23: "El
cancamo es lágrima de un árbol arábigo semejante á la
mirra, que deja grande hediondez en el gusto, aunque usan
della en los sahumerios. Sirve á perfumar los vestidos,

poluillos, almizcles, mosquetes. Tenía vna cámara llena de alambiques, de redomillas, de ba-

mezclado con estoraque y con mirra... El cancamo de
Dioscorides, la lacca de Serapion y de los otros árabes y
aquel perfume vulgar que llamamos *anime* en Castilla, son
una mesma cosa; no obstante que algunos varones ejerci-
tados en la historia medicinal tienen á nuestro anime por
una suerte de electro, viendo que echado en perfume da de
sí el mesmo olor que el electro, y fregado tiene fuerza de
atraer á sí las plumas y pajas... las cuales razones á mi
cierto no me convencen..." LAGUNA, *Diosc.*, 1, 20: "El *almizcle,* al cual llaman los latinos y algunos griegos moder-
nos *moscho,* se engendra en el ombligo de un animal semejante al corzo, que tiene un solo cuerno en la frente: el
cual, cuando anda en celos se enciende y se torna muy fu-
ribundo. Entonces, pues, se le hincha y apostema el ombligo
y le da tan inclemente dolor que ni come ni bebe hasta
que, siendo ya maduro, se rompe, ayudándole también a
ello el mesmo animal, con fregarse á los troncos y á las
agudas piedras que topa; adonde despues con algunos pe-
lillos rojos, que la color del animal muestran, se halla toda
la materia esprimida. La cual en habiendo sido curada al
sol, cobra un olor muy suave y subido... Adultéranle los
falsarios mezclando con él hígado cocido y sangre quemada... Es confortativo del corazón, aplicado por de fuera
y bebido, clarifica la vista, encubre la sobaquina y el pesti-
lente olor de boca, para lo cual se saben aprovechar bien
dellas cortesanas de Roma. Metido en la natura de la mujer, trae la madre abajo y purga el menstruo... El *algalia,*
que los toscanos llaman zibetto... es una suciedad que se
engendra junto á los compañones de cierta especie de gato
semejante á la *foena,* cuando le hacen sudar, la cual vehe-
mencia y gracia de olor no debe nada al almizcle... El *ambar* pardillo... nace como betún en ciertas balsas que están
cerca de Selequito, ilustre ciudad de las Indias, aunque
algunos creen que sea esperma de la ballena... Fortifica el
celebro y el corazón, con su olor suavísimo conforta los
miembros debilitados, despierta y aviva el sentido... desopi-
la la madre, sana con su perfume el espasmo, la perlesia y
la gota coral, corrige el aire pestífero y, lo que importa

rrilejos de barro, de vidrio, de arambre, de estaño, hechos de mill faziones. Hazía solimán,

---

mucho al bien público, es proprio para perfumar guantes...
Sofistícase el ámbar mezclando con él tuétanos de ternera
y polvos de la raíz de la Iris." *Mosquete,* el *musco, musc*
francés, *muscus,* μόσχος,, ital. *muscato,* de donde *nuez mos-
cada. Musco* es el almizcle. *Boc. Oro,* c. 15: "E empresto-
le cien mil libras de plata... e cien panes de ambar, e peso
de dos mil dramas de musco." Todos son perfumes que
la hacendosa vieja preparaba y vendia á las damas.

1 *Arambre,* todavía vulgar, de donde alambre, de
aerame(m). J. POLO, *Humor.:* Unas veces de arambre, otras
de estaño.

2 *Soliman.* LAG., *Diosc.,* 5, 69: "Hacese tambien del mesmo (azogue) por via de sublimacion aquel pernicioso veneno, que se dice soliman en Castilla... Del soliman se pre-
para una muy famosa suerte de afeite, llamada soliman
adobado. El cual tiene tanta excelencia, que las mujeres que
á menudo con él se afeitan, aunque sean de pocos años,
presto se tornan viejas, con unos gestillos de monas arru-
gados y consumidos; y antes que les cargue la edad, tiem-
blan las cuitadillas como azogadas, porque sin duda lo son,
visto que el soliman solamente del azogue difiere en esto,
que es mas corrosivo y mordaz. Por donde aplicado al
rostro extirpa las señales y manchas dél; empero juntamente deseca y consume la carne subdita, de modo que es
necesario que el pobre cuero se encoja, como dicen que á
fuerza de ser bruñido por tomar lustre se arrugaba y en-
cogia el pantufo muy famoso de cierto escudero anciano llamado Pero Zapata. El cual daño, aunque grande, se podria
disimular facilmente, si con él no se juntasen otros muchos
mayores, cuales son la grande hidiondez de boca y la
corrupcion y negrura de los dientes, que el soliman las
engendra... si quedando en las que con él se afeitan, no
pasasen mas adelante, quiero decir, á sus decendientes. Mas
como esta infamia se semeje al original pecado y vaya de
generacion en generaciones, á gran pena sabe ya andar el
niño (lo cual mueve á gran compasion), cuando se le caen
uno á uno de corrutos y podridos los dientes, y esto no
por su culpa, sino por el vicio de su madre afeitada: la
cual, si no quiere oir estas cosas, no haga esotras."

afeyte cozido, argentadas, bujelladas, cerillas,
llanillas, vnturillas, lustres, luzentores, clari-
mientes, alualinos é otras aguas de rostro, de
rasuras de gamones, de cortezas de spantalobos,
de taraguntia, de hieles, de agraz, de mosto, 5

---

1 *Argentada* parece se dijo del *argen* ó plata, *bufe-
llada* de las *bujetas* ó pomos en que iban, *cerillas* de cera.

2 *Llanillas* para allanar asperezas del rostro, *lucento-
res* para enlucir, *clarimiento* de *claro*.

3 *Alvalino* de *albo*, blanco ó blanquete para la cara.
Aquí tomó el autor lo de COTA, *Dial. am. y un viejo*: "Yo
hallo las argentadas, | yo las mudas y cerillas, | luzento-
ras, unturillas, | y las aguas destiladas. | Yo la líquida esto-
raque, | y el licor de las rasuras; | yo tambien como se sa-
que | la pequilla, que no taque | las lindas acataduras. |
Yo mostré retir en plata | la raquil y alacran | y hacer
el soliman, | que en el fuego se desata... | Yo las aguas
y lexias | para los cabellos roxos."

4 *Rasuras de gamones,* raeduras de gamones ó *asphode-
lus.* FRAG., *Cirug. trat. simpl.*: Del gamon la raiz aprovecha
solamente, como dice Galeno, porque limpia y resuelve.
Dioscórides dice los provechos que trae para los ojos, oídos,
el menstruo, las muelas, el pelo, sabañones, albarazos (LA-
GUNA, *Diosc.*, 2, 159). *Espantalobos,* cuyas hojas son semejantes á las de la sena y produce vainillas. LAG., *Diosc.*,
3, 79: Llámase la colutea en Castilla espantalobos por el
grande ruido que hacen sus hollejos, cuando movidos del
viento se tocan unos con otros.

5 *Taraguntia,* en Laguna *taragontia,* de δραχόντιον, latín *dracunculus,* ó sea la *dragontea* ó *serpentaria.* LAG.,
Diosc., 2, 156: Su raiz tiene admirable virtud en adelga-
zar los humores viscosos y gruesos y en desecar las ma-
lignas llagas del cuero. Según el DR. LAGUNA, *Diosc.*, 2, 70,
la hiel de la ardea, del lucio, de la perdiz y del gallo,
la empleaban ellas como ungüento incitativo.

5 *Agraz* es la uva agria y verde. "Es bueno para las
mujeres preñadas." (*Regimiento de sanidad,* SAVONAROLA,
traduc. FERNÁN FLORES.)

destiladas é açucaradas. Adelgazaua los cueros
con çumos de limones, con turuino, con tuétano
de corço é de garça, é otras confaciones. Sacaua
agua para oler, de rosas, de azahar, de jasmín,
5 de trébol, de madreselua é clauellinas, mosquetas é almizcladas, poluorizadas, con vino. Hazía
lexías para enrubiar, de sarmientos, de carrasca,
de centeno, de marrubios, con salitre, con alum-
bre é millifolia é otras diuersas cosas. E los vn-

---

2 *Turvino,* el polvo de la raíz llamada *turbit de le-
vante,* ó ella misma preparada. Es el *turpetum,* gr. αλυπον,
voz que significa quitapesares. Laguna (*Diosc.,* 4, 180) dice:
"planta la cual de poco acá se ha descubierto en Italia"
(escribía en 1555 la dedicatoria en Amberes y la obra antes
en Italia). Dioscórides (ibid.) dice que "la raiz delgada
como aquella de las acelgas y preñada de cierto licor muy
agudo". *Tuétano de corço.* H. Núñez sobre *Las 300,* c. 241:
"Y no faltó alli la medulla o tuetano del ciervo, que se apa-
cienta de culebras. Ovidio en el libro VII del metamorfoseos
(Vivacisque jecur cervi). No faltó el higado del ciervo
que vive mucho."

3 *Confaciones* se decía de *confectio,* confección, vocablo de boticarios, que hoy, como monos de imitación,
han traído de Francia los sastres.

6 Por *mosquetas* de B traen *V, S, Z mosquetadas,* y
R "incorporate con mosco". Así como con almizcle ó
almizcladas.

6 *Polvorizadas.* CABR., *Dom. 3 adv. serm.* 2, c. 5: Aquí
verás sus heroicas virtudes heróicas polvorizadas con ser
tan grandes, que hacian viso delante de Dios... Ahora
puesto delante del Señor vereis esa grandeza molida y
hecha polvos tan menudos que no los vé, si no es Cristo.

7 *Enrubiar.* ZAMORA, *Mon. 3, Concep.*: Ya los dora,
ya los enrubia, ya los encrespa, ya los compone, ya los ja-
bona, ya los lava, que les hace agua para enrubiarlos.

9 *Millifolia,* el *milefolio* ó *mil en rama* de Laguna
(*Diosc.,* 4, 37, y 4, 104, y 4, 116).

tos é mantecas, que tenía, es hastío de dezir: de
vaca, de osso, de cauallos é de camellos, de culebra é de conejo, de vallena, de garça é de alca-
rauán é de gamo é de gato montés é de texón,

1 Acerca de la diferencia entre sebo, grasa y enjundia,
de las cualidades de las de cada animal y su preparación,
véase Laguna, *Diosc.*, 2, 68.

2 *De vaca.* "El sebo deste animal se aventaja en calor y sequedad al del puerco y mucho mas al del toro y es
poco inferior en fuerzas al del leon, y asi se mezcla util-
mente con los medicamentos que se aplican contra los
scirros y para resolver ó madurar los flemones. Las medu-
las de las vacas ablandan las durezas del vientre." (Huerta,
Plin., 8, 46.) *De oso.* "Poniendo la sangre ó unto del oso
en un vaso debajo de la cama, vienen á ello todos los
mosquitos y se mueren; y el mesmo unto dice Aristoteles
que crece en las vasijas en el tiempo que los osos estan
en sus cuevas." (Idem, 8, 36). *De cavallos.* "El unto de
los caballos es provechoso para quitar el dolor de las
junturas y desencoger los nervios y la medula de sus
huesos quita las señales del rostro." (Idem, 8, 42.)

2 La sangre de *camello*, según algunos ocultistas, da
la locura al que la bebe, si fué sacada en una noche es-
trellada. *De culebra,* debe aludir á lo que dice Huerta
(*Plin.*, 8, 23): "Tiene la culebra tres nervios que van
por todo el largo del cuerpo; de los cuales suelen hacer
cuerdas para vihuelas y dicen que tañidas tienen fuerza
para hacer amar; pero esta opinion, aunque recebida del
vulgo, es cierto ser fabulosa. La carne de la culebra es
provechosa para los que padecen lepra."

3 *De conejo.* "El unto de los conejos mitiga el dolor
de los oídos." *De vallena.* "Llaman también ambar á lo
que suelen llamar sperma de ballena... en Sajonia dicen
que es tan ordinario el usalla, que en pocas enfermedades se deja de gastar." Huert., *Plin.*, 9, 4.)

4 *De gato montés.* "Su hiel y unto es caliente y hú-
medo y resuelve y ablanda con grande eficacia: usan dello
en el mal de gota." (Huerta, *Plin.*, 8, 57.)

4 *De texón.* "Dícese que untando con enjundia de te-
jon y miel cruda alguna parte de un caballo, le sale allí el

de harda, de herizo, de nutria. Aparejos para
baños, esto es vna marauilla, de las yeruas é
rayzes, que tenía en el techo de su casa colgadas:
mançanilla é romero, maluauiscos, culantrillo,
5 coronillas, flor de sauco é de mostaza, espliego
é laurel blanco, tortarosa é gramonilla, flor sal-
uaje é higueruela, pico de oro é hoja tinta. Los

pelo blanco, quitandole primero con una navaja el que tenia antes... Su gordura ó unto ablanda y resuelve con eficacia cualquier tumor ó apostema, aprovecha contra las
calenturas, quita el dolor de riñones y de cualquiera juntura
y desencoje los nervios." (HUERT., *Plin.*, 8, 38.)

1 *De erizo.* Véase ibid., 8, 37. *Harda ó ardilla.* J. HUER-
TA, *Plin.*, 8, 38, anot.: La harda es llamada de los griegos
scyuro, por la grande cola que tiene, con la cual volviendola
sobre la cabeza se cubre todo el cuerpo para no mojarse
ni recibir sol.

4 *Mançanilla.* Véanse sus tres clases en LAGUNA, *Diosc.*,
3, 148.

4 *Romero:* LAG., *Diosc.*, 3, 83. *Malvavisco,* ibid., 3, 100.
y 3, 157. Del culantro, ibid., 3, 67; 6, 9; y del *culantrillo
de pozo,* ibid., 4, 138: "Llamose tambien *Polytrico* y *Ca-
llitrico,* por la notable virtud que tiene de restituir y acrecentar los cabellos perdidos y de darlos tintura muy agra-
ciada." *Coronilla* parece ser la *corona de Rey* de Laguna
(*Diosc.*, 3, 44) ó meliloto: "Su flor cocida con harina de
habas y con vinagre deshace luego las durezas de las tetas
y de los compañones."

5 Del *sauco* ó yezgos de Castilla, en Laguna, *Diosc.*,
4, 175; de la *mostaça,* ibid., 2, 143; del *espliego,* ibid., 1.
6; del *laurel,* ibid., 1, 86. De la grama dice Laguna (*Diosc.*,
4, 34): "Su cocimiento es remedio admirable contra todas
las dificultades de orina y principalmente contra aquellas
que proceden de llagas de la vejiga."

6 No hallo en Laguna ni en Colmeiro la *tortarosa,
gramonilla* y *flor salvaje.*

7 *Higueruela.* Psoralea bituminosa L. et P. hispanica.
Lag. (Leguminosas). Medicinal (COLMEIRO). En Jerez se llama *higueruela;* en Granada, *angelote;* en otras partes, *hier-*

azeytes que sacaua para el rostro no es cosa de
creer: de estoraque é de jazmín, de limón, de
pepitas, de violetas, de menjuy, de alfócigos, de
piñones, de granillo, de açofeyfas, de neguilla,
de altramuzes, de aruejas é de carillas é de yerua ⁵
paxarera. E vn poquillo de bálsamo tenía ella en
vna redomilla, que guardaua para aquel rascu-
ño, que tiene por las narizes. Esto de los virgos,
vnos facía de bexiga é otros curaua de punto.
Tenía en vn tabladillo, en vna caxuela pintada, ₁₀
vnas agujas delgadas de pellejeros é hilos de
seda encerados é colgadas allí rayzes de hojaplasma é fuste sanguino, cebolla albarrana é ce-

---

ba cabruna ó cabrera, trébol hediondo, ó de Sodoma, ó agudo ó de mal olor. El pico de oro y hoja tinta no se mientan
tampoco en los citados autores.

2 Estoraque. "Es singular el estoraque líquido contra infinitas enfermedades frias y principalmente sirve para fa-
cilitar el parto, metiendose con aceite de azucenas por las
partes secretas." (LAG., Diosc., 1, 58); véase además l. 1,
c. 64. Jazmín: "quita las manchas del rostro" (LAG., Diosc.,
1, 67), el cual trata del menjui ó benjui en el l. 3, c. 88.

4 Neguilla. LAG., Diosc., 3, 87: La que se dice en latín
nigela es aquella mesma que llamamos en Castilla ajenuz
y neguilla. Esto dice Laguna, y en el mismo lugar Dioscórides: "Aplicandose con vinagre estirpa las pecas y las
asperezas, las hinchazones antiguas y las durezas del cuero.
Aplicada con orina de muchos dias arranca las muy arrai-
gadas verrugas, siendo primero sarjadas en derredor."

6 Yerva paxarera ó Stellaria media Sm., cariofilea,
según Colmeiro, y que en algunas partes llaman yedra pamplina, pamplina, yerba de canarios, Mariquita de invierno.

9 De punto, cosiéndolo.

13 Hojaplasma, no hallo lo que sea en ninguna parte.

13 Cebolla albarrana, véase en LAGUNA, Diosc., 2, 162
y 163. Cepacavallo debe ser el equisetum ó cola de caballo,

pacauallo. Hazía con esto marauillas : que, quando vino por aquí el embaxador francés, tres vezes vendió por virgen vna criada, que tenía.

CAL.—¡Así pudiera ciento!

5 PÁRM.—¡Sí, santo Dios! E remediaua por caridad muchas huérfanas é cerradas, que se encomendauan á ella. E en otro apartado tenía para remediar amores é para se querer bien. Tenía huessos de coraçon de cieruo,

del cual dice Laguna (*Diosc.*, 4, 47) que "toda la yerva tiene virtud estiptica, por donde su zumo restaña la sangre de las heridas... Las hojas majadas y aplicadas en forma de emplastro sueldan las heridas sangrientas... Dícese que sus hojas bebidas con agua sueldan las heridas penetrantes al vientre y á la vejiga y juntamente las quebraduras".

2 *El embaxador francés.* "También tiene visos de cosa no inventada (y sobre este pasaje me llamó la atención el Sr. Foulché-Delbosc)" (MEN. PELAYO, *Oríg. Nov.*, III, 39).

9 *Huessos de coraçón.* J. HUERTA, *Plinio*, pte. 1, l. 8, c. 32, anot., f. 248 : "Son los ciervos de grandísimo provecho en el uso de medicina. Dícese que cuando las ciervas se sienten preñadas, tragan cierta piedrecilla, que las libra del muebdo, aunque mas corran, y asi hallando esta en su vientre se guarda para las mujeres, porque trayendola atada al brazo, no malparen : y lo mesmo afirman del hueso que se halla en su corazon. Este dicen ser de grande provecho para los desmayos, segun escribe Arctuario. Pero, aunque comunmente le llaman hueso, realmente no se puede llamar asi, pues no es sino un nérvio ó una membrana nervosa, que se endurece con la edad del ciervo. Aunque Conrado Gesnero afirma con experiencia que despues de muerto adquiere la dureza que tiene : porque abriendo el corazon de un ciervo acabado de matar, halló que no tenia sino un nervio ó membrana nervosa muy blanda y abriendo despues otro de seis dias muerto, la halló mas dura. Pero cierto él se engañó con esta experiencia, porque seria el uno nuevo y el otro viejo... yo he hecho algunas veces experiencia dello y cualquiera que la hiciere hallará que el

lengua de bíuora, cabeças de codornizes, sesos
de asno, tela de cauallo, mantillo de niño, haua
morisca, guija marina, soga de ahorcado,

---

endurecerse consiste en la edad y no en la muerte." En
algunas partes, como en Inglaterra, el hueso del corazón del
ciervo, engarzado en un broche formado de un remache
de un barco que se haya ido á pique, es un amuleto contra
las mordeduras de culebra (BLACK, *Medic. popul.*). "Me-
dula de ciervo, que tanto envejece, | que traga culebra por
rejuvenir", dice á este propósito Mena en el *Laberinto*
(c. 241).

1 *Lengua de bíuora.* Por qué sirva *para se querer bien*
se sacará de lo que dice HUERTA (*Plin.*, 8, 39, *anot.*): "Han
dicho algunos que (las víboras) se ayuntan por la boca,
metiendo el macho la cabeza en la boca de la hembra; la
cual ó con la demasiada delectacion de su acceso ó *por
venganza de su venidero peligro*, dicen que en concluyendo
su cópula, aprieta los dientes y corta la cabeza al marido
y asi le deja sin vida; pero en creciendo en su vientre los
hijos, no pudiendo sufrir la tardanza del parto, royéndola
las entrañas, se las abren para salir fuera y con su muerte
vengan antes de nacer la del padre. Pero esta opinion está
muy averiguado ser falsa..." Las cabezas de codornices y los
sesos de asno servían para atraer enamorados como á
bobos, por lo necias que son las codornices, que al llegar
á Africa dicen ocultan la cabeza en la arena al ver á los
cazadores, creyéndose ya seguras, y por la torpeza pro-
verbial del asno.

2 "La medula de sus huesos quita las señales del rostro. En las corvas de los caballos y cerca de sus uñas se
hacen unos callos duros, llamados de los griegos lichenes;
cortados estos y hechos polvos y bebidos en vinagre dicen
ser grande remedio contra la alferecia y algunos los mandan
dar contra cualquiera mordedura venenosa." (HUERTA, *Plin.*,
8, 42, *anot.*) *Mantillo de niño*, mantecas ó redaños. A la
cuenta, Celestina era también curandera sacamantecas.

3 *Hava morisca*, las alubias ó judías, como las *judi-
huelas* y *habichuelas* se dijeron de *haba*: así *alubia* es voz
morisca ó arábiga. De las habas comunes dice LAGUNA
(*Diosc.*, 2, 96): "Las habas comidas engendran muchas ven-

flor de yedra, espina de erizo, pie de texó,

tosidades y restriñen el vientre y ansi necesariamente irri-
tan la sensualidad de la carne, estimulando á lujuria... y á
esta causa debajo de muy gran pena eran á los pitagóri-
cos entredichas las habas, conviene á saber porque no solamente perturban gravemente los cuerpos, empero tambien
alteran los ánimos." Una supersticiosa manera de quitar
las verrugas consiste en Inglaterra en enterrar una cáscara de haba secretamente debajo de un fresno, diciendo
estas palabras mágicas: "Tan pronto como esta cáscara
de haba se pudra, tan pronto consúmase mi verruga."
(BLACK, Medic. pop., p. 78.) Guija marina debe de ser la
piedra calamita ó piedra imán, con la cual, cebada la aguja
de marear, no se cansa de andar alrededor, por siempre
mirar al Norte, "tanta es la dependencia que aquella piedra
tiene con aquella parte del cielo" (J. PIN., Agr., 1, 30). De
ella LAGUNA en Dioscórides (5, 105). Viene aquí la piedra
imán al mismo propósito que la Soga del ahorcado. La soga
con que se ha ahorcado á uno se mira hoy en Inglaterra
como un remedio contra el dolor de cabeza, si se ata alrededor de ésta (BLACK, Medicina pop., p. 135). Era de gran
uso para filtros y hechicerías, como se ve por las frases
Soga de ahorcado, de lo que se malvende, por creerse era
cosa muy preciosa la tal soga; tener soga de ahorcado,
ponderando la fortuna de alguno. CORREAS, 425: Trae soga
de ahorcado. (Dícese de los que atraen á sí las voluntades,
como con piedra imán, y que traen piedra imán.) COVARR.:
"Las hechiceras dicen que para la bienquerencia se aprovechan de estas sogas." Su origen sencillamente en que la soga
arrastra y trae, y lo del ahorcado, como de cualquier muerto en sanidad, que su vigor y calidades fisiológicas creíanse
trasladarse al vivo. He oído á un cegato, viendo un cadáver,
exclamar: ¡Qué hermosos ojos! ¡Bien pudieran cambiár-
seme los míos por ellos!

   1   Flor de yedra. LAG., Diosc., 2, 170: "Llamase la yedra
Cissos, Cittos y Dionysia en griego, los cuales tres nombres
antiguamente significaban á Baco, excelente coronel de las
botas. Y pienso haberse la yedra llamado ansi porque bebido su zumo y olido perturba la razon ni mas ni menos
que el vino; por el cual respecto, á mi parecer, se corona-
ban con ella los sacerdotes de Baco; de do tambien ha ve-

granos de helecho, la piedra del nido del águila

nido á colgarse por las tabernas." Y DIOSCÓRIDES (ibid.):
"Bebido de sus flores con vino dos veces al dia, cuanto se
puede tomar con dos dedos es util contra la disenteria y
aplicada con cerato en forma de emplastro sana las que-
maduras del fuego." De la yedra y Baco en NATALIS COMIT.,
Mytholog., l. V, p. 486, 478, y D. LÓPEZ en *Alciato, Embl.*.
203: "El arbol de la yedra nunca se seca; antes siempre
está verde, los cuales dones dicen que dió Baco al muchacho Cisso. Este fué muy querido de Baco y andando haciendo sus fiestas en su presencia cayó en un grande hoyo,
el cual se habia abierto en la tierra y murió. Entonces
la tierra por adular á Baco produjo *una flor muy hermosa,*
la cual se llama *Cisso* (= *la de la yedra*), como el mu-
chado que amaba Baco, á quien habia dado la yedra,
de la cual usaban en los sacrificios de Baco. Tiendese
por muchas partes, es pedigueña, hermosa con los ra-
cimos dorados, es verde por de fuera, el amarillez tiene las demas cosas." Allí sigue diciendo por qué se coro-
naba de yedra á los poetas. *Espina de erizo.* Marcelo Donato atestigua que Hipólito Lanzano se resolvía en sudor
de ver solo un erizo (NIEREMB., *Oc. filos.*, 1, 6). Las espinas
ó púas del erizo servían á las hechiceras para clavarlas en
la imagen de cera de la persona á quien así pretendían ator-
mentar. "Del erizo saca Rasis una medicina para los que
están ligados, que degollado y tomada su sangre embuelta
con otro tanto azeyte y untando con ella el cuerpo y las
otras partes de la generación, será desligado y podrá tener
acceso con qualquier muger." (*Regimiento de sanidad* de
M. SAVONAROLA, traducc. FERNÁN FLORES, 1512). *Pié de te·
xo.* HUERTA, *Plin.*, 8, 38, *anot.*: "Tiénese por cosa cierta
que huyen dél los lobos y otros animales feroces y por esto
ponen á los caballos y mulas y á los jumentos collares ó co-
petes de su pelo, para que no los hagan daño; aunque algunos se los ponen por entender que *libra del mal de ojo,* y
por la mesma causa ponen á los niños pequeños *una mano*
de este animal."

1 *Granos de helecho.* Dice DIOSCORIDES (*Lag.*, 4, 186):
"Las mujeres que las bebieren (las raíces del helecho hembra con vino) quedaran esteriles y las preñadas malpariran
si las tomaren." Añade LAGUNA: "No puedo disimular la
vana superstición, abuso y grande maldad (no quiero decir

é otras mill cosas. Venían á ella muchos hombres

herejia) de algunas vejezuelas endemoniadas, las cuales tienen ya persuadido á los populares que la víspera de S. Juan
en punto á la media noche florece y grana el helecho,
y que si el hombre alli no se halla en aquel momento se cae
su simiente y se pierde, la cual alaban *para infinitas hechicerias.* Yo digo á Dios mi culpa, que para verla coger una
vez acompañé á cierta vieja lapidaria y barbuda, tras la
cual iban otros muchos mancebos y cinco ó seis doncelluelas malavisadas, de las cuales algunas volvieron dueñas á casa. Del resto no puedo testificar otra cosa sino que
aquella madre reverenda y honrada pasando por el helecho
las manos, lo cual no nos era á nosotros lícito, nos daba
descaradamente á entender que cogia cierta simiente como
aquella de la mostaza, la cual, á mi parecer, se habia llevado ella mesma en la bolsa: dado que ya pudo ser que realmente se desgranase el helecho entonces, pues por todo el
mes de Junio y de Julio están aquellos fluecos en su fuerza
y vigor. No se debe dar por ninguna via ni la hembra ni el
helecho macho á las hembras, por cuanto dada cualquiera
de estas especies á las preñadas, las hace malparir luego
y á las otras quita la potencia de jamas empreñarse." En
éusquera *ira* es helecho y veneno, pena honda, consumación y ahilamiento y el filtro amatorio ó bebedizo, que desde
muy antiguo hubo de componerse de helechos. Tomó este
nombre la planta en esta lengua por haber sido propia de
hechiceros y brujas, no sólo en España, sino entre los antiguos germanos y eslavos. El nombre del duende es
iratcho, que significa el del bebedizo ó el del helecho, y
de aquí, en Alava, Navarra y Aragón llaman *iras-co* al
chivo. Véase sobre esto Cejador, *Tesoro, R,* 105. *La piedra
del nido* miéntala el *Laberinto* (c. 241). Escribe Valdecebro,
Gobiern. d. l. aves (1, 9): "La piedra que llaman del aguila,
que aunque muchos estan persuadidos á que es fábula lo
que se refiere y escribe de ella, no lo es, sino verdad que
se toca, vé y experimenta cada dia. Dijeron algunos que
para asegurar su nido del encuentro y violenta opresion de
los aires, le fortalecia con un pedazo de peñasco, que desgajado hallaba entre los riscos. Asi la pintaron los egipcios por empresa de la firmeza y estabilidad y esta: *Statua
firmiter sedes;* y su gran Comentador Pierio prosigue en
este sentimiento y consecuencia: *Lapidem quempiam ex-*

é mugeres é á vnos demandaua el pan do mor-

quirit quem in nido pro libramento collocet (PIER. VALERIAN,
f. 182). No es la piedra de el aguila esa, sino la que S. Isidoro, Plinio y S. Alberto Magno y otros llaman *Aetites,*
que es muy pequeña; empero de virtudes muy grandes, especialmente que facilita el parto en las que peligran en el
puesto. Y no permite abortar, si las preñadas la traen consigo. Templa y aun quita el furor del delirio en quien lo padece. Estas son virtudes, que las ha hecho patentes la experiencia; y aunque es verdad que hay muchas piedras del
aguila (y suelen traerlas algunos peregrinos á España y
ciertas peregrinas, porque son de color leonadas, listadas con
vetas negras y venillas blancas, están como preñadas, porque cada piedra tiene dentro otra piedra, que suena me-
neandola), la verdadera y que tiene estas y otras muchas
virtudes es la que en el nido mismo de las aguilas se coge,
la trae el águila de una mina, que está entre Chios y Sa-
nadrin en la India oriental... Cuando empolla los huevos,
la tiene puesta en el nido, descubriendo por ella las virtudes que pensó dejar depositadas y en silencio la naturaleza,
y que de haberla visto y hallado en su nido los hombres
hayan descubierto lo precioso de su estimacion por sus pro-
piedades." DIOSCÓRIDES dice (*Lag.,* 6, 118): "La piedra del
aguila (ἀετίτης) suena en meneandose, por estar como
preñada de otra piedra, que tiene dentro de sí. Atada al
brazo siniestro, retiene el parto, cuando por la gran lubri-
cidad de la madre hay peligro de malparir. Empero, cuando
fuere llegada la hora del parto, desatandola del brazo, la
atarás al muslo y ansi parirá la mujer sin dolor. Descubre
tambien ladrones aquesta piedra: porque si amasada en el
pan se la diéramos á comer, nunca podra tragar bocado el
ladron. Asi mesmo se dice que ningún ladron podrá tragar
alguna de aquellas cosas, que con ella fueren cocidas."
Añade LAGUNA de su parte: "*Aetos* en griego quiere decir
águila, de do vino á llamarse *aetites* aquesta piedra, porque
ordinariamente tienen dos dellas, conviene á saber, macho y
hembra, en sus nidos las águilas; sin las cuales no les es
posible parir, y á causa de las cuales ponen dos huevos
tan solamente... En suma, la piedra del águila naturalmente atrae las pares y la madre hacia sí, ni mas ni menos
que la piedra iman el acero." En LUCANO: "Quaeque sonant
foeta tepefacta sub alite saxa."

dían; á otros, de su ropa; á otros, de sus cabellos; á otros, pintaua en la palma letras con açafrán; á otros, con bermellón; á otros, daua vnos coraçones de cera, llenos de agujas quebradas é otras cosas en barro é en plomo hechas, muy espantables al ver. Pintaua figuras, dezía palabras en tierra. ¿Quién te podrá dezir lo que esta vieja fazía? E todo era burla é mentira.

CAL.—Bien está, Pármeno. Déxalo para más 10 oportunidad. Asaz soy de tí auisado. Téngotelo

---

4 *Coraçones de cera*..., operación mágica que consiste en creer que se hace en otro lo que se quiere haciéndolo en su imagen ó en algo perteneciente á su persona. Clavando agujas en un corazón de cera, que representa el de fulano, el tal fulano se siente penado y como clavado el corazón. Lo mismo da á entender con las figuras *en barro ó en plomo*, espantables, porque para dañar á las personas en ellas figuradas, haría en esas figurillas las mutilaciones y barbaridades que le pidiesen sus parroquianos, con sus ensalmos y demás ceremonias usadas.

7 Son las palabras de los ensalmos, como todavía los dicen y los dan impresos las viejas deste jaez, por ejemplo, la famosa oración de San Benito, que yo recogí poco ha en Segovia, y corre por Castilla y Andalucía en latín estropeado y revuelto con otras palabras, y procede de la que antiguamente daban los frailes benitos para sanar.

8 *Burla é mentira,* superstición. Cicerón (*Pro domo sua* y *Divinat,* l. 1) llama muchas veces á la superstición pasión de vejezuelas bobas, y Servio gramático (*Aeneid.,* l. 8) dice llamarse aquel vicio de viejas, porque con la mucha edad caducan y se tornan bobas, y de aquí les viene dar en hechiceras y magas, y de tales las condena Lucio Apuleyo (*Asin.,* l. 9).

10 *Téngotelo en gracia,* agradézcotelo, propiamente verlo de buena gracia y con gusto. *Quij., 2, 12:* Con la cual quiero Sancho que estés bien, teniéndola en tu gracia.

en gracia. No nos detengamos, que la necessidad desecha la tardança. Oye. Aquella viene rogada. Espera más que deue. Vamos, no se in-
digne. Yo temo é el temor reduze la memoria é
á la prouidencia despierta. ¡Sus! Vamos, prouea- 5
mos. Pero ruégote, Pármeno, la embidia de Sempronio, que en esto me sirue é complaze no pon-
ga impedimiento en el remedio de mi vida. Que,
si para él houo jubón, para tí no faltará sayo.
Ni pienses que tengo en menos tu consejo é 10
auiso, que su trabajo é obra: como lo espiri-
tual sepa yo que precede á lo corporal é que,
puesto que las bestias corporalmente trabajen
más que los hombres, por esso son pensadas é
curadas; pero no amigas dellos. En la tal dife- 15
rencia serás comigo en respeto de Sempronio.
E so secreto sello, pospuesto el dominio, por
tal amigo á ti me concedo.

PÁRM.—Quéxome, señor, de la dubda de mi
fidelidad é seruicio, por los prometimientos é 20
amonestaciones tuyas. ¿Quándo me viste, señor, embidiar ó por ningún interesse ni resabio
tu prouecho estorcer?

---

14 *Pensadas,* de *pensar* ó dar pienso. *Quij.,* 2, 20: Los
límites de tus deseos no se estienden á más que á pensar tu
jumento, que el de tu persona sobre mis hombros le tienes
puesto.

22 *Interesse,* en su forma latina, y así se decía.

23 *Estorçer,* desviar, impedir, de *torcer.* Véase mi edición de HITA, 136, 793.

CAL.—No te escandalizes. Que sin dubda tus
costumbres é gentil criança en mis ojos ante
todos los que me siruen están. Mas como en
caso tan árduo, do todo mi bien é vida pende,
5 es necessario proueer, proueo á los contesci-
mientos. Como quiera que creo que tus buenas
costumbres sobre buen natural florescen, como
el buen natural sea principio del artificio. E no
más; sino vamos á ver la salud.

10 CEL.—Pasos oygo. Acá descienden. Haz,
Sempronio, que no lo oyes. Escucha é déxame
hablar lo que á tí é á mí me conuiene.

SEMP.—Habla.

CEL.—No me cóngoxes ni me importunes,
15 que sobrecargar el cuydado es aguijar al animal congoxoso. Assí sientes la pena de tu amo
Calisto, que parece que tú eres él é él tú é que
los tormentos son en vn mismo subjecto. Pues
cree que yo no vine acá por dexar este pleyto
20 indeciso ó morir en la demanda.

CAL.—Pármeno, detente. ¡Ce! Escucha qué
hablan estos. Veamos en qué viuimos. ¡O notable muger! ¡O bienes mundanos, indignos de
ser poseydos de tan alto coraçon! ¡O fiel é
25 verdadero Sempronio! ¿Has visto, mi Párme-

no? ¿Oyste? ¿Tengo razón? ¿Qué me dizes, rincón de mi secreto é consejo é alma mía?

PÁRM.—Protestando mi innocencia en la primera sospecha é cumpliendo con la fidelidad, porque te me concediste, hablaré. Oyeme é el afecto no te ensorde ni la esperança del deleyte te ciegue. Tiémplate é no te apresures: que muchos con codicia de dar en el fiel, yerran el blanco. Avnque soy moço, cosas he visto asaz é el seso é la vista de las muchas cosas demuestran la experiencia. De verte ó de oyrte descender por la escalera, parlan lo que estos fingidamente han dicho, en cuyas falsas palabras pones el fin de tu deseo.

SEMP.—Celestina, ruynmente suena lo que Pármeno dize.

CEL.—Calla, que para la mi santiguada do vino el asno verná el albarda. Déxame tú á Pármeno, que yo te le haré vno de nos, é de lo que houiéremos, démosle parte: que los bienes, si no son conmunicados, no son bienes. Ganemos todos, partamos todos, holguemos todos.

---

6 *No te ensorde*. L. RUEDA, 1, 320: Pienso que ensordé.
17 *Para mi santiguada,* por esta cruz que hago santiguándome. *Do vino...,* refrán que no traen los refraneros conocidos. *Do = d'o, d o, o* donde, *u(bi),* HITA, 29 (mi edición).

Yo te le traeré manso é benigno á picar el pan
en el puño é seremos dos á dos é, como dizen,
tres al mohino.

CAL.—Sempronio.

5   SEMP.—Señor.

CAL.—¿Qué hazes, llaue de mi vida? Abre.
¡O Pármeno! ya la veo: ¡sano soy, viuo so!
¿Miras qué reuerenda persona, qué acatamien-

---

2   *A picar el pan en el puño;* así CORREAS, 392; es metáfora de las ovejas, que vienen á tomarlo, y de otros
animales amansados.

2   *Seremos dos á dos.* CORR., 293: "Dos á dos y tres
al mohino." Juntáronse aquí dos frases en una. La primera, *dos á dos,* es jugar cuatro, dos contra dos, ó reñir con
padrinos, y dícese del ser parejos sin ventaja de la parte
contraria. Pero la segunda añade bastante más, como se
verá por CORREAS, 6, 12: *Tres al mohino.* (Los que molestan
á uno.) Idem, 567: *Ser tres al mohino, tres contra uno.*
(Por sobra de ventaja.) Idem, 427: *Tres al mohino.* (Mohino por el asno, que de ordinario son mohinos y pardillos,
como bayo por el caballo en el refrán, "uno piensa el bayo",
y tres al mohino, es subir tres en él, con que irá muy cargado con trabajo. De aqui se traslada mohino á significar
el enfadado y disgustado. Si no vino de mofa y la frase
cuando se aunan muchos contra uno: "son tres al mohino";
y sucede en juegos y otras cosas y en burlas.) Hasta aqui
Correas, cuya última significación es la verdadera, pues
moh-ino y mof-ino es todo uno, el que pone hocico por
enfadado (*mofar*), que le traen tres, ó *dos,* como también
se dijo, porque *tres á uno le meten la paja...,* etc. BARAHO-
NA, p. 733: Saben hurtarse el cuerpo á las pasiones | y
juegan con el mal tres al mohino. TIRSO, *Quien calla,*
3, 7: Somos tres al mohino | y nos revuelve Brianda.
Tebaida, 8: Dos á dos y tres al mohino. P. ESP., *Perr.
Cal.:* Dos al mohino.

to? Por la mayor parte, por la philosomía es conocida la virtud interior. ¡O vejez virtuosa! ¡O virtud enuejecida! ¡O gloriosa esperança de mi desseado fin! ¡O fin de mi deleytosa esperança! ¡O salud de mi passión, reparo de mi 5 tormento, regeneración mía, viuificación de mi vida, resurreción de mi muerte! Deseo llegar á tí, cobdicio besar essas manos llenas de remedio. La indignidad de mi persona lo embarga. Dende aquí adoro la tierra que huellas é en 10 reuerencia tuya beso.

CEL.—Sempronio, ¡de aquellas viuo yo! ¡Los huessos, que yo roy, piensa este necio de tu amo de darme á comer! Pues ál le sueño. Al freyr lo verá. Dile que cierre la boca é comien- 15

1 *Philosomía*, fisonomía ó aspecto del rostro, voz erudita estragada por el pueblo, que la confunde con los *filos*, como *filosofia*.

12 De mis manos y trabajo vivo. Piensa este necio que me contentará con lo que yo ya desecho: esto es, ríome yo de esos besos de mis huellas y de semejantes alabanzas. Otra cosa pienso yo y sueño que me dé, como lo verá al fin de la obra, cuando le pida la cuenta. ¡A buena parte viene á parar! ¡Soy harto ducha y he madrugado bastante más que él! ¡Ya estoy de vuelta! Admirable lenguaje de la vieja por lo castizo y elíptico, y admirable por lo elíptico y brioso del lenguaje castellano entre la gente popular, de donde lo toma Rojas cuando se olvida de las ñoñeces estudiantiles y de los remedos clásicos.

14 *Soñar* es pensar y recordar mucho. NISENO, *Juev.* 3 *cuar.*: Que os soñaré dia y noche. La frase está en CORREAS, p. 38: *Al te sueño.* (Es como decir de otra manera te sueño, otra cosa deseo.)

15 CORR., 34: *Al freir lo veran.* (Varíase: Al freír lo

ce abrir la bolsa: que de las obras dudo, quanto
más de las palabras. Xo que te estriego, asna
coxa. Más hauías de madrugar.

PÁRM.—¡Guay de orejas, que tal oyen! Per-
5 dido es quien trás perdido anda. ¡O Calisto
desauenturado, abatido, ciego! ¡E en tierra está
adorando á la más antigua é puta tierra, que
fregaron sus espaldas en todos los burdeles!
Deshecho es, vencido es, caydo es: no es capaz
10 de ninguna redención ni consejo ni esfuerço.

---

veréis y aplícase á muchas cosas. Dicen que un carbonero,
vaciando el carbón en una casa, se llevaba hurtada la sartén
escondida, y preguntándole si era bueno el carbón, encare-
ciéndolo por tal, dijo: "Al freir lo verán.") *Al freir de los
huevos lo verá,* es otra manera (*Quij.*, 1, 37). Al freir de
los huevos es cuando se ve lo que son, en la ocasión se
conocen las cosas. Los huevos pasados por agua ó estre-
llados pueden pasar por buenos; no así los fritos, pues
la yema tiene que parecer entera. Los demás son cuentos
inventados *a posteriori*. CORR., 270: *Cerrar la boca y
abrir la bolsa.*

1 *De las obras.* CORR., 291: *Donde las obras tras ellas
no van,* | *en balde de haré palabras se dan;* | *mas cuando el
hacer al decir se sigue,* | *puede la boca decir lo que el cora-
zon concibe.*

2 CORR., p. 273; *Quij.,* 2, 10, y SANTILLANA: *"Jo.
(ó xo) que te estrego, burra de mi suegro." Estregar*
aquí y en el texto por halagar, como atusar por las
alabanzas que le ha dado; *suegro* por persona á quien
no se quiere, en el texto *asna coxa,* mala, que no anda
bien. Dícese como en el texto, desechando algo, como
las alabanzas no merecidas, que algo más pretende con
ellas el que las dice. Tráelo así F. SILVA, *Celest.,* 18:
Oxte, mi asno, xo que te estrego, asna coja. Idem, 39:
Como pensaba el asno necio de meter pieza y sacar pieza.
Xo que te estrego, asna coja.

8 *Fregaron,* apalearon, de aquí *refriega,* contienda, lucha.

CAL.—¿Qué dezía la madre? Parésceme que pensaua que le ofrescía palabras por escusar galardón.

SEMP.—Assí lo sentí.

CAL.—Pues ven comigo: trae las llaues, que 5 yo sanaré su duda.

SEMP.—Bien farás é luego vamos. Que no se deue dexar crescer la yerua entre los panes ni la sospecha en los coraçones de los amigos; sino alimpiarla luego con el escardilla de las 10 buenas obras.

CAL.—Astuto hablas. Vamos é no tardemos.

CEL.—Plázeme, Pármeno, que hauemos auido oportunidad para que conozcas el amor mío contigo é la parte que en mi immérito tienes. 15 E digo immérito, por lo que te he oydo dezir, de que no hago caso. Porque virtud nos amonesta sufrir las tentaciones é no dar mal por mal; é especial, quando somos tentados por moços é no bien instrutos en lo mundano, en que 20 con necia lealtad pierdan á sí é á sus amos, como agora tú á Calisto. Bien te oy é no pienses que

---

4 *Lo sentí,* lo oí y lo juzgué.

15 *Immérito,* inmerecidamente, porque bien te he oído hablar contra mí, en la pasada escena; de lo cual no hago caso y lo tomo por tentación ó molestia, que me manda sufrir la profesión de virtud que hago. *De que,* de lo cual.

19 *Especial,* adverbio, tal se decía. *Quij.,* 1, 4, f. 10.

20 *Instrutos,* instruidos, latinismo.

el oyr con los otros exteriores sesos mi vejez
aya perdido. Que no solo lo que veo, oyo é conozco; mas avn lo intrínsico con los intellec-
tuales ojos penetro. Has de saber, Pármeno, que
5 Calisto anda de amor quexoso. E no lo juzgues
por eso por flaco, que el amor imperuio todas
las cosas vence. E sabe, si no sabes, que dos conclusiones son verdaderas. La primera, que es
forçoso el hombre amar á la muger é la muger

---

6 *Impervio,* otro latinajo, y eso en boca de la vieja.
¡Y así lo emplea la muy sabida! *Im-per-vius* dícese de lo
sin camino. El amor salta por todo, sin caminos, él se
los hace y llega al fin.

8 *Dos conclusiones son verdaderas.* Tomado del tratado
del amor de Alfonso Tostado de Madrigal (*Bibliófr. españ.,
Opúsc. liter.*), donde están ambas conclusiones. Primera:
"ser necessario los omes amar á las mujeres." Segunda:
"que es necesario al que ama que alguna vez se turbe..."
"E ciertamente para sustentacion del *humanal linaje,* este
amor es necessario por esto que dire. *Cierto es que el
mundo peresceria* si ayuntamiento entre el ome y la muger no oviese, e pues este ayuntamiento non puede aver
efecto sin amor de amos, siguese que necesario es que
amen." La segunda conclusión pintóla de perlas Safo en
la Oda que trae Longino y tradujo Catulo:

> "Ille mi par esse Deo videtur,
> Ille, si fas est, superare divos,
> Qui sedens adversus identidem te
>   Spectat et audit
> Dulce ridentem: misero quod omnes
> Eripit sensus mihi, nam simul te
> Cypria aspexi, nihil est super mi
>   Quod loquar amens.
> Lingua sed torpet, tenues sub artus
> Flamma demanat, sonitu suopte
> Tinniunt aures, gemina et teguntur
>   Lumina nocte."

al hombre. La segunda, que el que verdaderamente ama es necessario que se turbe con la
dulçura del soberano deleyte, que por el haze-
dor de las cosas fue puesto, porque el linaje de
los hombres perpetuase, sin lo qual peresceria. 5
E no solo en la humana especie; mas en los pesces, en las bestias, en las aues, en las reptilias
y en lo vegetatiuo algunas plantas han este
respeto, si sin interposición de otra cosa en
poca distancia de tierra están puestas, en que ay 10
determinación de heruolarios é agricultores, ser
machos é hembras. ¿Qué dirás á esto, Pármeno?
¡Neciuelo, loquito, angelico, perlica, simplezi-
co! ¿Lobitos en tal gestico? Llegate acá, putico, que no sabes nada del mundo ni de sus 15
deleytes. ¡Mas rauia mala me mate, si te llego
á mí, avnque vieja! Que la voz tienes ronca,
las barbas te apuntan. Mal sosegadilla deues
tener la punta de la barriga.

---

13 *Neciuelo*. Toda esta filosofía le dice la vieja, como
si hubiera cursado las aulas salmantinas, metida en el
bolsillo del estudiante Rojas, para *traérselo manso é benigno á picar el pan en el puño*. Y á lo mismo tira tanto
diminutivo mimoso.

14 *Lobitos*, enemiguito, como quien dice, *en tal gestico*
tan furiosico.

15 *Putico* para ella es una flor, y ya se dijo antes.

16 *Más*, es comparativo, sin término de comparación,
y muy bien dicho por elipsis, por *antes bien, ojalá*. Lo de
la voz, barbas y..., dando á entender que está de muda y
haciéndose hombre.

Párm.—¡Como cola de alacrán!

Cel.—E avn peor: que la otra muerde sin hinchar é la tuya hincha por nueue meses.

Párm.—¡Hy! ¡hy! ¡hy!

5 Cel.—¿Ríeste, landrezilla, fijo?

Párm.—Calla, madre, no me culpes ni me tengas, avnque moço, por insipiente. Amo á Calisto, porque le deuo fidelidad, por criança, por beneficios, por ser dél honrrado é bientra- 10 tado, que es la mayor cadena, que el amor del seruidor al seruicio del señor prende, quanto lo contrario aparta. Véole perdido é no ay cosa peor que yr tras desseo sin esperança de buen fin é especial, pensando remediar su hecho tan 15 árduo é difícil con vanos consejos é nécias razones de aquel bruto Sempronio, que es pensar sacar aradores á pala é açadón. No lo puedo sufrir. ¡Dígolo é lloro!

Cel.—¿Pármeno, tú no vees que es nece- 20 dad ó simpleza llorar por lo que con llorar no se puede remediar?

---

5 *Landrezilla,* landre, voz usada en las maldiciones. ¡Mala landre te dé! Pero estas gentes de burdel las menudean tanto, que las convierten en cariños, quiero decir que al decir cariños les ocurren las mismísimas voces de las maldiciones, y así, de malas las hacen buenas. *Insipiente,* latinismo.

17 Corr., 247: *Sacar el arador con pala y azadon; no se saca arador con palo de azadon.* Arador, gusanillo imperceptible de las manos, subcutáneo.

PÁRM.—Por esso lloro. Que, si con llorar fuesse possible traer á mi amo el remedio, tan grande sería el plazer de la tal esperança, que de gozo no podría llorar; pero assí, perdida ya toda la esperança, pierdo el alegría é lloro. 5

CEL.—Llorarás sin prouecho por lo que llorando estoruar no podrás ni sanarlo presumas. ¿A otros no ha contecido esto, Pármeno?

PÁRM.—Sí; pero á mi amo no le querría doliente. 10

CEL.—No lo es; mas avnque fuesse doliente, podría sanar.

PÁRM.—No curo de lo que dizes, porque en los bienes mejor es el acto que la potencia é en los males mejor la potencia que el acto. Assí 15 que mejor es ser sano, que poderlo ser é mejor es poder ser doliente que ser enfermo por acto é, por tanto, es mejor tener la potencia en el mal que el acto.

CEL.—¡O maluado! ¡Cómo, que no se te entiende! 20 ¿Tú no sientes su enfermedad? ¿Qué has dicho hasta agora? ¿De qué te quexas? Pues burla ó dí por verdad lo falso é cree lo

---

14 *Acto, potencia.* Escolastiquerías aristotélicas. Mejor es *tener* que *poder* tener bienes; mejor es *poder* ó *ser capaz* de males que *tenerlos.*

23 La vieja también se contagia de escolasticismo y hace de contrincante que propone objeciones.

23 *Burla,* habla en broma.

que quisieres: que él es enfermo por acto é el
poder ser sano es en mano desta flaca vieja.

PÁRM.—¡Mas, desta flaca puta vieja!

CEL.—¡Putos días biuas, vellaquillo! é ¡cómo
5 te atreues...!

PÁRM.—¡Como te conozco...!

CEL.—¿Quién eres tú?

PÁRM.—¿Quién? Pármeno, hijo de Alberto tu compadre, que estuue contigo vn més,
10 que te me dió mi madre, quando morauas á
la cuesta del río, cerca de las tenerías.

CEL.—¡Jesú, Jesú, Jesú! ¿E tú eres Pármeno, hijo de la Claudina?

PÁRM.—¡Alahé, yo!

15 CEL.—¡Pues fuego malo te queme, que tan
puta vieja era tu madre como yo! ¿Porqué
me persigues, Pármeno? ¡Él es, él es, por los
sanctos de Dios! Allégate á mí, ven acá, que
mill açotes é puñadas te dí en este mundo é
20 otros tantos besos. Acuérdaste, quando dor-
mías á mis piés, loquito?

---

3 *Mas* bien dirías.
4 Esto de repetir el tema del otro en el dialogado, en
maldiciones, exclamaciones, etc., como *putos días,* por el
puta vieja que el otro dijo, es muy popular. *Quij.,* 1, 35:
Estos cueros que aquí están horadados y el vino tinto que
nada en este aposento, que *nadando* vea yo el alma en
los infiernos, de quien los horadó.
9 *Un més,* en *V un poco tiempo.*
15 *Fuego,* del infierno.

Párm.—Sí, en buena fe. E algunas vezes, avnque era niño, me subías á la cabeçera é me apretauas contigo é, porque olías á vieja, me fuya de tí.

Cel.—¡Mala landre te mate! ¡E cómo lo dize el desuergonçado! Dexadas burlas é pasatiempos, oye agora, mi fijo, é escucha. Que, avnque á vn fin soy llamada, á otro so venida é maguera que contigo me aya fecho de nueuas, tú eres la causa. Hijo, bien sabes cómo tu madre, que Dios aya, te me dió viuiendo tu padre. El qual, como de mí te fueste, con otra ansia no murió, sino con la incertedumbre de tu vida é persona. Por la qual absencia algunos años de su vejez sufrió angustiosa é cuydosa vida. E al tiempo que della passó, embió por mí é en su secreto te me encargó é me dixo sin otro testigo, sino aquel, que es testigo de todas las obras é pensamientos é los coraçones é entrañas escudriña, al qual puso entre él é mí, que te buscasse é allegasse é abrigasse é, quando de complida edad fueses, tal que en tu viuir

---

9 *Maguera,* aunque, como *maguer,* y la *u* no suena. Véase en mi edición de Hita, c. 832, 1034.

12 *Como,* cuando, después que. *Quij.,* 2, 10: Como don Quijote le vió, le dijo. Idem, 1, 24: Como acabó de comer. les hizo señas que le siguiesen.

15 *Cuydosa. Selvag.,* 212: El que firme se tuviere | en su fatiga cuidosa.

20 *Puso,* por testigo, que antes dice, *inter-poner.*

supieses tener manera é forma, te descubriesse
adonde dexó encerrada tal copia de oro é plata,
que basta más que la renta de tu amo Calisto.
É porque gelo prometí é con mi promessa lleuó
5 descanso é la fé es de guardar, más que á los
viuos, á los muertos, que no pueden hazer por
sí, en pesquisa é seguimiento tuyo yo he gastado asaz tiempo é quantías, hasta agora, que
ha plazido aquel, que todos los cuydados tiene
10 é remedia las justas peticiones é las piadosas
obras endereça, que te hallase aquí, donde solos ha tres días que sé que moras. Sin duda
dolor he sentido, porque has por tantas partes
vagado é peregrinado, que ni has hauido pro-
15 uecho ni ganado debdo ni amistad. Que, como
Séneca nos dize, los peregrinos tienen muchas
posadas é pocas amistades, porque en breue

3 *Basta,* ser mucho, abundar.
8 *Quantias,* caudales, cantidades. J. PIN., *Agr.*, 3, 20:
El diamante deste tamaño dejamos probado que no vale
mas de la mitad desta cuantia.
16 *Como Séneca dice,* ni Menénd. Pelayo, ni Gaspar
Barth (*Animadversiones* á la trad. de *Celest.*, p. 351) ni
yo hemos dado con este texto de Séneca. BARTH añade:
"Loca Senecae non pauca memini vituperantia peregrina-
tionem propter animi motus instituťam, et laudantia So-
craticum illud: Quid iuvat te mutare loca, cum te ubi ibis
circumferas? Hoc tamen dictum non occurrit; puto sen-
tentiolam aliquam esse Publii, aut alterius poetae, quales
olim plurimae Senecae titulo commendatae fuerunt." "Qui
multo peregrinantur, raro sanctificantur", decían los asce-
tas, y los picarescos solían usar del retruécano de *romeras,
rameras.*

tiempo con ninguno no pueden firmar amistad.
E el que está en muchos cabos, está en ninguno. Ni puede aprouechar el manjar á los
cuerpos, que en comiendo se lança, ni ay cosa
que más la sanidad impida, que la diuersidad 5
é mudança é variación de los manjares. E nunca la llaga viene á cicatrizar, en la qual muchas
melezinas se tientan. Ni conualesce la planta,
que muchas vezes es traspuesta. Ni ay cosa tan
prouechosa, que en llegando aproueche. Por 10
tanto, mi hijo, dexa los ímpetus de la juuentud é tórnate con la doctrina de tus mayores
á la razón. Reposa en alguna parte. ¿É dónde
mejor, que en mi voluntad, en mi ánimo, en
mi consejo, á quien tus padres te remetieron? 15
E yo, assí como verdadera madre tuya, te digo,
só las maldiciones, que tus padres te pusieron, si me fuesses inobediente, que por el presente sufras é siruas á este tu amo, que procu-
raste, hasta en ello hauer otro consejo mio. 20
Pero no con necia lealtad, proponiendo firmeza sobre lo mouible, como son estos señores
deste tiempo. É tú gana amigos, que es cosa
durable. Ten con ellos constancia. No viuas en
flores. Dexa los vanos prometimientos de los 25

---

25 *En flores,* en cosas sin sustancia. *Quij.,* 1, 10: Los
demás días se les pasaban en flores (casi sin comer). Pant.
Rib., *Obr.,* 1634, f. 82: Solo me aflige del amor el rayo |

señores, los cuales deshechan la substancia de
sus siruientes con huecos é vanos prometimientos. Como la sanguijuela saca la sangre, des-
agradescen, injurian, oluidan seruicios, niegan
5 galardón.

¡Guay de quien en palacio enuejece! Como
se escriue de la probática piscina, que de ciento
que entrauan, sanaua vno. Estos señores deste
tiempo más aman á sí, que á los suyos. E no
10 yerran. Los suyos ygualmente lo deuen hazer.
Perdidas son las mercedes, las magnificen-
cias, los actos nobles. Cada vno destos catiua
é mezquinamente procuran su interesse con los
suyos. Pues aquellos no deuen menos hazer,
15 como sean en facultades menores, sino viuir á
su ley. Dígolo, fijo Pármeno, porque este tu
amo, como dizen, me parece rompenecios: de
todos se quiere seruir sin merced. Mira bien,
créeme. En su casa cobra amigos, que es el ma-

y la mejor edad (sin ser fullero) | en flores se me pasa,
como á Mayo.

6 *Quien en palacio envejece, en hospital muere. Comed.
Eufros.*, 5.

12 *Cativa*-mente, malamente.

15 *Como sean*, porque, causal. Pues no deben hacerlo
menos los criados, ya que tienen menos bienes y poder.

16 *Vivir á su ley*, conforme á su gusto é interés.

17 *Rompenecios.* CORR., 622: *Rompenecios.* (El que sirve
sin pagarle.) Véase en el *Tesoro* del año 1671.

19 *Cobra amigos*, dícelo por Sempronio, que se lo haga
amigo, que es su parigual.

yor precio mundano. Que con él no pienses tener amistad, como por la diferencia de los estados ó condiciones pocas vezes contezca. Caso
es ofrecido, como sabes, en que todos medre-
mos é tú por el presente te remedies. Que lo ál, 5
que te he dicho, guardado te está á su tiempo.
E mucho te aprouecharás siendo amigo de Sempronio.

PÁRM.—Celestina, todo tremo en oyrte. No
sé qué haga, perplexo estó. Por vna parte tén- 10
gote por madre; por otra á Calisto por amo.
Riqueza desseo; pero quien torpemente sube á
lo alto, más ayna cae que subió. No quería bienes malganados.

CEL.—Yo sí. A tuerto ó á derecho, nuestra 15
casa hasta el techo.

PÁRM.—Pues yo con ellos no viuiría contento
é tengo por onesta cosa la pobreza alegre. E
avn mas te digo, que no los que poco tienen son
pobres; mas los que mucho dessean. E por esto, 20
aynque mas digas, no te creo en esta parte.
Querría passar la vida sin embidia, los yermos

---

13 CORR., 342: *Quien torpemente subió, más presto cae
que subió ó más torpemente cayó.*

16 CORR., 20: *A tuerto ó á derecho, nuestra casa hasta el
techo.* (Reprenden estos tres refranes á los que quieren más
su interés que la justicia y lo justo.) Lo que hace al caso
es por fas ó por nefas allegar y henchir de bienes nuestra
casa.

19 Sentencia de Séneca en su libro de *La Pobreza.*

é aspereza sin temor, el sueño sin sobresalto, las injurias con respuesta, las fuerças sin denuesto, las premias con resistencia.

CEL.—¡O hijo! bien dizen que la prudencia
5 no puede ser sino en los viejos é tú mucho eres moço.

PÁRM.—Mucho segura es la mansa pobreza.

CEL.—Mas dí, como mayor, que la fortuna ayuda á los osados. E demas desto, ¿quién
10 es, que tenga bienes en la república, que escoja viuir sin amigos? Pues, loado Dios, bienes tienes. ¿E no sabes que has menester amigos para los conseruar? E no pienses que tu priuança con este señor te haze seguro; que quanto
15 mayor es la fortuna, tanto es menos segura. E

---

3 *Premia,* apremio, apuro. HITA, 205, en mi edición.

7 *Mucho segura...,* parece tomado del *Laberinto,* de J. DE MENA:

"O vida segura, la mansa pobreza,
dádiva santa desagradescida:
rica se llama, no pobre la vida,
del que se contenta bivir sin riqueza.
    La tremula casa humil en baxeza
de Amiclas el pobre muy poco temía
la mano de Cesar, qu' el mundo regia,
maguer lo llamasse con gran fortaleza."
El cual lo tomó de Lucano.

8 *Como mayor,* de edad, aludiendo al *tu mucho moço eres* de antes. El refrán es conocido: *Audaces fortuna iuvat.* Quij., I, pról.: *A osados favorece la fortuna.* B. GARAY, 299: *A los osados ayuda la fortuna.*

15 CORR., 374: *Cuanto es mayor la fortuna, tanto es menos segura.* Idem: *Cuanto mayor es la fortuna, es menos segura.*

por tanto, en los infortunios el remedio es á los amigos. ¿E á donde puedes ganar mejor este debdo, que donde las tres maneras de amistad concurren, conuiene á saber, por bien é prouecho é deleyte? Por bien: mira la voluntad de Sempronio conforme á la tuya é la gran similitud, que tú y él en la virtud teneys. Por prouecho: en la mano está, si soys concordes. Por deleyte: semejable es, como seays en edad dispuestos para todo linaje de plazer, en que más los moços que los viejos se juntan, assí como para jugar, para vestir, para burlar, para comer é beuer, para negociar amores, juntos de compañía. ¡O si quisiesses, Pármeno, qué vida gozaríamos! Sempronio ama á Elicia, prima de Areusa.

PÁRM.—¿De Areusa?

CEL.—De Areusa.

PÁRM.—¿De Areusa, hija de Eliso?

CEL.—De Areusa, hija de Eliso.

PÁRM.—¿Cierto?

CEL.—Cierto.

PÁRM.—Marauillosa cosa es.

CEL.—¿Pero bien te paresce?

PÁRM.—No cosa mejor.

---

8 *En la mano está,* es fácil de lograr.

9 *Semejable,* es parecido á ti el tal Sempronio, pues (*como*)...

Cel.—Pues tu buena dicha quiere, aquí está quién te la dará.

Párm.—Mi fe, madre, no creo á nadie.

Cel.—Estremo es creer á todos é yerro no 5 creer á niguno.

Párm.—Digo que te creo; pero no me atreuo: déxame.

Cel.—¡O mezquino! De enfermo coraçón es no poder sufrir el bien. Da Dios hauas á quien 10 no tiene quixadas. ¡O simple! Dirás que á donde ay mayor entendimiento ay menor fortuna é donde más discreción allí es menor la fortuna! Dichos son.

Párm.—¡O Celestina! Oydo he á mis mayo- 15 res que vn exemplo de luxuria ó auaricia mucho malhaze é que con aquellos deue hombre conuersar, que le fagan mejor é aquellos dexar, á quien él mejores piensa hazer. E Sempronio, en su enxemplo, no me hará mejor ni yo á él 20 sanaré su vicio. E puesto que yo á lo que dizes me incline, solo yo querría saberlo: porque á lo menos por el exemplo fuese oculto el pecado. E,

---

4 Corr., 139: *Extremo es creer á todos y yerro no creer á ninguno.*

9 Corr., 276: *Da Dios habas á quien no tiene quijadas, ó hadas.* (Dicen esto contra los que no saben usar de la hacienda y poder.)

13 *Dichos son,* son hablillas, esto es, que no siempre es verdad.

si hombre vencido del deleyte va contra la virtud, no se atreua á la honestad.

Cel.—Sin prudencia hablas, que de ninguna
cosa es alegre possessión sin compañía. No te
retrayas ni amargues, que la natura huye lo tris- 5
te é apetece lo delectable. El deleyte es con los
amigos en las cosas sensuales é especial en
recontar las cosas de amores é comunicarlas:
esto hize, esto otro me dixo, tal donayre passamos, de tal manera la tomé, assí la besé, assí 10
me mordió, assí la abracé, assí se allegó. ¡O qué
fabla! ¡ó qué gracia! ¡ó qué juegos! ¡ó qué besos! Vamos allá, boluamos acá, ande la música,
pintemos los motes, cantemos canciones, inuen-
ciones, justemos, qué cimera sacaremos ó qué 15
letra. Ya va á la missa, mañana saldrá, ronde-
mos su calle, mira su carta, vamos de noche,
tenme el escala, aguarda á la puerta. ¿Cómo te
fué? Cata el cornudo: sola la dexa. Dale otra

2 No se atreva contra lo honesto, no denueste la virtud, ya que haya sido vencido del deleite.
9 Tomado en sustancia del Corvacho (1, 18): "Tu fe-
ziste esto, yo fize esto, tu amas tres, yo amo quatro... acom-
páñame á la mia, acompañarte he á la tuya, que para bien-
amar se requieren dos amigos de compañia: sy se ensa-
ñare el uno con la otra, quel otro faga la paz, o si se
mostrare ser sañudo ó sañuda, que son desgaires á las vezes de amor, el terçero lo adobe e henmiende."
14 Las empresas y versos en justas, etc., que sacaba
cada caballero.
19 Cata el cornudo de su marido, que la deja sola á
su mujer.

buelta, tornemos allá. E para esto, Pármeno,
¿ay deleyte sin compañía? Alahé, alahé: la que
las sabe las tañe. Este es el deleyte; que lo al,
mejor lo fazen los asnos en el prado.

5   PÁRM.—No querría, madre, me combidasses
á consejo con amonestación de deleyte, como
hizieron los que, caresciendo de razonable fun-
damiento, opinando hizieron sectas embueltas
en dulce veneno para captar é tomar las volun-
10 tades de los flacos é con poluos de sabroso afeto cegaron los ojos de la razón.

CEL.—¿Qué es razón, loco? ¿qué es afeto, as-
nillo? La discreción, que no tienes, lo determina é de la discreción mayor es la prudencia é
15 la prudencia no puede ser sin esperimiento é la
esperiencia no puede ser mas que en los viejos
é los ancianos somos llamados padres é los buenos padres bien aconsejan á sus hijos é especial
yo á tí, cuya vida é honrra más que la mía de-
20 seo. ¿É quando me pagarás tú esto? Nunca,

3 *La que las sabe.* CORR., 92: *El que las sabe, las
atañe; el que nó, sílbalas y vase.* Idem, 92: *El que las sabe,
las tañe; que los otros revuélvenlas. Quien las sabē, las
tañe, y era una bocina.* Idem, 92: *El que las sabe, las tañe,
y eran campanas. Quij.,* 2, 59, y CACER., ps. 88: Quien las
sabe, las tañe. Quiere aquí decir que ella (*la que*), bien ex-
perimentada, podía bien asegurar que el gusto de los amores
estaba en esos floreos y comunicaciones, no en lo bestial
(*lo al,* lo otro).

12 *¿Qué es razón?* ¿Qué razón ni que niño muerto?
¡No hay tal *cegar los ojos de la razón!* Síguese un sorites
ó argumento encadenado muy salado y muy escolástico.

pues á los padres é á los maestros no puede ser hecho seruicio ygualmente.

PÁRM.—Todo me recelo, madre, de recebir dudoso consejo.

CEL.—¿No quieres? Pues dezirte he lo que [5] dize el sabio: Al varón, que con dura ceruiz al que le castiga menosprecia, arrebatado quebrantamiento le verná é sanidad ninguna le consiguirá. E assí, Pármeno, me despido de tí é deste negocio. [10]

PÁRM.—(*Aparte*). Ensañada está mi madre: duda tengo en su consejo. Yerro es no creer é culpa creerlo todo. Mas humano es confiar, mayormente en ésta que interesse promete, ado prouecho nos puede allende de amor conseguir. [15] Oydo he que deue hombre á sus mayores creer. Esta ¿qué me aconseja? Paz con Sempronio. La paz no se deue negar: que bienauenturados

---

2 *Ygualmente,* no hay servicio que iguale al que ellos hicieron á sus hijos y discípulos.

6 Libro de los *Proverbios,* 29, 1. *Castiga,* corrige (véase mi edic. de HITA); *consiguirá,* le vendrá. "Viro, qui corripientem dura cervice contemnit, repentinus ei superveniet interitus, et eum sanitas non sequetur."

11 *Ensañada,* así en *B, S, Z, A, O, R;* en Krapf: "no obstante *enseñada* parece la verdadera leccion." A mí no me lo parece, sino *ensañada,* pues por eso duda de su consejo, como apasionado; que del *enseñada* ó avisada no se seguiría el dudar, sino el quedar persuadido, y además véase abajo cómo le dice que *no deve ensañarse* el maestro.

18 MATEO, 5, 9: "Beati pacifici, quoniam filii Dei vocabuntur."

son los pacíficos, que fijos de Dios serán llamados. Amor no se deue rehuyr. Caridad á los hermanos, interesse pocos le apartan. Pues quiérola complazer é oyr.

5   Madre, no se deue ensañar el maestro de la ignorancia del discípulo, sino raras vezes por la sciencia, que es de su natural comunicable é en pocos lugares se podría infundir. Por eso perdóname, háblame, que no solo quiero oyrte é
10 creerte; mas en singular merced recibir tu consejo. E no me lo agradescas, pues el loor é las gracias de la ación, más al dante, que no al recibiente se deuen dar. Por esso, manda, que á tu mandado mi consentimiento se humilia.

15   CEL.—De los hombres es errar é bestial es la porfía. Por ende gózome, Pármeno, que ayas limpiado las turbias telas de tus ojos é respondido al reconoscimiento, discreción é engenio sotil de tu padre, cuya persona, agora repre-
20 sentada en mi memoria, enternece los ojos piadosos, por do tan abundantes lágrimas vees derramar. Algunas vezes duros propósitos, como tú, defendía; pero luego tornaua á lo cierto. En Dios é en mi ánima, que en veer agora lo
25 que has porfiado é cómo á la verdad eres reduzido, no paresce sino que viuo le tengo delan-

----

3 *Interés* pocos hay que no tengan en las cosas, que no lo echen de sí, por tanto, no es razón bastante.

te. ¡O qué persona! ¡O qué hartura! ¡O qué
cara tan venerable! Pero callemos, que se acerca Calisto é tu nueuo amigo Sempronio, con
quien tu conformidad para mas oportunidad
dexo. Que dos en vn coraçon viuiendo son mas 5
poderosos de hazer é de entender.

CALISTO.—Dubda traygo, madre, según mis
infortunios, de hallarte viua. Pero más es marauilla, segun el deseo, de cómo llego viuo. Recibe la dádiua pobre de aquel, que con ella la 10
vida te ofrece.

CEL.—Como en el oro muy fino labrado por
la mano del sotil artifice la obra sobrepuja á
la materia, así se auentaja á tu magnífico dar
la gracia é forma de tu dulce liberalidad. E sin 15
duda la presta dádiua su efeto ha doblado. porque la que tarda, el prometimiento muestra negar é arrepentirse del don prometido.

PÁRMENO.—¿Qué le dió, Sempronio?
SEMP.—Cient monedas en oro.   20
PÁRM.—¡Hy! ¡hy! ¡hy!
SEMP.—¿Habló contigo la madre?
PÁRM.—Calla, que sí.
SEMP.—¿Pues cómo estamos?

16 CORR., 338: *Quien presto da, dos veces da.* (Encarece que vale por dos veces.)

PÁRM.—Como quisieres; avnque estoy espantado.

SEMP.—Pues calla, que yo te haré espantar dos tanto.

5 PÁRM.—¡O Dios! No ay pestilencia más eficaz, que'l enemigo de casa para empecer.

CALISTO.—Vé agora, madre, é consuela tu casa é despues ven é consuela la mía, é luego.

CEL.—Quede Dios contigo.

10 CAL.—Y él te me guarde.

---

4 *Dos tanto,* doble, doblemente. HITA, 1473 (mi edic.).
8 *E luego,* y hazlo presto, y ven luego.

EL SEGUNDO AUCTO

ARGUMENTO

DEL SEGUNDO AUTO

Partida Celestina de Calisto para su casa, queda Calisto hablando con Sempronio, criado suyo; al qual, como quien 5 en alguna esperança puesto está, todo aguijar le parece tardança. Embía de sí á Sempronio á solicitar á Celestina para el concebido negocio. Quedan entretanto Calisto é Pármeno juntos razonando.

Calisto, Pármeno, Sempronio.   10

CAL.—Hermanos míos, cient monedas dí á la madre. ¿Fize bien?

SEMP.—¡Hay! si fiziste bien! Allende de remediar tu vida, ganaste muy gran honrra. ¿E para qué es la fortuna fauorable é prospera, 15 sino para seruir á la honrra, que es el mayor de los mundanos bienes? Que esto es premio é galardón de la virtud. E por esso la damos á Dios, porque no tenemos mayor cosa que le dar. La mayor parte de la qual consiste en la libera- 20

---

20 *De la qual*, de la honra.

lidad é franqueza. A esta los duros tesoros co-
municables la escurecen é pierden é la magnifi-
cencia é liberalidad la ganan é subliman. ¿Qué
aprouecha tener lo que se niega aprouechar?
Sin dubda te digo que mejor es el vso de las
riquezas, que la possesión dellas. ¡O qué glorioso es el dar! ¡O qué miserable es el recebir!
Quanto es mejor el acto que la posessión, tanto
es mas noble el dante qu' el recibiente. Entre
los elementos, el fuego, por ser mas actiuo, es
mas noble é en las esperas puesto en mas noble
lugar. E dizen algunos que la nobleza es vna alabanza, que prouiene de los merecimientos é antigüedad de los padres; yo digo que la agena luz
nunca te hará claro, si la propia no tienes. E por
tanto, no te estimes en la claridad de tu padre,
que tan magnifico fué; sino en la tuya. E assí
se gana la honrra, que es el mayor bien de los
que son fuera de hombre. De lo qual no el malo,
mas el bueno, como tú, es digno que tenga perfeta virtud. E avn te digo que la virtud perfeta
no pone que sea fecha con digno honor. Por
ende goza de hauer seydo assí magnifico é libe-
ral. E de mi consejo, tórnate á la cámara é reposa, pues que tu negocio en tales manos está

---

1 *A esta,* á la honra.

11 *Esperas,* esferas, según la antigua astronomía.

19 *Fuera de hombre,* fuera de uno, *hombre,* indefinido:
de las cosas que le caen fuera, que no están dentro de uno.

depositado. De donde ten por cierto, pues el
comienço lleuó bueno, el fin será muy mejor. E
vamos luego, porque sobre este negocio quiero
hablar contigo mas largo.

CAL.—Sempronio, no me parece buen consejo quedar yo acompañado é que vaya sola
aquella, que busca el remedio de mi mal; mejor
será que vayas con ella é la aquexes, pues sabes
que de su diligencia pende mi salud, de su tardança mi pena, de su oluido mi desesperança.
Sabido eres, fiel te siento, por buen criado te
tengo. Faz de manera, que en solo verte ella á
tí, juzgue la pena, que á mí queda é fuego, que
me atormenta. Cuyo ardor me causó no poder
mostrarle la tercia parte desta mi secreta enfermedad, según tiene mi lengua é sentido ocupa-
dos é consumidos. Tú, como hombre libre de
tal passion, hablarla has á rienda suelta.

SEMP.—Señor, querría yr por complir tu
mandado; querría quedar por aliuiar tu cuydado. Tu temor me aquexa; tu soledad me detiene. Quiero tomar consejo con la obediencia,
que es yr é dar priessa á la vieja. ¿Mas como

8 *La aquexes,* la aguijes, metáfora de la caza. CORR.,
61 : *Aquejar hasta la mata. Bañ. Arg.,* 1 : Mucho este perro
me aqueja. Véase en *La Celestina,* 6 : La que los monteses
puercos contra los sabuesos, que mucho los aquexan.

16 *Según tiene,* ella, *la enfermedad.*

18 *Passion,* decíase por todo afecto fuerte, pasión del
ánimo.

yré? Que, en viéndote solo, dizes desuaríos de
hombre sin seso, sospirando, gimiendo, maltro-
bando, holgando con lo escuro, deseando soledad, buscando nueuos modos de pensatiuo
5 tormento. Donde, si perseueras, ó de muerto ó
loco no podrás escapar, si siempre no te acompaña quien te allegue plazeres, diga donayres,
tanga cançiones alegres, cante romances, cuen-
te ystorias, pinte motes, finja cuentos, juegue
10 á naypes, arme mates, finalmente que sepa buscar todo género de dulce passatiempo para no
dexar trasponer tu pensamiento en aquellos
crueles desuíos, que rescebiste de aquella señora en el primer trance de tus amores.

15   CAL.—¿Como?, simple. ¿No sabes que aliuia
la pena llorar la causa? ¿Quanto es dulce á los
tristes quexar su passión? ¿Quanto descanso traen consigo los quebrantados sospiros?
¿Quanto relieuan é disminuyen los lagrimosos

---

3   *Mal-trobar*, trobando ó cantando cosas tristes.
10   *Arme mates*, alude al juego del ajedrez, en que em-
bebecido se olvide de todo. Así en *B* y *Z;* en *S, V* y *A*
motes.
12   *Trasponer tu pensamiento en.* J. PIN., *Agr.*, 21, 7:
En el cual habia traspuesto sus potencias el santo profeta.
15   *Simple*, de tal le trata á Sempronio.
19   *Relievan*, remediar aliviando. NAVARRET., *Cons.*, 19:
Algunos dicen que este donativo, que Castilla hace para
seguridad y para relevar necesidades reales, se convertirá
en diferentes efectos.

gemidos el dolor? Quantos escriuieron consue-
los no dizen otra cosa.

SEMP.—Lee mas adelante, buelue la hoja:
fallarás que dizen que fiar en lo temporal é
buscar materia de tristeza, que es ygual género 5
de locura. E aquel Macías, ydolo de los aman-

---

5 *Que,* pleonasmo común.

6 *Macías.* Véase lo que dice CORREAS, p. 130: "Es más
enamorado que Macías." (Varíase esta comparación de
otras maneras): "Es otro Macías", "Es un Macías", "Está
"hecho un Macías". Quién fuese este Macías no hay cosa
cierta. Juan de Mena hace mención de uno en la copla CV
de sus trescientas:

> "Tanto anduvimos el cerco mirando
> á que nos hallamos con nuestro Macías,
> y vimos que estaba llorando los días
> en que de su vida tomó fin amando."

"El Comendador, en el comento de esta copla, dice,
muy dudosamente, que Macías fué un gentil hombre, criado de un Maestre de Calatrava, y que se enamoró de una
doncella del Maestre y por ella penó asaz tiempo, sin alcanzar de ella nada. Desposóla el Maestre con otro, y Macías no dejó de servirla; quejóse el esposo al Maestre, el
cual reprendió mucho á Macías, y muchas vegadas, y
nada bastó con él para que dejase su amor. Finalmente,
importunado el Maestre por el esposo, metió en prisión
á Macías (dicen en Arjonilla); concertóse el marido con
el carcelero que le tenía en guarda, que le dejase abrir
un agujero por el tejado de la cárcel ó casa, que debía ser
á teja vana, y por allí tiró una lanza á Macías y lo atravesó, y que fué sepultado allí en Arjonilla, cinco leguas
de Jaén. De él hace larga mención Argote de Molina, y
que el Maestre fué D. Enrique de Villena, el gran astrólogo en tiempo del rey D. Juan el segundo. Y, últimamente,
trae todos sus cuentos el *Teatro de los Dioses.* Yo tengo
por más cierto mi discurso, sacado de las frases y maneras
de hablar castellanas; y es que este nombre, Macías, por
muy *enamorado,* le derivó el vulgo de *Mazo,* por alusión

tes, del oluido porque le oluidaua, se quexava.
En el contemplar está la pena de amor, en el
oluidar el descanso. Huye de tirar cozes al
aguijón. Finge alegría é consuelo é serlo ha.
5 Que muchas vezes la opinión trae las cosas donde quiere, no para que mude la verdad; pero

---

á las cosas hechas á mazo y escoplo, significando muy *enamorado* como si le labraran y apretaran á mazo, macizo y
firme en amor, como las cosas que encarecemos por bien hechas, que decimos que están hechas á machamartillo y á
mazo y escoplo; y del oro se dice que es oro de martillo
lo que es labrado á golpe de martillo, por bueno y puro;
y de un muy *enamorado*, ó enamoradizo, decimos que es
un terrón de amor, como cuajado y condensado en amor,
de lo muy salado se dice que es un terrón de sal. De los
oficios en que se labra con mazo, como en carpintería, cu-
bas y carretas, y apretar los arcos y cuñas á fuerza de
mazo, salió esta frase "Está hecho un Macías", y aquel
insigne refrán: "A Dios rogando y con el mazo dando".
Así que decir *es un Macías,* es decir que está macizo y
muy batido, embutido, recalcado y macizado en amor,
y así la frase viene de más antiguo. Dejo aparte que
hay nombre propio Macías ó Matías, que aludiendo á él se
hizo este otro más disimulado; de éste, poco á poco, se
fué perdiendo la noticia de su principio por paronomasia;
como hay pocos que consideran las maneras de hablar de
su lenguaje, buscaron historia á Macías, y como hay tantas desastradas de esta materia, se le aplicó la dicha arriba,
y si no la apruebo en el primero, pudo ser propia en el
otro; en este otro desgraciado y el tal gentil hombre, pudo
ser que no se llamase Macías de su nombre, sino que se
le darían por muy *enamorado,* y se le pudieran dar de Narciso por lo mismo. Así se formó "La de Mazagatos", "Al
"buen callar llaman Sancho", y otras que se dirán en el
discurso de los refranes, por no alargarme en apoyar estos modos de hablar por símiles y alegorías de la lengua
castellana. Dejo otros ejemplos para otras ocasiones, que
hay muchas en los refranes, y en ellos y en "La de Ma-
"zagatos" se verá buena copia." Esta explicación de Co-

para moderar nuestro sentido é regir nuestro
juyzio.

CAL.—Sempronio amigo, pues tanto sientes
mi soledad, llama á Pármeno é quedará comigo é de aquí adelante sey, como sueles, leal, 5
que en el seruicio del criado está el galardón
del señor.

PÁRM.—Aquí estoy señor.

CAL.—Yo no, pues no te veya. No te partas
della, Sempronio, ni me oluides á mí é vé con 10
Dios.

CAL.—Tú, Pármeno, ¿qué te parece de lo que
oy ha pasado? Mi pena es grande, Melibea alta,
Celestina sabia é buena maestra destos negocios. No podemos errar. Tú me la has apro- 15
uado con toda tu enemistad. Yo te creo. Que
tanta es la fuerça de la verdad, que las lenguas
de los enemigos trae á sí. Assí que, pues ella
es tal, mas quiero dar á ésta cient monedas, que
á otra cinco. 20

---

rreas lo es de muchísimos nombres que andan en refranes,
y que han dado tanto en qué entender á los eruditos, pe-
gándoseles leyendas ó fantasías que no vienen á cuento ó
que algunos inventaron para explicarlos. Los versos de
Macías pueden verse en Menéndez y Pelayo (*Líric. cast.,*
t. 4, p. LIX), donde añade otras versiones de la leyenda
y del influjo en nuestra literatura de este *tipo de poeta
mártir del amor adúltero,* como él le llama.

18   *Trae á si,* en *V trae á su mandar.*

Párm.—¿Ya lloras? ¡Duelos. tenemos! ¡En casa se hauran de ayunar estas franquezas!

Cal.—Pues pido tu parecer, seyme agradable, Pármeno. No abaxes la cabeça al respon-
5 der. Mas como la embidia es triste, la tristeza sin lengua, puede más contigo su voluntad, que mi temor. ¿Qué dixiste, enojoso?

Párm.—Digo, señor, que yrian mejor empleadas tus franquezas en presentes é seruicios
10 á Melibea, que no dar dineros aquella, que yo me conozco é, lo que peor es, fazerte su catiuo.

Cal.—¿Cómo, loco, su catiuo?

Párm.—Porque á quien dizes el secreto, das tu libertad.

15 Cal.—Algo dize el necio; pero quiero que sepas que, quando ay mucha distancia del que ruega al rogado ó por grauedad de obediencia ó por señorío de estado ó esquiuidad de género, como entre ésta mi señora é mí, es necessario in-
20 tercessor ó medianero, que suba de mano en mano mi mensaje hasta los oydos de aquella á quien yo segunda vez hablar tengo por impossible. E pues que así es, dime si lo fecho aprueuas.

---

2 *Ayunar estas franquezas,* en casa las pagaremos y escotaremos esas liberalidades con la vieja. Quiere decir que se sentirá la falta del dinero dado en la comida de casa. J. Pin., *Agr.,* 1, 12: Ni le quise mas costoso (el convite) por no lo haber de ayunar despues por un mes.

13 Corr., 16: *A quien dices tu secreto, das tu libertad y estás sujeto.*

PÁRM.—¡Apruéuelo el diablo!

CAL.—¿Qué dizes?

PÁRM.—Digo, señor, que nunca yerro vino desacompañado é que vn inconueniente es causa é puerta de muchos.

CAL.—El dicho yo le aprueuo; el propósito no entiendo.

PÁRM.—Señor, porque perderse el otro dia el neblí fué causa de tu entrada en la huerta de Melibea á le buscar, la entrada causa de la ver é hablar, la habla engendró amor, el amor parió tu pena, la pena causará perder tu cuerpo é alma é hazienda. E lo que más dello siento es venir á manos de aquella trotaconuentos, despues de tres vezes emplumada.

CAL.—¡Assí, Pármeno, dí más deso, que me agrada! Pues mejor me parece, quanto más la desalabas. Cumpla comigo é emplúmenla la quarta. Desentido eres, sin pena hablas: no te duele donde á mí, Pármeno.

---

9 *Nebli* es especie de halcón para caza de altanería.

14 *Trotaconventos.* Acaso esta voz, que no hallo usada en aquel tiempo, muestra cuán leído tenía el *Libro de Buen Amor*, de Hita, el autor de *La Celestina*.

15 *Emplumada.* Untaba el verdugo, desnudándole de medio cuerpo arriba, con miel al alcahuete y le cubría de pluma menuda, sacándole así á la afrenta pública. QUEV., *Mus.*, 5, *letr. 2*: Las viejas son emplumadas | por darnos con que volemos.

19 *La quarta* vez. *Desentido, insensible.* G. *Alf.*, 2, 1, 6: Vuestra señoria siempre se haga desentido en todo y

PÁRM.—Señor, más quiero que ayrado me reprehendas, porque te dó enojo, que arrepentido me condenes, porque no te dí consejo, pues perdiste el nombre de libre, quando cautiuaste tu voluntad.

CAL.—¡Palos querrá este vellaco! Dí, malcriado, ¿porqué dizes mal de lo que yo adoro? E tú ¿qué sabes de honrra? Díme ¿qué es amor? ¿En qué consiste buena criança, qué te me vendes por discreto? ¿No sabes que el primer escalón de locura es creerse ser sciente? Si tú sintiesses mi dolor, con otra agua rociarías aquella ardiente llaga, que la cruel frecha de Cupido me ha causado. Quanto remedio Sempronio acarrea con sus piés, tanto apartas tú con tu lengua, con tus vanas palabras. Fingiéndote fiel, eres un terrón de lisonja, bote de malicias, el mismo mesón é aposentamiento de la embidia. Que por disfamar la vieja, á tuerto ó á derecho, pones en mis amores desconfiança. Pues sabe que esta mi pena é flutuoso dolor no se rige por razón, no quiere auisos, carece de consejo é, si alguno se le diere, tal que no aparte ni

no se le dé un cuatrin por nada. Usase en Chile y lo trajo *Oudin.*

11 *Sciente,* latinismo, sabio.

13 *Frecha,* antiguo, por flecha. *Tebaida,* 15: Esas son tus frechas.

21 *Flutuoso,* latinismo, de *fluctus,* ola, tormentoso.

desgozne lo que sin las entrañas no podrá des-
pegarse. Sempronio temió su yda é tu quedada.
Yo quíselo todo é assí me padezco su absencia
é tu presencia. Valiera mas solo, que malacom-
pañado.

PÁRM.—Señor, flaca es la fidelidad, que temor de pena la conuierte en lisonja, mayormente con señor, á quien dolor ó afición priua é
tiene ageno de su natural juyzio. Quitarse ha
el velo de la ceguedad, passarán estos momen-
táneos fuegos: conoscerás mis agras palabras
ser mejores para matar este fuerte cáncre, que
las blandas de Sempronio, que lo ceuan, atizan
tu fuego, abiuan tu amor, encienden tu llama,
añaden astillas, que tenga que gastar fasta po-
nerte en la sepultura.

CAL.—¡Calla, calla, perdido! Estó yo penado
é tú filosofando. No te espero mas. Saquen vn
cauallo. Límpienle mucho. Aprieten bien la cin-

---

1 *Desgozne* ó desgonzar. Usase en Extremadura. Para
que ningún atrevido desgonzare á una doncella. QUEV.,
Baile, 2: Desgoznaronse las arcas.

3 *Padezco su absencia*, en *V padezco el trabajo de su
absencia.*

5 *Mas vale solo que mal acompañado*, en CORR., 452,
y CÁCERES, ps. 72.

11 *Agras* es vulgar y fué clásico.

12 *Cancre* ó *cancro*, voz de médicos, por cáncer. OROZ-
CO, *Epist.*, 1, f. 5: La muerte se come nuestra vida y es
cancro de pocos entendido.

cha. ¡Por si passare por casa de mi señora é mi Dios!

Párm.—¡Moços! ¿No ay moço en casa? Yo me lo hauré de hazer, que á peor vernemos des-
5 ta vez que ser moços d' espuelas. ¡Andar!, passe! Mal me quieren mis comadres, etc. ¿Rehinchays, don cauallo? ¿No basta vn celoso en casa?... ¿O barruntás á Melibea?

Cal.—¿Viene esse cauallo? ¿Qué hazes, Pár-
10 meno?

Párm.—Señor, vesle aquí, que no está Sosia en casa.

Cal.—Pues ten esse estribo, abre más essa

---

1 *Por si;* corrijo el texto, que dice *porque si.*

6 *¡Andar!, passe!* ¡Menos mal que no sea todo más que tener que andar, ir y venir! Temiéndose los demás afanes que le aguardan con estos amores. *¡Andar! ¡pase!* Es interjección de aprobación que se repite en *La Celestina.* León, *Obr.*, I, pl. 429: Pues si va primero, andar. Igualmente *¡andares!* Moreto, *Parec. corte,* 3, 9: Vamos, pues.—Ya yo te sigo. | —Bien haya mi suerte.—¡Andares! | Eso sí: marido á gusto, | aunque sea pobre.

6 *Mal me quieren mis comadres porque las digo las verdades; bien me quieren mis vecinas, porque las digo las mentiras.* Correas, 444.

7 *Rehinchays,* en *V relinchays,* buena y castiza forma la primera, pues se dijo *rehinchar* y *rinchar,* y esto segundo en portugués y gallego (véase *Tesoro, N.,* 113.)

8 *Barruntás,* por *barruntais,* está bien en *B, V,* etc.

11 *Sosia,* nombre de criado, tomado del *Andria,* de Terencio, y del *Anfitrión,* de Plauto.

puerta. E si viniere Sempronio con aquella señora, dí que esperen, que presto será mi buelta.

PÁRM.—¡Más, nunca sea! ¡Allá yrás con el diablo! A estos locos dezildes lo que les cumple; no os podrán ver. *Por mi ánima, que si* 5 *agora le diessen vna lançada en el calcañar, que saliessen más sesos que de la cabeça! Pues anda, que á mi cargo ¡que Celestina é Sempronio te espulguen!* ¡O desdichado de mí! Por ser leal padezco mal. Otros se ganan por malos; yo me 10 pierdo por bueno. ¡El mundo es tal! Quiero yrme al hilo de la gente, pues á los traydores llaman discretos, á los fieles nescios. Si creyera

---

3 *¡Más...,* ¡más bien!, ¡antes...! ¡ojalá por el contrario...! Muy clásico en oraciones optativas. *Quij.,* 1, 4: ¿Irme yo con él?, dijo el muchacho. ¡Más, mal año! No, señor, ni por pienso.

5 *Por mi ánima,* no está en la edición de Burgos hasta ¡O desdichado de mí!

6 CORR., 519: *El seso al carcañal; el seso en el carcañal.* (Dícese de uno que es cascabel: cascos lucios, vano y ligero, que se le ha ido y bajado el seso al carcañal, y se tiene el seso en el carcañal.)

8 *A mi cargo* (queda) que te pelen y saquen el dinero sin dejarte un ochavo. *Gitanilla*: Hizo señal de querer darle algo y habiendola espulgado (la faldriquera) y sacudido y rascado muchas veces.

12 *Al hilo de la gente,* adonde van todos, como á la hila y en reata. CORR., 148: *"Irse al hilo de la gente.* (Irse tras los demás; sucede á forasteros, por no preguntar.)" T. RAM., *Dom.,* 14, 6: Si el rey viste blanda y suavemente... á ese hilo van los demas de la Corte.

á Celestina con sus seys dozenas de años acuestas, no me maltratara Calisto.. Mas esto me por-
ná escarmiento d' aquí adelante con él. Que si
dixiere comamos, yo tambien; si quisiere derro-
5 car la casa, aprouarlo; si quemar su hazienda,
yr por fuego. ¡Destruya, rompa, quiebre, dañe,
dé á alcahuetas lo suyo, que mi parte me cabrá,
pues dizen: á río buelto ganancia de pescadores. ¡Nunca mas perro á molino!

1   *Con sus... acuestas.* L. Grac., *Crit.,* 2, 1: ¿Qué mayor
encanto, que treinta años á cuestas?

8   Corr., 22: *"A río vuelto, ganancia de pescadores.* (A
río vuelto, es frase muy usada.)" Hoy, *revuelto,* y así en
la *Pícara Justina,* 1, 3, 52, si no está corregido.

9   Corr., 241: *"Nunca mas perro al molino.* (Dicen esto
las gentes escarmentadas de lo que mal les sucedió; seme-
janza de un perro que fué á lamer al molino, y le apalearon.)" J. Enc., 234; *Selvag.,* 237; *Tebaida,* 10; Cácer.,
ps. 17; *Lis. Ros.,* 2, 4; B. Garay.

EL TERCER AUCTO

ARGUMENTO

DEL TERCER AUTO

Sempronio vase á casa de Celestina, á la qual reprende
por la tardança. Pónense á buscar qué manera tomen en 5
el negocio de Calisto con Melibea. En fin sobreuiene Elicia. Vase Celestina á casa de Pleberio. Queda Sempronio
y Elicia en casa.

Sempronio, Celestina, Elicia.

SEMP.—¡Qué espacio lleua la barvuda! ¡Me- 10
nos sosiego trayan sus pies á la venida! A dineros pagados, braços quebrados. ¡Ce! señora Celestina: poco as aguijado.

CEL.—¿A qué vienes, hijo?

SEMP.—Este nuestro enfermo no sabe que 15

---

12 *A dineros pagados*, etc. Así en CORREAS, p. 9, ó *da-
dos*, p. 9, ó *brazos cansados*, p. 9. Que recibida la paga se
trabaja con menos brío que antes, cuando se espera.

13 *Aguijar*, correr, darse priesa. *Quij.*, 1, 34: Acaba,
corre, aguija, camina.

pedir. De sus manos no se contenta. No se le cueze el pan. Teme tu negligencia. Maldize su auaricia é cortedad, porque te dió tan poco dinero.

5 CEL.—No es cosa mas propia del que ama que la impaciencia. Toda tardança les es tormento. Niguna dilación les agrada. En vn momento querrían poner en efeto sus cogitaciones. Antes las querrían ver concluydas, que

10 empeçadas. Mayormente estos nouicios *amantes,* que contra cualquiera señuelo buelan sin deliberación, sin pensar el daño, que el ceuo de su desseo trae mezclado en su exercicio é negociación para sus personas é siruientes.

15 SEMP.—¿Qué dizes de siruientes? ¿Paresce por tu razón que nos puede venir á nosotros daño deste negocio é quemarnos con las centellas que resultan deste fuego de Calisto? ¡Avn al diablo daría yo sus amores! Al primer des-

---

1 *De sus manos no se contenta,* no queda satisfecho con los medios que ha puesto.

2 *No cocérsele el pan,* estar impaciente, tomado del que aguardaba mucho al horno cuando llevaba cada cual su pan á cocer. CÁCER., ps. 118: No se me cuece el pan hasta que lo veo todo cumplido. Idem, ps. 105: No se le coció el pan, dice el español; quisieron ellos que cochite hervite los metiera luego Dios en la tierra que.

8 *Cogitaciones,* latinismo.

11 *Señuelo,* reclamo ó ave que atrae á otras para cogerlas el cazador, diminutivo de *seña.*

19 *Dar al diablo,* abandonar, *echar á mal,* como también se decía, como decimos: ¡*Vete al diablo!*

concierto, que vea en este negocio, no como más
su pan. Más vale perder lo seruido, que la vida
por cobrallo. El tiempo me dirá que faga. Que
primero, que cayga del todo, dará señal, como
casa, que se acuesta. Si te pareçe, madre, guar- 5
demos nuestras personas de peligro. Fágase lo
que se hiziere. Si la ouiere ogaño; si nó, á otro;
si nó, nunca. Que no ay cosa tan dificile de ço-
frir en sus principios, que el tiempo no la ablande é faga comportable. Ninguna llaga tanto se 10
sintió, que por luengo tiempo no afloxase su tormento ni plazer tan alegre fué, que no le amen-
güe su antigüedad. El mal é el bien, la prosperidad é aduersidad, la gloria é pena, todo pierde con el tiempo la fuerça de su acelerado prin- 15
cipio. Pues los casos de admiración é venidos
con gran desseo, tan presto como passados,
oluidados. Cada día vemos nouedades é las oymos é las passamos é dexamos atrás. Diminú-
yelas el tiempo, házelas contingibles. ¿Qué tan- 20
to te marauillarías, si dixesen: la tierra tembló
ó otra semejante cosa, que no oluidases luego?
Assí como: elado está el río, el ciego veé ya,

2 *Comer el pan de uno,* ser su criado. GUEV., *Ep.,* 60:
Si conociste en nosotros clemencia, cuando derramabas
nuestra sangre, ¿piensas que te faltará, cuando comieredes
nuestro pan?

5 *Casa que se acuesta,* que se desploma é inclina.

21 *Contingibles,* latinismo. *Qué tanto,* cuanto, muy clásico.

muerto es tu padre, vn rayo cayó, ganada es
Granada, el Rey entra oy, el turco es vencido,
eclipse ay mañana, la puente es lleuada, aquél

---

2 *Ganada es Granada.* Esto indica para Foulché-Delbosc
que la Comedia se escribió antes del 1492, en que Granada se ganó y después de 1482, en que comenzó la guerra
y aun poco después, acaso el 1483 ó 1484, cuando no pa-
recían todavía esperanzas de rendirse la ciudad. Confír-
mase, según él mismo, con lo del *turco es vencido,* que lo
refiere al sitio de Rodas en 1480; lo de *la puente es llevada,*
que supone es el hundimiento de uno de los arcos del de
Alcántara, en Toledo, reparado en 1484; lo del *eclipse*
de sol, que pudiera ser el del 17 de Mayo de 1482; lo de
aquel es ya obispo, que cree aludir á D. Pedro González de
Mendoza, que comenzó á serlo de Toledo el 1482. Realmente á estos hechos parece aludirse, por lo menos, á
algunos; pero si todos eran pasados, ¿por qué sólo la toma
de Granada no lo era? Por eso Bonilla saca de aquí que
se escribía esto después de 1492, y Menéndez y Pelayo
dice que nada prueban, ya que unos son pasados y otros
por venir. El *te maravillarías* dice tiempo por venir, y esto
sin duda alguna, pues nunca esta forma sirve para lo
pasado absoluto, como que es el *tiempo potencial incompleto,*
y todo potencial pertenece á lo futuro (CEJADOR, *Lengua
de Cervantes,* I, 110). Pero lo que pende en el texto de
Assi como, ¿pende igualmente del *te maravillarías,* ó, por
el contrario, es una adversativa con sentido de *Así como
te maravillaste, pero no duró mucho tu maravilla* cuando se
heló el río, se ganó Granada, etc.? Yo creo más probable
esto segundo; si nó, hubiera puesto todos esos hechos se-
guidamente tras *la tierra tembló.* La siguiente observación
de Bonilla (*Anal. liter. españ.*) tiene la fuerza que se con-
ceda á la opinión sobre el autor de la Comedia. "Leonor
Alvarez, mujer del bachiller Rojas, tenía treinta y cinco
años en el de 1525—dice Bonilla—. Suponiendo que se hubiese casado siendo de doble edad que su mujer, y que
el matrimonio se hubiese verificado en 1506, cuando Leonor Alvarez contaba diez y seis años, tendremos que Rojas era entónces de unos treinta y dos, habiendo nacido,
por consiguiente, hacia 1474. ¿Cómo había de escribir *La*

es ya obispo, á Pedro robaron, Ynés se ahorcó.
¿Qué me dirás, sino que á tres días passados ó
á la segunda vista, no ay quien dello se maraui-

Celestina antes de 1492, es decir, antes de haber cumplido los diez y nueve años? Todavía nos parece que Rojas
debió ser de más edad que de treinta y dos años en 1506.
La Celestina supone tal experiencia de la vida, una ma-
durez de juicio tan extremada, que no se pueden imaginar
en un joven de veinte á veinticinco años, como da á entender el Sr. Serrano y Sanz. Es racionalmente imposible
que Rojas escribiese *La Celestina* á los veinte años. Por
eso creemos que hacia 1500, en que Leonor Alvarez había
cumplido los diez, Rojas tendría ya cumplidos los treinta."
Estoy en un todo conforme con Bonilla en que á los veinte
años no puede escribir nadie *La Celestina,* aunque sea un
ingenio extraordinario, al cual se lo concede Menéndez y
Pelayo. Hay cosas que no vienen del ingenio, sino de
la experiencia, y no porque á los veinte años no cono-
ciese Rojas hechos como los que narra, sino que una cosa
es conocer y otra sufrir y pasar por cosas semejantes, para
que del pozo de la experimentación salgan los sentimientos, que sólo con la edad salen, cuales son los de *La
Celestina.* O Rojas el del proceso no es autor de la *Comedia,* ó túvo que escribirla después de 1492. Tal es mi
opinión, sacada de lo dicho en esta nota, pues no puedo
creer que la escribiese antes de tener diez y nueve años.
Componer *La Celestina* en quince días de vacaciones un
estudiante es cosa que se dice en el *Prólogo,* y que alguno
creerá; á mí no me lo persuadirán frailes descalzos, y que
ese estudiante tuviera menos de diez y nueve años, ni descalzos ni por calzar. Eso no lo puede creer hombre que
haya pasado de los cuarenta y cinco, que sabe lo que es
la vida. Bonilla mide lo escrito por líneas, para deducir que
hay actos que se pudieron escribir en tres ó cuatro horas.
¡A máquina y á pluma, quien lo duda! Pero será *copiando,*
no inventando. "Harto más difícil es componer en veinticuatro horas una de las buenas comedias de Lope." Pero
¿cree Bonilla que Lope alude á sus buenas comedias y que
alguna de esas buenas la hizo en veinticuatro horas? Serían las rellenas de paja, y aun las veinticuatro horas acaso sean andaluzas.

lle? Todo es assí, todo passa desta manera, todo
se oluida, todo queda atrás. Pues assí será este
amor de mi amo: quanto más fuere andando,
tanto más disminuyendo. *Que la costumbre luen-*
5 *ga amansa los dolores, afloxa é deshaze los*
deleytes, desmengua las marauillas. Procuremos
prouecho, mientra pendiere la contienda. E si á
pie enxuto le pudiéremos remediar, lo mejor mejor es; é sinó, poco á poco le soldaremos el re-
10 proche ó menosprecio de Melibea contra él.
Donde nó, más vale que pene el amo, que no que
peligre el moço.

CEL.—Bien as dicho. Contigo estoy, agra-
dado me has. No podemos errar. Pero todavía,
15 hijo, es necessario que el buen procurador pon-
ga de su casa algún trabajo, algunas fingidas
razones, algunos sofísticos actos: yr é venir á
juyzio, avnque reciba malas palabras del juez.
Siquiera por los presentes, que lo vieren; no
20 digan que se gana holgando el salario. E assí
verná cada vno á él con su pleyto é á Celestina
con sus amores.

---

7 *Mientras pendiere,* estuviere pendiente ó colgada,
como el peso en la balanza.
8 *A pié enxuto,* sin peligro, del vadear un río. *Quij.,*
2, 5: Si Dios quisiera darme de comer á pié enjuto en
mi casa.
11 *Donde no,* en caso contrario. *Quij.,* 1, 4: Donde no,
conmigo sois en batalla.

SEMP.—Haz á tu voluntad, que no será éste el primer negocio, que has tomado á cargo.

CEL.—¿El primero, hijo? Pocas vírgines, á Dios gracias, has tú visto en esta cibdad, que hayan abierto tienda á vender, de quien yo no aya sido corredora de su primer hilado. En nasciendo la mochacha, la hago escriuir en mi registro, *é esto* para saber quantas se me salen de la red. ¿Qué pensauas, *Sempronio?* ¿Auíame de mantener del viento? ¿Heredé otra herencia? ¿Tengo otra casa ó viña? ¿Conócesme otra hazienda, más deste oficio? ¿De qué como é beuo? ¿De qué visto é calço? En esta cibdad nascida, en ella criada, manteniendo honrra, como todo el mundo sabe ¿conoscida pues, no soy? Quien no supiere mi nombre é mi casa tenle por estranjero.

SEMP.—Díme, madre, ¿qué passaste con mi compañero Pármeno, quando subí con Calisto por el dinero?

CEL.—Díxele el sueño é la soltura, é cómo

---

8 *Para saber,* en *V e esto para que yo sepa.*

18 ¿*Qué passaste con.* Quij., 1, 7: Pasó (Don Quijote) graciosísimos cuentos con sus dos compadres. Idem, 1, 31: ¿Qué coloquios pasó contigo?

21 *Decir el sueño y la soltura,* decírselo todo, aun lo que le moleste, tomado del adivinarle á uno el sueño y declarárselo, como hizo Daniel al rey de Babilonia. Esto es, reprenderle del error en que estaba como dormido. *Tebaida,* 13: No les habló como las otras veces, antes se quejó mucho de ellos y les dijo á osadas bien el sueño y la soltura.

ganaría más con nuestra compañía, que con las
lisonjas que dize á su amo; cómo viuiría siempre pobre é baldonado, si no mudaua el consejo; que no se hiziesse sancto á tal perra vieja
5 como yo; acordéle quien era su madre, porque
no menospreciase mi oficio; porque queriendo
de mí dezir mal, tropeçasse primero en ella.

Semp.—¿Tantos días ha que le conosces, madre?

10 Cel.—Aquí está Celestina, que le vido nas-
cer é le ayudó á criar. Su madre é yo, vña é
carne. Della aprendí todo lo mejor, que sé de
mi oficio. Juntas comiamos, juntas dormiamos,
juntas auiamos nuestros solazes, nuestros pla-
15 zeres, nuestros consejos é conciertos. En casa é
fuera, como dos hermanas. Nunca blanca gané
en que no touiesse su meytad. Pero no viuía yo

---

3 *Baldonado,* denostado. J. Pin., *Agr.,* 4, 4: Por verse
baldonar della por traidor. T. Ram., *Dom. 15 Trin.,* 3:
Baldonar al uno, no perdonar al otro.

4 *A tal perra vieja,* que no quisiese le tomase yo por
bueno, que se las entiendo, soy perra vieja y ducha, astuta. *A perro viejo no hay tus tus,* no hay engañarle con
halagos. *Ser perro viejo,* ser astuto.

12 *Ser uña y carne,* muy amigos y juntos. Quev., *C. de c.*:
Y que era uña y carne. P. Vega, *ps. 5, v. 4, d. 3*: Para encarecer la amistad estrecha de dos solemos decir que son
uña y carne, por estar unidos y trabados.

13 En *V comiemos, dormiemos, aviemos,* con *e,* á la antigua.

17 *Pero no vivia yo engañada* de que hubiera sido ella
gran cosa, si hubiera vivido más. *Su meytad,* en *V su amistad,* de *me(d)ietat(em); meetad* también se decía, y *metá*
dice el pueblo.

engañada, si mi fortuna quisiera que ella me durara. ¡O muerte, muerte! ¡A quantos priuas de agradable compañía! ¡A quantos desconsuela tu enojosa visitación! Por vno, que comes con tiempo, cortas mil en agraz. Que siendo ella viua, no fueran estos mis passos desacompañados. ¡Buen siglo aya, que leal amiga é buena compañera me fué! *Que jamás me dexó hazer cosa en mi cabo, estando ella presente. Si yo traya el pan, ella la carne. Si yo ponía la mesa, ella los manteles. No loca, no fantástica ni presumptuosa, como las de agora. En mi ánima, descubierta se yua hasta el cabo de la ciudad con su jarro en la mano, que en todo el camino no oya peor de: Señora Claudina. E aosadas que otra conoscía peor el vino é qualquier mercaduría. Quando pensaua que no era llegada, era de buelta. Allá la combidauan, según el amor todos le tenían. Que jamas boluía sin ocho ó diez*

9 *En mi cabo,* aparte, sola, sin acompañarme en ello. Desde *Que jamás...* hasta *Si tal fuesse su hijo,* es añadidura en las ediciones posteriores á la de Burgos.

15 *Aosadas,* ciertamente. Cabr., p. 242: Aosadas que por mucho que vos madrugueis, no le podais coger en la cama.

18 *Era de buelta* de la gran diligencia y del estar al cabo de todo de una persona. *Ya estoy de vuelta,* dice uno, dando á entender que sabe más que el otro en aquello, esto es, que cuando el otro va á enterarse, ya está de vuelta.

18 *Segun el amor,* sin el *que* se usaba elegantemente. F. Silva, *Celest.,* 12: Harto me dieron ellos para ello, según el huir llevaban. Idem, 9, 112: De hombre tan rico, que con los salvados de su casa podia yo salir de laceria, segun lo mucho le sobra.

*gostaduras, vn açumbre en el jarro é otro en
el cuerpo. Ansí le fiauan dos ó tres arrobas en
vezes, como sobre vna taça de plata. Su palabra
era prenda de oro en quantos bodegones auía.*
5 *Si yuamos por la calle, donde quiera que ouiesse-
mos sed, entráuamos en la primera tauerna y
luego mandaua echar medio açumbre para mo-
jar la boca. Mas á mi cargo que no le quitaron
la toca por ello, sino quanto la rayauan en su*
10 *taja, é andar adelante.* Si tal fuesse *agora* su
hijo, á mi cargo que tu amo quedasse sin pluma
é nosotros sin quexa. Pero yo lo haré de mi
fierro, si viuo; yo le contaré en el número de
los mios.

15 SEMP.—¿Cómo has pensado hazerlo, que es
un traydor?

CEL.—A esse tal dos aleuosos. Haréle auer á

---

3   *En veces,* en varias ocasiones. OVIEDO, *H. Ind.,* 39, 2 :
Notorio es que en veces mas de 90 ó 100 mil pesos de
oro dió é le tomaron diversos capitanes. La comparación *sobre una taza de plata* era común.

8   *A mi cargo que,* yo aseguro que, á fe que no tenía
necesidad de pagarlo al punto ni dejar en prenda la toca,
sino que tenía su *tarja,* ó *taja,* ó palo, donde por cada medida hacen una raya, para conocer el gasto después al
pagar, cuando se da al fiado. Costumbre que todavía dura
por Castilla.

10   *E andar adelante,* é irse sin más.

11   *Sin pluma,* desplumarle, sacarle todos los cuartos en
el juego, hurtado, ó como aquí, con servicios de terceras.
Tomado de las aves.

17   CORR., 2 : *A un traidor dos alevosos.* Idem en SAN-
TILLANA ; VALDÉS, *Diál. leng.* ; F. SILVA, *Celest.,* 9. Esto es,

Areusa. Será de los nuestros. Darnos ha lugar
á tender las redes sin embaraço por aquellas doblas de Calisto.

SEMP.—¿Pues crees que podrás alcançar algo
de Melibea? ¿Ay algún buen ramo?

CEL.—No ay çurujano, que á la primera cura
juzgue la herida. Lo que yo al presente veo te
diré. Melibea es hermosa, Calisto loco é franco.
Ni á él penará gastar ni á mí andar. ¡Bulla moneda é dure el pleyto lo que durare! Todo lo
puede el dinero: las peñas quebranta, los ríos
passa en seco. No ay lugar tan alto, que vn
asno cargado de oro no le suba. Su desatino é
ardor basta para perder á sí é ganar á nosotros.
Esto he sentido, esto he calado, esto sé dél é
della, esto es lo que nos ha de aprouechar. A
casa voy de Pleberio. Quédate adios. Que, avnque esté braua Melibea, no es ésta, si á Dios ha
plazido, la primera á quien yo he hecho perder

---

seríamos dos contra él, que nos la pagaría. Le engatusaré
con *Areusa,* se la entregaré, será nuestro y nos servirá
de pesarle á Calisto sus doblas y dinero.

5 *¿Ay algun buen ramo?,* seña, barrunto, tomado del
que se pone en las tabernas y casas de cosecheros en
señal de venderse vino. CORR., 347: *Quien ramo pone, su
vino quiere vender.*

11 CORR., 85: *El dinero todo lo puede y vence; todo lo
puede el dinero; el dinero lo puede todo; el dinero lo
acaba todo; todo lo acaba el dinero.*

13 *Un asno cargado de oro, sube ligero por una mon-
taña,* dice el común refrán.

el cacarear. Coxquillosicas son todas; mas, después que vna vez consienten la silla en el enués del lomo, nunca querrían folgar. Por ellas queda el campo. Muertas sí; cansadas nó. Si de noche
5 caminan, nunca querrían que amaneciesse: maldizen los gallos porque anuncian el día é el relox porque da tan apriessa. *Requieren las cabrillas é el norte, haziéndose estrelleras. Ya quando veen salir el luzero del alua, quiéreseles salir el*
10 *alma: su claridad les escuresce el coraçón.* Camino es, hijo, que nunca me harté de andar. Nunca me ví cansada. E avn assí, vieja como soy, sabe Dios mi buen desseo. ¡Quanto más estas que hieruen sin fuego! Catiuanse del pri-
15 mer abraço, ruegan á quien rogó, penan por el penado, házense sieruas de quien eran señoras, dexan el mando é son mandadas, rompen paredes, abren ventanas, fingen enfermedades, á los cherriadores quicios de las puertas hazen con
20 azeytes vsar su oficio sin ruydo. No te sabré dezir lo mucho que obra en ellas aquel dulçor, que les queda de los primeros besos de quien

---

7   Añadido á lo de la edición de *B,* es desde *Requieren* hasta *coraçón,* y ¡bien se ve! Son exageraciones afectadas y frías. *Estrellero* es astrólogo (HITA, en mi edición). Con estas tonterías, el corrector corta el pensamiento de la vieja, que se va calentando con sólo pensar en ello, en los *caminos,* que anduvo.

13   *Mi buen desseo.* Imita al Arcipreste de Talavera.

aman. Son enemigas del medio; contino están posadas en los estremos.

SEMP.—No te entiendo essos términos, madre.

CEL.—Digo que la muger ó ama mucho aquel 5 de quien es requerida ó le tiene grande odio. Assí que, si al querer, despiden, no pueden tener las riendas al desamor. E con esto, que sé cierto, voy más consolada á casa de Melibea, que si en la mano la touiesse. Porque sé que, 10 avnque al presente la ruegue, al fin me ha de rogar; avnque al principio me amenaze, al cabo me ha de halagar. Aquí lleuo vn poco de hilado en esta mi faltriquera, con otros aparejos, que comigo siempre traygo, para tener causa de en- 15 trar, donde mucho no soy conocida, la primera vez: assí como gorgueras, garuines, franjas, rodeos, tenazuelas, alcohol, aluayalde é solimán, hasta agujas é alfileres. Que tal ay, que tal quiere. Porque donde me tomare la boz, me halle 20

---

13 *Hilado,* el conjunto de lo que se hiló. LAG., *Diosc.,* 3, 101: De suerte que al cabo del año cuestan más los instrumentos de lo que importa el hilado.

17 *Garvines,* cofias hechas de red. LEÓN, *Pimp.*: En aquel día quitará al redropelo el señor á las hijas de Sión el chapín que cruje en los pies y los garbines de la cabeza.

18 *Rodeos,* ruedos como franjas. *Tenazuelas* ó tenacillas para enrizarse el pelo; *alcohol* para alcoholarse; *alvayalde* ó blanquete para blanquearse la cara.

20 *Me tomare la boz,* donde me llamaren, como á buhonera que anda por la calle vendiendo.

apercebida para les echar ceuo ó requerir de la
primera vista.

SEMP.—Madre, mira bien lo que hazes. Porque, cuando el principio se yerra, no puede se-
5 guirse buen fin. Piensa en su padre, que es noble é esforçado, su madre celosa é braua, tú la
misma sospecha. Melibea es vnica á ellos: fal-
tándoles ella, fáltales todo el bien. En pensallo
tiemblo, no vayas por lana é vengas sin pluma.
10 CEL.—¿Sin pluma, fijo?

SEMP.—O emplumada, madre, que es peor.

CEL.—¡Alahé, en malora á tí he yo menester para compañero! ¡Avn si quisieses auisar á
Celestina en su oficio! Pues quando tú nasciste
15 ya comía yo pan con corteza. ¡Para adalid eres
tú bueno, cargado de agüeros é recelo!

---

9 CORR., 149: *"Ir por lana y volver trasquilado.* (Cuando fué á ofender y volvió ofendido; y acomódase á cosas
semejantes, cuando salen al revés de lo intentado.)" Díjose
del trasquilar á cruces, "turpiter decalvare" (*Conc. IV
Toled.*), ó esquilar laidamientre (*F. Juzgo*) el cabello de la
cabeza por pena civil del delincuente, é inhabilitaba para las
dignidades entre los visigodos. Aquí puso *sin pluma* para
preparar el chiste que viene luego de *emplumada,* como
alcahueta.

12 *En malora,* no hay que pensar en ello; ni te nece-
sito a ti para nada. ¡No faltaba más que pretendieras acon-
sejarme á mí, siendo un mocosuelo! Tal fuerza tiene ¡*aun
si... Avisar,* hacer avisado. *Galatea,* 4, p. 61: Al caído levanta, al simple avisa y al avisado perfecciona.

15 *Comer pan con corteza,* ser ya maduro y ducho, no
novicio y de tiernos dientes, que no puede más que con
la molla ó miga. CORR., 596: *"Comer el pan con corteza.*
(A los que ya son grandes y saben de trabajos; símil de

SEMP.—No te marauilles, madre, de mi temor, pues es común condición humana que lo que mucho se dessea jamás se piensa ver concluydo. Mayormente que en este caso temo tu pena é mía. Desseo prouecho: querría que este 5 negocio houiesse buen fin. No porque saliesse mi amo de pena, mas por salir yo de lazeria. E assí miro más inconuenientes con mi poca esperiencia, que no tú como maestra vieja.

ELICIA.—¡Santiguarme quiero, Sempronio! 10 ¡Quiero hazer vna raya en el agua! ¿Qué nouedad es esta, venir oy acá dos vezes?

CEL.—Calla, boua, déxale, que otro pensamiento traemos en que más nos va. Díme, ¿está

---

los niños que comen pan.)" A. Pérez, *Viern. 1 cuar.*, f. 53: En la ley de gracia, como ya era tiempo de hombres, que comian pan con corteza, se pusieron mas rigurosas (leyes).

7 *Lazeria*, miseria.

10 *Santiguarme,* de espantada y maravillada, como del diablo, á quien se atribuía todo lo maravilloso. A. Pérez, *Mierc. dom. 2 cuar.*, f. 413: Santiguaros della y santiguarla á ella para siempre jamas, porque si le dais entrada. Cacer., *ps.* 87: Santiguabanse, cuando me veian, como de una cosa mala. L. Grac., *Crit.*, 2, 11: Estando diciendo esto estaba actualmente santiguandose: ¡que éste no advierta que tiene él por qué callar!

11 *Raya en el agua.* Corr., 492 y 402: "*Hacer una raya en el agua, para que no se deshaga.* (A cosa rara.)" Idem: *Hacer raya en el agua.* Idem, 629: "*Hacer una raya en el agua.* (Maravillarse de que uno hizo lo que no solía.)" Idem, 605. Da á entender el dicho que no durará mucho la cosa, por ser rarísima y no acostumbrada.

desocupada la casa? ¿Fuese la moça, que esperaua al ministro?

Elic.—E avn despues vino otra é se fué.

Cel.—Sí, que no embalde?

5 Elic.—Nó, en buena fe, ni Dios lo quiera. Que avnque vino tarde, más vale á quien Dios ayuda, etc.

Cel.—Pues sube presto al sobrado alto de la solana é baxa acá el bote del azeyte serpentino,

---

1 *Desocupada* de gentes que se citan.

4 ¡No vendrá en balde tampoco la segunda, que con buenos cuartos nos acudiría por ella el ministro?

6 *Vino tarde,* el ministro. Corr., 450: *Más vale á quien Dios ayuda, que al que mucho madruga.* Idem, 449: *Más puede Dios ayudar, que velar ni madrugar.* Idem, 345: *Quien madruga, Dios le ayuda.*

8 *Sobrado* es piso encima de otro, y así se entiende en varias partes de España. Tafur., 12: Las casas son torres de cuatro ó cinco sobrados ó mas. D. Vega, *Fer. 3, dom.,* 1: Tenia una casa con dos altos ó dos sobrados.

9 Son los aparejos para el conjuro que va á hacer. La soga, que había de traerse de noche, lloviendo y haciendo oscuro, es la de ahorcado, de tanto valor para hechicerías. "La muerte prematura tiene la virtud especial de comunicar á los objetos inanimados un cierto poder vivificador. Según Dalyel, parece que este principio envuelve cierta noción indistinta de la absorción de la vida por el instrumento de muerte. Plinio menciona que en los casos difíciles de parto se esperaba el alivio del acto de disparar contra la casa de la paciente una piedra ó arma arrojadiza que hubiese sido ya fatal para alguien ó una jabalina arrancada de un cuerpo que no hubiese tocado al suelo (*H. N*, 28, c. 6, 12). Así en China se considera como un eficacísimo amuleto el cuchillo que ha servido para dar muerte á una persona. La soga, con que se ha ahorcado á uno,

que hallarás colgado del pedaço de la soga, que
traxe del campo la otra noche, quando llouía é
hazía escuro. E abre el arca de los lizos é házia
la mano derecha hallarás vn papel escrito con

---

se mira hoy en Inglaterra como un remedio contra el dolor
de cabeza, si se ata alrededor de ésta, y las astillas de una
horca puestas en un saco llevado al cuello fueron reputadas
útiles para curar la fiebre. La tierra tomada del sitio en
que un hombre ha sido muerto, se ha prescrito en Escocia
para las úlceras ó heridas. Los pañuelos mojados en la
sangre del rey Carlos fueron tan eficaces para curar las
escrófulas como el contacto del vivo. Así en China, después
de una ejecución, gruesas bolas de médula se empapaban
en la sangre del criminal y se vendían al pueblo como un
remedio contra la consunción, con el nombre de *pan de
sangre*." (Véase BLACK, *Medic. pop.*, p. 135). Ahora se com-
prenderá cómo la soga que quitó la vida prematuramente al
ahorcado tomó en sí virtud de vida para los hechiceros.
Cuanto al *azeyte serpentino*, véase lo que dice HUERTA
(*Plin.*, 8, 21) sobre el basilisco, con el cual se confundían las
sierpes todas venenosas. "*Los magos alaban mucho la sangre del basilisco*, la cual se cuaja á manera de *pez* y dicen
que mezclada con el color del cinabaris (que es, según escribe Plinio, la sangre que sale del dragón, cuando revienta,
cayendo el elefante sobre él) toma más claro y precioso color." Ahora bien: el *azeyte serpentino* estaba confeccionado
con ponzoña de víboras, como después se da á entender en
el conjuro: *por la áspera ponçoña de las bivoras, de que
este azeyte fué hecho, con el qual unto este hilado*. La víbora era tenida por *serpiente* (HUERTA, *Plin.*, 8, 39, anot.), y el
basilisco es una suerte de víbora ó serpiente. Con la sangre
de víboras ó del basilisco se hacía, pues, ese aceite, tan
alabado de los magos, y del cual tenía Celestina un buen
bote.

3 *Arca de los lizos,* donde tenía lizos con otras mil
cosas. En los desvanes de los pueblos segovianos es común
ver arcas y lizos y otros aparejos de los antiguos tejedo-
res, hoy arrumbados.

sangre de morciégalo, debaxo de aquel ala de
drago, á que sacamos ayer las vñas.

1   *Murciégalo*, de *mur-cieg-o* y *-al*, todavía lo dice el
pueblo de Castilla. En el *Rig-Veda* un himno ruega que no
chupen la sangre los vampiros ó murciélagos monstruosos
de la India. El murciélago común figura al diablo y á la
muerte entre los populares. De aquí la costumbre de viejas
y niños de creer conjurados sus maleficios cuando le cogen,
por lo que le atormentan y le echan al fuego ó le crucifi-
can, y los muchachos le hacen entonces fumar un pitillo.
Creen los muchachos que blasfema cuando chilla al ator-
mentarle. Cuenta una conseja que sobre apuesta quién
haría un pájaro más hermoso, hizo Dios la golondrina y el
diablo no supo hacer más que el murciélago, al cual Moisés
puso entre los animales impuros; los griegos fantasearon
con él sus harpías, y la Edad Media puso sus alas al diablo.
La virtud e fuerça destas bermejas letras, que dice luego
en el conjuro, alude á la de la *sangre de morciégalo,* que
significaba la sangre del diablo. *Las bolantes harpías* del
mismo conjuro eran los murciélagos poetizados por los
griegos, llamadas *demonios rapantes y soterraños* por Suidas, *aves de rapiña* por Favorino, y se dijeron de *harpazo,*
arrebatar. De ellas trató Virgilio (*Eneid.,* l. 3), Hesiodo, y
puede verse en conjunto en NATALIS COMITIS, *Mythologia*
(7, 6). *Debaxo de aquel ala de drago.* "Higinio variando del
padre de las hermanas que guardaron á Erichthonio, dice
que fué Erechteo y añade que los famosos juegos Panathe-
neos de los Atenienses fueron inventados por Erichthonio en
honra de Minerva, como lo significa el nombre que tienen,
agradeciéndole el haberle criado; y que el dragón que fué
hallado con él se acogió á la estatua de la mesma Minerva,
y que allí fué criado y amparado; en lo cual se significa
la gran guarda que deben tener las doncellas para que no
se pierdan, porque por el dragón, bestia de poco sueño y
de acutísima vista, se significa la vigilantísima guarda de las
cosas, y como Minerva siempre haya guardado su virginidad
con gran sabiduría, se le aplica el dragón por inseparable
compañero: y aun hasta en el Evangelio Santo dijo nuestro
Redentor ser significada la prudencia por las serpientes."
(J. PIN., *Agr.,* 20, 40.) En las cosmogonías y mitos, el dragón guarda el árbol del Paraíso y de las Hespérides y los

Mira, no derrames el agua de Mayo, que me traxeron á confecionar.

ELIC.—Madre, no está donde dizes; jamás te acuerdas cosa que guardas.

---

tesoros, como la serpiente estaba aguardando á Eva (Véase sobre esto J. PINEDA, *Agr.*, 8, 7), y su nombre significa el que ve mucho. Alciato explica un emblema de *custodiendas virgines,* que es el 22, y tiene á Minerva con su dragón al pie (D. LÓPEZ, *Alc.*), y lo tomó de la figura que hizo Fidias. En RODR. REINOSA (*Bibl. Gallard.*): "Cera de cirio pascual | y trébol de cuatro hojas, | et simiente de granojas | et pié de gato negral, | agua de fuen perenal | con la sangre del cabron | y el ala del dragon | pergamino virginal", son aparejos de hechiceras. En el *Laberinto* (c. 243): "Y huesos de alas de dragos que vuelan." Donde glosa H. NÚÑEZ: "Lucano (Non arabum volucer serpens.) No faltó allí la serpiente de arabia que buela. Significa un género de serpiente, que se llama iaculus, el qual tiene alas y subese encima de los arboles para saltear de improviso las animalías qualesquier que la dicha les ofrece." En el *Tratado de los niños e regimiento de la ama,* del maestro Bernardo de Gordonio (2.ª ed., Toledo 1513), se dice (c. 1): "Despues que sea tajado (el ombligo) sea esparzido de suso polvo de mirra e de almastica e de sangre de drago."

1 El agualluvia de Mayo, por ser tan á propósito para el campo, es muy deseada, y así CORREAS, 58: *Agua de Mayo, pan para todo el año* y *Agua de Mayo quita la sarna de todo el año.* Las niñas aplican el refrán á su cabellera, y dicen cuando en Mayo se mojan: *Agua de Mayo, que crece el pelo.* En el conjuro de la *Numancia,* de Cervantes, se dice:

"Este hierro, bañado en agua clara,
que al suelo no tocó en el mes de Mayo,
herirá en esta piedra y hará clara
y patente la fuerza de este ensayo."

Pero como filtro miéntala el *Laberinto* de Mena (c. 110): "Ni el agua primera | de Mayo bebida con vaso de yedra."

Cel.—No me castigues, por Dios, á mi vejez; no me maltrates, Elicia. No infinjas, porque está aquí Sempronio, ni te ensoberuezcas, que más me quiere á mí por consejera, que á tí
5 por amiga, avnque tú le ames mucho. Entra en la cámara de los vngüentos é en la pelleja del gato negro, donde te mandé meter los ojos de la loba, le fallarás. E baxa la sangre del cabrón

---

1 Corr., 214: *Ni vieja castigues ni pellejo espulgues.*

2 *No infinjas,* en *V enfinjas,* de *enfeñir, enfengir, infingere,* hacer ademán. J. Enc., 104: Enfinges de esforcejudo | á donde no es menester. L. Fern., 74: Mucho enfenjis de agudo. Quiere decir la vieja que no se engría y haga ademanes y muestras de valer más que ella.

7 *Gato* era bolsa para guardar dinero, etc., y todavía se usa por tierras de Segovia, en que lo llevan, cuando van á feria ó de viaje. Para guardar hechizos tenía Celestina la pelleja de un gato, naturalmente *negro.*

8 *Los ojos de la loba.* Huerta, *Plin.,* 8, 22, *anot.*: "Tiene este animal muy aguda vista, principalmente de noche, y aunque no haya luna, la luz de sus ojos le alumbran y así á esta vista llaman *licofos,* que significa vista de lobo... Los animales quadrupedes domésticos, segun escribe Rasis, si ven un ojo de lobo solo arrancado, temen del y huyen." Para alguna hechicería sobre la vista ó el ver querría Celestina aquel ojo de loba. En Mena (c. 241): "Y ojos de lobo después que encanece." Lo que glosa H. Núñez: "El lobo es animal asaz conocido principalmente á los pastores y al ganado, que guardan la vista dellos en la provincia Italia. Es enpecible, quitan la habla al hombre, sy le veen primero que ellos sean vistos." Abunda Plinio en este parecer, diciendo que si el lobo ve al hombre antes que éste le vea, queda ronco el hombre. En España corre que las brujas van á caballo en un lobo al aquelarre y que corren así cien leguas por hora.

8 *La sangre del cabrón.* Huerta, *Plin.,* 8, 50, *anot.*: "Los cabrones son entre todos los animales los más luju-

é vnas poquitas de las baruas, que tú le cor-
taste.

ELIC.—Toma, madre, veslo aquí; yo me subo
é Sempronio arriba.

---

riosos y incontinentes; y por esta causa fueron hieroglífico
de la lujuria; y queriendo los egipcios notar á uno de des-
honesto y carnal, pintaban un cabrón, porque aunque hay
otros animales muy salaces y activos para la venus, empiezan
á ejercitarla más tarde. Pero el cabrón (según escribe Eliano) empieza solos siete días después de haber salido del
vientre, aunque no es suficiente para la generación hasta
tener un año ni para ser padre hasta que pasa de dos,
porque entonces es muy poderoso y fecundo, tanto que algunos de los ciegos gentiles, por esta fecundidad le contaban
entre sus dioses, como á los Panes y Sátiros; y por la
mesma causa pintaban á Venus caballera sobre un cabrón...
También son éstos símbolo del demonio y de la mala mujer por la mesma causa y porque asi como este animal con
su boca y aliento destruye los árboles y los hace estériles
y infructíferos, asi también el demonio y la mujer deshonesta quitan el fruto de las almas y destruyen la hacienda
del cuerpo... Era también este animal entre los antiguos
símbolo del hombre que consentía adulterio: porque dicen
que habiendo llegado el cabrón á una cabra, consiente que
en su presencia llegue cualquiera otro; aunque de otra
suerte vemos que lo entendió Eliano, el cual afirma ser
éstos celosísimos y pugnaces, y trae aquel ejemplo del pastor Grates, á quien mató un cabrón de una testarada que
le dió en la cabeza estando dormido sobre unas piedras, por
haberle visto llegar bestialmente á una cabra de su compañía." Las brujas diz que tratan con el demonio en figura
de cabrón lujurioso y que le andan alrededor bailándole.
Cuanto á las barbas, sabido es que son las que autori-
zan á todo macho, y *Guay del huso, cuando la barba no
anda de suso,* y el mismo cabrón, desbarbado, se aver-
güenza.

4 *Yo me subo e Sempronio arriba,* en *V*: *yo me boy,
Sempronio, arriba.*

CEL.—Conjúrote, triste Plutón, señor de la profundidad infernal, emperador de la Corte dañada, capitán soberuio de los condenados ángeles, señor de los sulfúreos fuegos, que los

1 Cree Foulché-Delbosc que este conjuro se parece al del *Laberinto* de Juan de Mena (c. 247), pues el *Heriré con luz tus carceres tristes y escuras* dice que es el
"E con mis palabras tus hondas cavernas
de luz subitanea te las *heriré*" (c. 251).
Cierto que uno y otro están tomados de Lucano; pero no creo que el autor de la *Comedia* tuviera el pensamiento en Mena, pues no puso *hondas cavernas*, sino *carceres tristes y escuras*, ni *de luz subitanea*, sino *con luz;* el *heriré* está en Lucano, que dice (l. 6, 695 y 730): "Iam vos ego nomine vero | Eliciam, Stygiasque canes in luce superna | Destituam... immittam ruptis Titana cavernis, | Et subito feriere die..." Vese, además, porque Mena (c. 247) dice: "Conjuro | á ti, Pluton triste, y á ti Proserpina"; mientras que Rojas sólo conjura á *Plutón*. Ni mienta, como Mena, el can Cerbero ni á Hecate. (Véase la *Glosa* de H. Núñez, c. 250.) Mena y Rojas tenían aquí presente tan sólo á Lucano. Este hacer que vuelva á la vida un cadáver con hechizos, conjuros y encantos, lo imitó maravallosamente Cervantes en la *Numancia* (jorn. 2), del mismo poeta latino: "¡O gran Plutón, á quien por suerte dada | le fué la habitación del reino oscuro | y el mando en la infernal triste morada!" Y luego, increpando á los ministros infernales, dice con acento shakesperiano:
"Ea, pues, vil canalla mentirosa,
aparejaos á duro sentimiento,
pues sabeis que mi voz es poderosa
de doblaros la rabia y el tormento.
Dime, traidor esposo de la esposa,
que seis meses del año á su contento
está sin ti, haciendote cornudo,
¿por qué á mis peticiones estás mudo?..."
Plutón, hijo de Opi y Saturno, peleó contra los gigantes juntamente con Júpiter, el cual obtuvo el imperio del cielo, él el de la tierra y Neptuno el del agua, cuando victoriosos se repartieron el universo. Su atributo eran las llaves,

heruientes étnicos montes manan, gouernador é
veedor de los tormentos é atormentadores de
las pecadoras ánimas, *regidor de las tres furias,
Tesífone, Megera é Aleto, administrador de to-*

como el cetro el de Jove y el tridente el de Neptuno, como
se dice en el himno órfico : "Plutón, que gobiernas las llaves
y reinos de la tierra." Fué dios de los difuntos (EURIPI-
DES, *Phoenis.*) y era llevado en carroza arrastrada por
caballos negros (OVID., *Metam.*, 5), en la cual, por no haber
mujer que le quisiera, se fué á Sicilia, y arrebatando á la
hermosa Proserpina, hija de Ceres, que andaba cogiendo
flores por unos valles, llevósela por el río Quemaro á sus
regiones soterrañas, como describe Claudiano en su elegante
poema. Por eso acude á la Celestina, como tan hecho á
robar doncellas ; pero, además, porque le confunde con el
demonio, con el cual se sobrentiende tener hecho pacto.
Por eso le llama *emperador de la corte dañada* ó de *los
dañados,* ó condenados, hombres y ángeles ó diablos. *Señor
de los montes ethnicos* ó *Etna* de Sicilia, respiradero del
infierno.

3 *Regidor de las tres furias.* Tres eran las greñicule-
brunas Furias, como las Hadas, y hácelas Higinio hijas del
cielo y de la tierra y con Orfeo (HIMN., *Eumenid.; VIRGIL.,
Eneid.*, 6, 12) las llama como pone el texto, añadiendo estar al servicio de Plutón, porque como sean cosa tan mala
como la furia, la rabia y enajenamiento de la razón, al
dios infernal habían de servir. Son vírgenes incorruptibles
por dones para poder castigar á los pecadores. Según Servio, llámanse *Diras* en el cielo, esto es, crueles ; en la
tierra, *Furias,* y en el infierno, *Euménides* ó benévolas por
ironía ; Hesiodo y Aristófanes las llaman *Erinies,* que significa guerra del alma. Fulgencio (*Mytholog.*, l. 1) declara
con Suidas el nombre de *Alecto,* la que no cesa ni hace
pausa ; *Tisiphone,* la venganza mortal, y *Megera,* la gran
contienda. Tienen por compañeras, según Ovidio, al miedo,
al espanto y á la locura, y Claudiano y Estacio (*Tebaida*)
añaden otras. Tales son, con los difuntos, *las cosas negras*
que *administra* Plutón, según el corrector. Juan de Mena
trata de ellas en la *Coronación* (c. 10) y las nombran sus
Comentadores. *Crotalon,* 14 : Tambien dicen que este bar-

*das las cosas negras del reyno de Stigie é Dite,
con todas sus lagunas é sombras infernales, é
litigioso caos, mantenedor de las bolantes harpías, con toda la otra compañía de espantables é
⁵ pauorosas ydras;* yo, Celestina, tu más conocida
cliéntula, te conjuro por la virtud é fuerça destas vermejas letras; por la sangre de aquella no-
turna aue con que están escriptas; por la grauedad de aquestos nombres é signos, que en este

---

quero Aqueron hubo tres hijas en su mujer la noche oscura
y ciega, las cuales se llaman Aletho, que significa inquietud,
y Thesifone, que significa vengadora de muerte, y Megera,
que significa odio cruel.

1 *Stigie é Dite. Estigia* es laguna del infierno, por la
que juran los dioses, como lo hizo el Sol cuando su hijo
Faetón le hizo la barrabasada aquella de desgobernarle su
carroza, que casi prendió fuego al mundo. *Dite* es, en latín,
lo que Πλούτων en griego, esto es, rico, por ser dios de
las minas, siéndolo de la tierra. Está también tomado del
Laberinto (c. 251).

3 *Caos* es la materia primitiva y confusa de donde salieron las cosas, y etimológicamente suena *vacío* y *nada,*
de la cual nada creó Dios el mundo. Hesiodo dice que
el Caos engendró á *Erebo* ó tinieblas y á la *Noche. Litigioso*
le llama Celestina por lo confuso. Las *bolantes harpías* ya
hemos dicho ser de suyo los murciélagos poetizados.

5 Las *ydras* son serpientes de agua, y según Plinio (l. 29,
c. 4), son las de más hermoso parecer y más ponzoñosas,
como la *hidra lernea* que mató Hércules en la laguna llamada Lerna, cerca de Argos, con nueve cabezas, según Higinio y Apolodoro, ó ciento, según Diodoro.

6 *Clientula,* cliente en diminutivo, parroquiana de Plutón ó del demonio. Conjúrale por las cosas que mandó ba-
jar á Elicia. Las *letras vermejas* del *papel escrito con sangre de morciégalo,* por *la ponçoña de las bivoras,* del
azeyte serpentino.

papel se contienen; por la áspera ponçoña de
las bíuoras, de que este azeyte fué hecho, con
el qual vnto este hilado: vengas sin tardança á
obedescer mi voluntad é en ello te embueluas é
con ello estés sin vn momento te partir, hasta 5
que Melibea con aparejada oportunidad que aya,
lo compre é con ello de tal manera quede enre-
dada que, quanto más lo mirare, tanto más
su coraçón se ablande á conceder mi petición,
é se le abras é lastimes de crudo é fuerte 10
amor de Calisto, tanto que, despedida toda
honestidad, se descubra á mí é me galardone
mis passos é mensaje. Y esto hecho, pide
é demanda de mí á tu voluntad. Si no lo hazes
con presto mouimiento, ternásme por capital 15
enemiga; heriré con luz tus cárceles tristes é
escuras; acusaré cruelmente tus contínuas men-

13 *Y esto hecho.* Bien se ve ser paçto, pues en cambio
de lo que al demonio pide le ofrece cuánto le pida.

14 Le amenaza, lo cual es propio de la magia y hechicería, en la cual se supone tener poder sobre los dioses,
quedando encadenados al hechizo.

16 *Con luz.* Bien sintió Plutón no entrara la luz á sus
regiones por el Etna, y por eso se dió por allí una vuelta,
y tan para él dichosa, que tuvo la ventura de atrapar á la
linda Proserpina. El demonio se goza en las tinieblas, como
los murciélagos; la luz les hiere y la aborrecen.

17 Hasta el demonio quiere que no aparezcan como tales
sus embustes y mentiras, tal es el valor de la verdad. Hechicera de cuerpo entero se muestra Celestina, verdadera
descendiente de aquella primera que dice Diodoro (l. 5)
hubo en Oriente, llamada Hécate, hija de Perses, el hijo
del Sol y rey de Colcos, tan cruel mujer que, por su pa-

tiras; apremiaré con mis ásperas palabras tu horrible nombre. E otra é otra vez te conjuro. E assí confiando en mi mucho poder, me parto para allá con mi hilado, donde creo te lleuo ya
5 embuelto.

satiempo, asaeteaba á los hombres, y pareciéndole poco matar con hierro, se dió al conocimiento de las hierbas ponzoñosas y á hacer hechizos mortales, cuya muerte dicen los Derechos Imperiales (*C. de maleficio*) ser peor que la de hierro. Ella fué la que halló el acónito ó rejalgar y hierba de ballesteros, la hierba más presta para matar (PLIN., l. 27, c. 2), y la probó matando á su padre. Casada con su tío Eta, rey de Colcos por muerte de su hermano, parió á Circe y á Medea, las mayores hechiceras y malas hembras que se conocen. Descubiertas fueron en Roma muchas hechiceras que mataron á sus maridos, y por el soplo de una mozuela presas y muertas ciento setenta (LIVIO, l. 8; VALERIO, l. 2, c. 1). Acerca de las encantaciones para atraer al amor, véase Luciano, *Diálogos de meretrices*. Eran famosas las viejas tésalas y los encantamientos tésalos. Allí se describe el filtro que confeccionaba la vieja, y cómo necesita algo del que ha de ser hechizado, un vestido, zapatos, algunos cabellos, etc., y las palabras extrañas y terribles que pronuncia: βαρβαρικὰ καὶ φρικώδη ὀνόματα. Véase en *Macbeth* (4, 1) lo que echaron las brujas en su caldera para otro hechizo:

"De vibora astuta echemos la piel:
que hierva en el cazo, cociéndose en él.
Ahí va de nocturno murciélago lana,
lengua de sabueso, dardo de escorpión,
ojo de lagarto, músculo de rana,
ala de lechuza, de aspid aguijon...
Colmillo de lobo y momia de hada,
escama brillante de fiero dragon..."

EL AUCTO QUARTO

ARGUMENTO

DEL QUARTO AUTO

Celestina, andando por el camino, habla consigo misma
fasta llegar á la puerta de Pleberio, donde halló á Lucrecia, 5
criada de Pleberio. Pónese con ella en razones. Sentidas
por Alisa, madre de Melibea é sabido que es Celestina,
fázela entrar en casa. Viene vn mensajero á llamar á
Alisa. Vase. Queda Celestina en casa con Melibea é le
descubre la causa de su venida.   10

Lucrecia, Celestina, Alisa, Melibea.

CEL.—Agora, que voy sola, quiero mirar
bien lo que Sempronio ha temido deste mi camino. Porque aquellas cosas, que bien no son
pensadas, avnque algunas vezes ayan buen fin, 15
comunmente crian desuariados efetos. Assí que

---

5 *Onde,* donde, de *unde.* HERR., *Agr. prol.*: De onde
siempre males y escandalo suelen resultar. Idem, 3, 32:
No se puede decir perfecto jardin onde no hay.

7 *Sabido,* en *S, Z* y *A sabiendo,* en *R saputo,* en *V sa-*
bido. Acerca de este participio libre véase CEJADOR, *Leng.*
Cerv., I, 246. S. TER., *Vid.,* 25: Dejado la gran sequedad,
que queda, es una inquietud en el alma. COLOMA, *G. Fl.,* 8:
Baliñí, sabido la poca gente con que el Conde se acercaba.

la mucha especulación nunca carece de buen
fruto. Que, avnque yo he dissimulado con él,
podría ser que, si me sintiessen en estos passos
de parte de Melibea, que no pagasse con pena,
5 que menor fuesse que la vida, ó muy amen-
guada quedasse, quando matar no me qui-
siessen, manteándome ó açotándome cruelmente. Pues amargas cient monedas serían estas.
¡Ay cuytada de mí! ¡En qué lazo me he meti-
10 do! Que por me mostrar solícita é esforçada
pongo mi persona al tablero! ¿Qué faré, cuytada, mezquina de mí, que ni el salir afuera es
prouechoso ni la perseuerancia carece de peligro? ¿Pues yré ó tornarme hé? ¡O dubdosa é
15 dura perplexidad! ¡No sé quál escoja por mas
sano! ¡En el osar, manifiesto peligro; en la
couardía, denostada, perdida! ¿A donde yrá el
buey que no are? Cada camino descubre sus da-
ñosos é hondos barrancos. Si con el furto soy

---

7 *Mantear,* nos tiene bien enseñado Sancho lo que es,
bien á costa de sus costillas.

11 *Poner al tablero,* en peligro y aventura; díjose del
tablero de jugar. T. RAM., *Dom.* 12, 5 : Que esté expuesto
el cristiano á poner la vida por Dios al tablero.

18 CORR., 9: *¿A do irá el buey que no are? A la carnicería.* Idem: *¿A do irá el buey que no are, pues que arar
sabe?*

19 *Quij., 2,* 13: No hay camino tan llano, que no tenga
algún tropiezo ó barranco.

19 *Tomar con el hurto (en las manos).* J. PIN., *Agr.,* 12,
28 : Sofocles hasta de los muy hablados dice tornarse mudos,
si los toman con el hurto en las manos.

tomada, nunca de muerta ó encoroçada falto,
á bien librar. Si no voy, ¿qué dirá Sempronio? Que todas estas eran mis fuerças, saber é
esfuerço, ardid é ofrecimiento, astucia é solicitud. E su amo Calisto ¿qué dirá? ¿qué hará? 5
¿qué pensará; sino que ay nueuo engaño en
mis pisadas é que yo hé descubierto la celada,
por hauer mas prouecho desta otra parte, como
sofística preuaricadora? O si no se le ofrece
pensamiento tan odioso, dará bozes como loco. 10
Diráme en mi cara denuestos rabiosos. Propor-
ná mill inconuenientes, que mi deliberación presta le puso, diziendo: Tú, puta vieja, ¿por qué
acrescentaste mis pasiones con tus promessas?
Alcahueta falsa, para todo el mundo tienes pies, 15
para mí lengua; para todos obra, para mí palabra; para todos remedio, para mí pena; para
todos esfuerço, para mí te faltó; para todos
luz, para mí tiniebla. Pues, vieja traydora, ¿porqué te me ofreciste? Que tu ofrecimiento me 20
puso esperança; la esperança dilató mi muerte,
sostuuo mi viuir, púsome título de hombre alegre. Pues no hauiendo efeto, ni tu carecerás
de pena ni yo de triste desesperación. ¡Pues
triste yo! ¡Mal acá, mal acullá: pena en ambas 25

---

1 *En-coroz-ar,* poner coroza ó gorro en punta, castigo de
alcahuetas. *Lis. Rosel.,* 1, 3. Maguera que poco ha la en-
corozaron. Quev., rom. 35: Agudo es el capirote que tu
cholla encorozó. *Falto,* quedo falta.

partes! Quando á los estremos falta el medio,
arrimarse el hombre al mas sano, es discreción. Mas quiero offender á Pleberio, que enojar á Calisto. Yr quiero. Que mayor es la ver-
5 güença de quedar por couarde, que la pena,
cumpliendo como osada lo que prometí, pus
jamás al esfuerço desayudó la fortuna. Ya veo
su puerta. En mayores afrentas me he visto.
¡Esfuerça, esfuerça, Celestina! ¡No desmayes!
10 Que nunca faltan rogadores para mitigar las
penas. Todos los agüeros se adereçan fauora-
bles ó yo no sé nada desta arte. Quatro hombres, que he topado, á los tres llaman Juanes
é los dos son cornudos. La primera palabra,

6 *Pus,* pues, y dícese casi en toda España, de *post.*
7 Porque *A los osados ayuda la fortuna ó favorece la
fortuna* (CORR., 7), y *Buen esfuerzo quebranta mala ventura* (SANTILL.). CORR., 32: *Al hombre osado, la fortuna le
da la mano.*
10 CORR., 240 y 563: *Nunca faltan rogadores para eso
y cosas peores.*
14 Síguense los hechos que ve ser buenos agüeros para
ella. *Juan* en castellano es el buenazo y el bobo, que á nada
pone embarazo y aun sufre todo bondadosamente. Buen
agüero, pues, para Celestina (*son cornudos*). Lena, 4, 2:
Los juegos de pasa pasa, que suelen las que tienen algunos Juanes por maridos. Ahí están, que no me de-
jarán mentir: *Juan el tonto, Juan Lanas, Juan de buen
alma, Juan Parejo, Juan Zoquete, Juan Paulín, Juan Zane
ó Zanana, Juan de la Torre,* á quien la baba le corre;
El tío Juan Díaz, que ni iba ni venía; *Juan Flor,* que se
curaba para estar mejor; *El pobre tío Juan,* á quien se lo
comen á cucharadas; *Juan de Espíritus,* que andaba á la
carnicería por verdolagas; *Juan de la Valmuza,* que no tiene
capa ni caperuza; *Juan Topete,* que se metía á luchar con

que oy por la calle, fué de achaque de amores.
Nunca he tropeçado como otras vezes. *Las*

siete; El buen Juan, que se contenta con lo que le dan, et-
cétera, etc. Corr., 526: *Es un buen Juan*. Idem, 293: *Dos
Juanes y un Pedro hacen un asno entero*. Idem, 256: *Si
bien, Juan es; si no, Pedro, como antes*. Y las frases *hacer
el Juan*, fingirse y obrar como sencillo; *á lo Juan*, sencillamente; *Casa de Juan*, donde entran muchos sin reparo y
hacen lo que se les antoja; *juanearse*, bromearse y bur-
larse como de Juan Lanas ó del bobo (Arag.).

2   El tropezar era mal agüero, y al revés, hasta entre los
romanos. El cuervo, tordo y las aves nocturnas y negras
eran de mal agüero. Prometeo dicen que fué el que inventó
los agüeros ó auspicios, aunque otros se lo atribuyen á Cara,
rey de Caria. Así del primero dice Esquilo: "Deslindó las
aves derecheras y las siniestras." Cuentan de Demócrito que
no sólo entendía todos los agüeros, sino que conocía ciertas aves, de cuya sangre, mezclada, nacía una culebra, de
la cual, el que comiese, entendía el idioma de las aves, como
dicen lo entendía Apolonio de Tiana. Pueden verse en las
Vidas de Plutarco infinitos augurios. En las de Demós-
tenes y Cicerón cuenta cómo los cuervos, graznando
estruendosamente, se posaron en las antenas de la nave
en que llegaba Cicerón, al aportar á tierra, y se pusieron
á picotear la jarcia, "lo cual todos tuvieron por mal agüero". Entrado Cicerón en su quinta, fuéronse los cuervos á
su ventana, y hasta se metió uno dentro, llegóse á la cama
y quitó á Cicerón del rostro el velo con que se había cu-
bierto. Entre tanto venían en su busca los que le habían de
asesinar. El mismo Plutarco, en sus *Quaestiones Romanae*
(78), trata del por qué las aves indican felicidad ó desgracia, según se presenten á la derecha ó á la izquierda. De
esto y de los agüeros he tratado en el *Tesoro de la lengua
castellana* (t. A, 138) y fué institución antiquísima. "Canta,
¡o pájaro!, al salir derecho de casa, para traernos la dicha
y bendiciones", dice el *Rigveda* (2, 42). Y en el *Hiranya-
keçin* (*G*, I, 17, 1, 3): "Vuela en torno del lugar de izquierda á derecha trayendo la dicha, o buho." El cuervo,
como animal profético, aparece con la paloma como mensajero de Noé para enterarse de si las aguas del Diluvio
habían bajado. No volvió, de donde se dice *La vuelta del*

*piedras parece que se apartan é me fazen lugar
que passe. Ni me estoruan las haldas ni siento
cansancio en andar. Todos me saludan.* Ni perro me ha ladrado ni aue negra he visto, tordo
5 ni cueruo ni otras noturnas. E lo mejor de todo
es que veo á Lucrecia á la puerta de Melibea.
Prima es de Elicia: no me será contraria.

LUCRECIA.—¿Quién es esta vieja, que viene
haldeando?

10 CEL.—Paz sea en esta casa.

---

cuervo. Dicen que se abatió sobre los cadáveres. Esto y
su color, que lo hizo ser emblema del mal y del diablo, fueron las causas de tenerle por mal agüero. Eliano dice
(*De animalib.,* l. 1, c. 48): Κόραχα ὄρνιν φασὶν ἱερὸν Ἀπόλλω-
νος καὶ ἀκόλουθον, καὶ μαντικῆς συμβόλοιϽ ἀγαθόν. En cambio:
"Cornices et corvi, si exercitui circumvolitassent, mala
omina credebantur. Alexandri Babylonem subeuntis et Ci-
ceronis ab Antonii facie fugientis, mors corvorum croci-
tatione praedicta traditur." (JOAN. POTTERI, *Archaeologia
graeca,* l. 2, c. 15.) Véase el agüero en este ensalmo para el
dolor de cabeza. (L. RUEDA, *Armelina,* 1): "En el nombre
sea de Dios, que no empezca el humo ni el zumo, ni el re-
drojo ni el mal ojo, torobisco ni lentisco ni ñublo, que
traiga pedrisco. Los bueyes se apacentaban y los ánsares
cantaban. Por ahí pasó el cuervo prieto por tu casa, de cabeza rasa, y dijo: no tengas mas mal, que tiene la cabeza
en su nidal. Así se aplaque este dolor, como aquesto fué
hallado en banco de tundidor." Del ladrar los perros como
augurio, en Virgilio (*Georg.,* 1, al fin): "Obscoenique canes,
importunaeque volucres | signa dabant."

8 *Lucrecia,* parece inspirado este nombre, más que por
el de las matronas romanas, "por la reciente lectura del
libro de Eneas Silvio" (MENÉND. PELAYO, *Oríg. Nov.,* III,
XLVII).

9 *Haldeando.* CERV., *Viaj. Parn.,* 7: Haldeando ve-
nía y trasudando | el autor de la Pícara Justina.

Lucr.—Celestina, madre, seas bienvenida. ¿Qual Dios te traxo por estos barrios no acostumbrados?

Cel.—Hija, mi amor, desseo de todos vosotros, traerte encomiendas de Elicia é avn ver á tus señoras, vieja é moça. Que despues, que me mudé al otro barrio, no han sido de mi visitadas.

Lucr.—¿A eso solo saliste de tu casa? Marauíllome de tí, que no es essa tu costumbre ni sueles dar passo sin prouecho.

Cel.—¿Mas prouecho quieres, boua, que complir hombre sus desseos? E tambien, como á las viejas nunca nos fallecen necessidades, mayormente á mí, que tengo de mantener hijas agenas, ando á vender vn poco de hilado.

Lucr.—¡Algo es lo que yo digo! En mi seso estoy, que nunca metes aguja sin sacar reja. Pero mi señora la vieja vrdió vna tela: tiene necessidad dello é tu de venderlo. Entra é espera aquí, que no os desauenirés.

Alisa.—¿Con quien hablas, Lucrecia?

---

18 Corr., 462: *Meter aguja y sacar reja.* (Cuando se da poco para sacar mucho.) Idem, 277: *Dar aguja para sacar reja.* (Antes que el otro queda declarado del todo: *dar aguja,* por los que dan poco, porque les den mucho.)

22 *Alisa,* "nos trae á la memoria cierta fábula de la ninfa *Cardiama,* convertida en fuente por amores del gentil *Aliso,* que trae Juan Rodríguez del Padrón en el *Triunfo de las donas*" (Menénd. Pelayo, *Oríg. Nov.,* III, xlvii).

LUCR.—Señora, con aquella vieja de la cuchillada, que solía viuir en las tenerías, á la cuesta del río.

ALI.—Agora la conozco menos. Si tú me das entender lo incógnito por lo menos conocido, es coger agua en cesto.

LUCR.—¡Jesú, señora! mas conoscida es esta vieja que la ruda. No sé como no tienes memoria de la que empicotaron por hechizera, que vendía las moças á los abades é descasaua mill casados.

ALI.—¿Qué oficio tiene? quiça por aquí la conoceré mejor.

LUCR.—Señora, perfuma tocas, haze solimán é otros treynta officios. Conoce mucho en yeruas, cura niños é avn algunos la llaman la vieja lapidaria.

---

2 *Cuchillada.* Los demoniógrafos dicen que el diablo imprime una señal de reconocimiento en los que van al aquelarre: una media luna ó un cuerno. Se habla de ello en los procesos de la Inquisición. Rojas quiso que su Celestina no careciese de este sello, y tenía un chirlo.

5 *Incognito,* latinismo.

6 CORR., 597: *Como coger agua en cesto.* (A trabajo perdido.) *G. Alf.,* 2, 1, 6: Que habia sido mi amor como niño, agua en cesto.

9 *Em-picot-aron,* pusieron en la picota ó lugar *público*, á la vergüenza. COVARR.: La horca hecha de piedra. *Quij.*, 2, 49: Colgándoos yo de una picota ó á lo menos el verdugo por mi mandado.

17 *Lapidario,* que labra piedras ó que conoce sus virtudes. (FIGUER., *Plaza,* 49). Sabido es que cada piedra rara

ALI.—Todo esso dicho no me la dá á conocer; díme su nombre, si le sabes.

LUCR.—¿Si le sé, señora? No ay niño ni
viejo en toda la cibdad, que no le sepa: ¿hauíale
yo de ignorar?   5

ALI.—¿Pues por qué no le dizes?

LUCR.—¡Hé vergüença!

ALI.—Anda, boua, díle. No me indignes con
tu tardança.

LUCR.—Celestina, hablando con reuerencia, 10
es su nombre.

ALI.—¡Hy! ¡hy! ¡hy! ¡Mala landre te mate,
si de risa puedo estar, viendo el desamor que
deues de tener á essa vieja, que su nombre
has vergüença nombrar! Ya me voy recor- 15
dando della. ¡Vna buena pieça! No me digas
mas. Algo me verná á pedir. Dí que suba.

LUCR.—Sube, tía.

CEL.—Señora buena, la gracia de Dios sea
contigo é con la noble hija. Mis passiones é 20
enfermedades han impedido mi visitar tu casa,
como era razón; mas Dios conoce mis limpias

---

y costosa creíase tener virtud para curar y alcanzar cosas
dificultosas. Ni aun este saber faltaba á Celestina.

10 *Hablando con reverencia.* Salva, al decir alguna palabra malsonante. ¡Qué tal sonaría el nombre de la vieja!
Este modo de encarecer es el de Homero, que tras mucho
ponderar los hechos de los capitanes troyanos, sale Aquiles,
y con sólo verle, echan á correr los enemigos.

18 Falta en *V.*

entrañas, mi verdadero amor, que la distancia
de las moradas no despega el querer de los coraçones. Assí que lo que mucho desseé, la necessidad me lo ha hecho complir. Con mis fortu-
5 nas aduersas otras, me sobreuino mengua de dinero. No supe mejor remedio que vender vn
poco de hilado, que para vnas toquillas tenía
allegado. Supe de tu criada que tenías dello necessidad. Avnque pobre é no de la merced de
10 Dios, veslo aquí, si dello é de mí te quieres
seruir.

ALI.—Vezina honrrada, tu razón é ofrecimiento me mueuen á compassión é tanto, que
quisiera cierto mas hallarme en tiempo de po-
15 der complir tu falta, que menguar tu tela. Lo
dicho te agradezco. Si el hilado es tal, serte
ha bien pagado.

CEL.—¿Tal, señora? Tal sea mi vida é mi
vejez é la de quien parte quisiere de mi jura.
20 Delgado como el pelo de la cabeça, ygual, rezio
como cuerdas de vihuela, blanco como el copo
de la nieue, hilado todo por estos pulgares, as-
pado é adreçado. Veslo aquí en madexitas.
Tres monedas me dauan ayer por la onça, assí
25 goze desta alma pecadora.

---

2 *El querer,* en *V el amor.*
19 *Jura,* juramento, posverbal de jurar. TORR., *Filos.*
mor., 3, 14: Y vase en pos del demonio contra la jura
y palabra que le tiene dada en el desposorio del bautismo.

ALI.—Hija Melibea, quédese esta muger honrrada contigo, que ya me parece que es tarde para yr á visitar á mi hermana, su muger de Cremes, que desde ayer no la he visto, e tambien que viene su paje á llamarme, que se le 5 arrezió desde vn rato acá el mal.

CEL. (*Aparte*).—Por aquí anda el diablo aparejando oportunidad, arreziando el mal á la otra. ¡Ea! *buen amigo, ¡tener rezio! Agora es mi tiempo ó nunca. No la dexes, lléuamela de* 10 *aquí á quien digo.*

ALI.—¿Qué dizes, amiga?

CEL.—Señora, que maldito sea el diablo é mi pecado, porque en tal tiempo houo de crescer el mal de tu hermana, que no haurá para 15 nuestro negocio oportunidad. ¿E qué mal es el suyo?

ALI.—Dolor de costado é tal que, según del moço supe que quedaua, temo no sea mortal. Ruega tú, vezina, por amor mío, en tus deuo- 20 ciones por su salud á Dios.

---

4 *Cremes,* el *Chremes,* nombre de viejos en el *Andria, Heautontimorumenos* y *Phormio,* y de mocito en el *Eunuchus,* de Terencio. *Su muger de Cremes,* la mujer de Cremes, *su... de* por pleonasmo, y aun por claridad. *Quij.,* I, 30: No llega á *su* zapato *de* la que está delante.

6 *Desde un rato acá,* desde hace poco.

9 *Ea...* Falta en *B.* Dícelo al diablo, á quien conjuró; pero es exagerado y falso, porque la vieja sabía que no es así como se conjura al diablo. Nótese el infinitivo por imperativo, muy castizo.

CEL.—Yo te prometo, señora, en yendo de
aquí, me vaya por essos monesterios, donde
tengo frayles deuotos míos, é les dé el mismo
cargo, que tú me das. E demás desto, ante que
5 me desayune, dé quatro bueltas á mis cuentas.

ALI.—Pues, Melibea, contenta á la vezina
en todo lo que razón fuere darle por el hilado.
E tú, madre, perdóname, que otro día se verná
en que mas nos veamos.

10 CEL.—Señora, el perdón sobraría donde el
yerro falta. De Dios seas perdonada, que buena
compañía me queda. Dios la dexe gozar su noble juuentud é florida mocedad, que es el tiempo en que mas plazeres é mayores deleytes se
15 alcançarán. Que, á la mi fe, la vejez no es
sino mesón de enfermedades, posada de pensamientos, amiga de renzillas, congoxa contí-
nua, llaga incurable, manzilla de lo passado,
pena de lo presente, cuydado triste de lo por
20 venir, vezina de la muerte, choça sin rama, que

16 *Mesón de enfermedades.* En ARANDA, *Lugares comunes,* 1613, fol. 145, se cita como de SÉNECA, *Epist.,* 109, este
trozo, en que sólo varía la primera frase: "La vejez es retrato de enfermedades, posada de pensamientos...", con lo
demás á la letra, como en el texto, hasta "se doblega". No
lo hallo ni en esa epístola ni en las demás de Séneca. Tradujo las *Epístolas de Séneca* (75 nada más) Fernán Pérez de
Guzmán y se imprimieron en Zaragoza, 1496; Toledo, 1510.
Tampoco se halla el trozo ni en esta traducción ni en los
Proverbios de Séneca con la glosa, por el Dr. Pedro Díaz
de Toledo, obra publicada en Zaragoza, 1491; Sevilla, 1495
y 1500; Medina, 1552.

se llueue por cada parte, cayado de mimbre, que con poca carga se doblega.

MELIB.—¿Por qué dizes, madre, tanto mal de lo que todo el mundo con tanta eficacia gozar é ver dessean? 5

CEL.—Dessean harto mal para sí, dessean harto trabajo. Dessean llegar allá, porque llegando viuen é el viuir es dulce é viuiendo enuejescen. Assí que el niño dessea ser moço é el moço viejo é el viejo, más; avnque con dolor. Todo por viuir. Porque como dizen, biua la gallina con su pepita. Pero ¿quién te podría contar señora, sus daños, sus inconvenientes, sus fatigas, sus cuydados, sus enfermedades, su frío, su calor, su descontentamiento, su renzi- 15

---

5 *Dessean,* por ser colectivo *mundo.*

6 Estilo tomado del Petrarca (*De Remediis*). Por ejemplo (l. 1, dial. 46): "Tengo muy hermosa mujer.—Tienes un suntuoso y trabajoso ydolo... Tengo muger hermosa.—Tienes dulce ponçoña y doradas prisiones e resplandeciente servidumbre." En el l. 1, dial. 49: "Gozo de alegres amores.—Eres fatigado de alegres assechanças." En el l. 1, dial. 100: "Guardé thesoro para la guerra.—Guardaste cosa mala para muy peor uso...—He hallado gran tesoro.—Congregaste para ti cuydados e invidias, espuelas para tus enemigos e diligencia para los ladrones." En el l. 1, c. 12: "Espero salud.—Esperas olvidar que eres mortal.—Espero luenga vida.—Y luenga carcer... Gran potencia espero. —Invidiada miseria, riqueza pobre y temerosa soberbia...—Espero honra del pueblo.—Polvo y ruydo."

12 Así en CORREAS, p. 310, y: *Viva la gallina y viva con su pepita* (ibid.). Pepita es un tumorcillo que le sale debajo de la lengua y no la deja comer y se muere.

lla, su pesadumbre, aquel arrugar de cara, aquel
mudar de cabellos su primera é fresca color,
aquel poco oyr, aquel debilitado ver, puestos
los ojos á la sombra, aquel hundimiento de
5 boca, aquel caer de dientes, aquel carecer de
fuerça, aquel flaco andar, aquel espacioso comer? Pues ¡ay, ay, señora!, si lo dicho viene
acompañado de pobreza, allí verás callar todos
los otros trabajos, quando sobra la gana é falta
10 la prouisión; ¡que jamás sentí peor ahito, que
de hambre!

MELIB.—Bien conozco que dize cada uno de
la feria, segund le va en ella: assí que otra canción cantarán los ricos.

15 CEL.—Señora, hija, á cada cabo ay tres leguas de mal quebranto. A los ricos se les va

---

4 Véase Petrarca, *De Remediis*, 1, 2: "Quando se pier-
da essa proporcion del rostro y se mude esse color, quando
dexare de ser ruvia e tornare blanca la barva e cabello,
quando en las tiernas mexillas e serena frente ovieren hecho sulcos las hondas arrugas; quando los resplandecientes
ojos e su alegre vista fueren con triste nuve cubiertos,
quando el blanco marfil de los dientes fuere de negra tova
cercado, e no solo perdiere el color, mas el tenor, quando la
cerviz derecha e ligeros hombros se corcobaren, quando el
cuello liso tornare rugoso, quando de las secas manos y en-
tortijados pies tengas sospecha que no son tuyos."

13 CORR., 327: *Cada uno dice de la feria como le va en
ella. Dize cada uno,* en *V hablas de la. Cantaran,* en *V
dirán.*

16 CORR., 56: *Adondequiera hay una legua de mal camino.* Idem, 292: *Dondequiera hay una mala legua.* Idem, 398:
Por dondequiera hay tres leguas de mal camino, ó una legua,
variáse: *por cada parte ó por todas partes hay. Que en todo*

la bienaventurança, la gloria é descanso por
otros alvañares de asechanças, que no se parescen, ladrillados por encima con lisonjas.
Aquel es rico que está bien con Dios. Más segu-

---

hay sus quiebras, lo mismo en la riqueza que en la pobreza. CORR., 14: *A cada cabo hay tres leguas de quebranto.*
(De mal camino.) Idem, 119: *En cada cabo hay dos leguas
de mal quebranto.* Idem: *En cada cabo hay un rato de mal
quebranto.*

   5   *Aquel...,* falta en *B* hasta *Cada rico...* El corrector tomó todo esto del Petrarca, así como había tomado el Prólogo.
"Anceps et onerosa foelicitas et quae plus invidiae est habi-
tura, quam gaudii... Habes rem quaesitu difficilem, custoditu
anxiam, amissu flebilem... Sparsae si fuerint decrescent;
servatae non te divitem sed occupatum; non dominum fa-
cient, sed custodem... Vide ne potius habeare, hoc est
ne non divitiae tuae sint, sed tu illarum, neque illae tibi
serviant, sed tu ipsis: nam si nescis, plures multo sunt
qui habentur, quam qui habent multoque crebriores, quos
propheticus sermo notat: Viri divitiarum, quam divitiae
virorum." Así el Petrarca (*Opera, Basilea,* ps. 64-65, *De
Remed.*). Véase la traducción de Francisco Madrid (1, 53):
"Dudosa y pesada propiedad, y que trae consigo mas embidia que plazer... No tendras por eso sobrado reposo ni
sobrada alegria. Apenas hallarás rico que no te confiesse
que le fuera mejor un mediano estado e aun una honesta
pobreza... Hasete disminuydo la seguridad, el plazer y el
reposo... Tienes cosa dificil de ganar, congoxosa de guardar e triste de perder... Si las gastas, acabarse han e,
si las guardas, no seras rico, mas ocupado, no señor dellas,
mas su guarda.—Tengo grandes riquezas.—Mira que no
te tengan ellas a ti, quiero decir que pares mientes que
sean tuyas las riquezas y no tu suyo y que no sirvas tu a
ellas, mas ellas a ti, porque quiero que sepas que son muchos mas los que ellas tienen, que los que las tienen e
mas los que el profeta condena llamándolos varones de
riquezas, que no riqueza de varones, que tal es vuestra
codicia e poquedad de animo, que de señores os haze
siervos."

ra cosa es ser menospreciado que temido. Mejor sueño duerme el pobre, que no el que tiene de guardar con solicitud lo que con trabajo ganó é con dolor ha de dexar. Mi amigo no 5 será simulado é el del rico sí. Yo soy querida por mi persona; el rico por su hazienda. Nunca oye verdad, todos le hablan lisonjas á sabor de su paladar, todos le han embidia. Apenas hallarás vn rico, que no confiese que le sería 10 mejor estar en mediano estado ó en honesta pobreza. Las riquezas no hazen rico, mas ocupado; no hazen señor, mas mayordomo. Mas son los posseydos de las riquezas que no los que las posseen. A muchos traxo la muerte, á 15 todos quita el plazer é á las buenas costumbres ninguna cosa es mas contraria. ¿No oyste dezir: dormieron su sueño los varones de las riquezas é ninguna cosa hallaron en sus manos? Cada rico tiene vna dozena de hijos é nietos, 20 que no rezan otra oración, no otra petición; sino rogar á Dios que le saque d'en medio dellos; no veen la hora que tener á él so la tierra é lo suyo entre sus manos é darle á poca costa su morada para siempre.

25 MELIB.—Madre, pues que assí es, gran pena

---

17 "Dormierunt somnum suum et nihil invenerunt omnes viri divitiarum in manibus suis" (*Salmo* 75, 6).

19 *Cada rico*... Esto está tomado del Arcipreste de Hita (c. 1537-1541).

25 *Pues que assi es,* falta en *V.*

ternás por la edad que perdiste. ¿Querrías boluer
á la primera?

CEL.—Loco es, señora, el caminante que,
enojado del trabajo del día, quisiesse boluer de
comienço la jornada para tornar otra vez aquel ⁵
lugar. Que todas aquellas cosas, cuya possessión
no es agradable, mas vale poseellas, que espe-
rallas. Porque mas cerca está el fin d'ellas,
quanto mas andado del comienço. No ay cosa
mas dulce ni graciosa al muy cansado que el ¹⁰
mesón. Assí que, avnque la moçedad sea alegre; el verdadero viejo no la dessea. Porque

---

3 *Loco es...* Del Petrarca, *Remed.*, 2, 83: "Loco es el
caminante que acabado el trabajo del camino querria otra
vez tornar al principio, porque no ay cosa mas agradable
á los cansados que la posada... el verdadero viejo no puede
dessear la mocedad, porque es un muy niñeril desseo...
¡Cómo!... ¿Ya has olvidado la sentencia que en este caso
dió subitamente uno de los deste tiempo muy familiarmente
de ti conocido? La qual sentencia no se puede llamar deste
tiempo; mas muy semejantes a las antiguas. Este que digo,
diziendole un amigo suyo: Conpassion he de ti, porque me
parece que te hazes viejo; pluguiera á Dios que fueras
agora como quando yo primero te conosci, luego de presto
le respondió... ¡Cómo! Y poco loco te paresco sin que
aun mayor locura me dessees? Yo te ruego que no me ayas
manzilla porque soy viejo; mas duelete de mi porque tuy
mancebo..."—"Hizeme viejo e ya me es la muerte vezina.
La muerte a todos ygualmente es vezina: e muchas vezes
alli esta mas cerca donde se piensa que esta mas lexos. No
ay ninguno tan moço, que no pueda morir oy; ni tan viejo.
que no pueda bivir un año." La última sentencia es de
Cicerón, ó *un día,* como dice Séneca, y lo recuerda Petrarca
(ibid., 2, 123), y es lo que luego pone el autor en boca
de Celestina.

el que de razón é seso carece, quasi otra cosa
no ama, sino lo que perdió.

MELIB.—Siquiera por viuir mas, es bueno
dessear lo que digo.

5   CEL.—Tan presto, señora, se va el cordero
como el carnero. Niguno es tan viejo, que no
pueda viuir vn año ni tan moço, que oy no pudiesse morir. Assí que en esto poca avantaja
nos leuays.

10   MELIB.—Espantada me tienes con lo que has
hablado. Indicio me dan tus razones que te aya
visto otro tiempo. Dime, madre, eres tú Celestina, la que solía morar á las tenerías, cabe
el río?

15   CEL.—Hasta que Dios quiera.

MELIB.—Vieja te has parado. Bien dizen
que los días no se van en balde. Assí goze de
mí, no te conociera, sino por essa señaleja de
la cara. Figúraseme que eras hermosa. Otra
20   pareces, muy mudada estás.

LUCR.—¡Hy! ¡hy! ¡hy! ¡Mudada está el

---

5   *Quijote*, 2, 7, y CORREAS, 411.
6   CORR., 217: *No hay ninguno tan viejo, que no piense
vivir un año.*
8   *Avantaja.* Usase en Aragón. VILLENA, *Cisor.*, 4: Esta
singularidad entre las otras tienen los omes, de las bestias
en avantaja.
9   *Nos levais,* del *levar* antiguo, de donde *llevar.*
17   CORR., 202: *Los años no se van de balde.* Idem, 228:
No se van los años en balde. Idem, 228: *No se van los días
en balde.*

diablo! ¡Hermosa era con aquel su Dios os salue, que trauiessa la media cara!

MELIB.—¿Qué hablas, loca? ¿Qué es lo que
dizes? ¿De qué te ríes?

LUCR.—De cómo no conoscías á la madre en 5
tan poco tiempo en la filosomia de la cara.

MELIB.—No es tan poco tiempo dos años;
e mas que la tiene arrugada.

CEL.—Señora, ten tú el tiempo que no ande;
terné yo mi forma, que no se mude. ¿No has 10
leydo que dizen: verná el día que en el espejo
no te conozcas? Pero tambien yo encanecí tem-

---

1 *Un Dios os salve,* es una cicatriz en la cara, y se
usa vulgarmente. Dicen: Le dió una puñalada que no le
dejó decir ni *¡Dios te salve!* Esto es, que el que se la dió no
tuvo tiempo de decírselo, tan repentina y brutalmente se
la dió. *Dios os salve* era el saludo común (CORR., p. 283).

2 *Traviessa, atraviesa.* G. *Alf.,* 1, 1, 8: Si por ella pudieran travesar, habia como distancia.

5 En *V* falta desde *en tan poco* hasta CEL. *Señora,
ten tu.*

11 *Verná el día...* De Horacio (*Id.,* 4, *carm.,* 10, v. 6):
"Dices heu! quoties te in speculo videris alterum"; pero el
autor tomólo del Petrarca (*De Remed.,* 1, 2), donde traduce
Francisco Madrid: "Es firme mi hermosura.—Poco tiempo
lo será... Y para qué tantas palabras? Verna dia que tu
mismo en el espejo no te conozcas. E porque con el espanto de tan espantosas cosas no digas no me lo dixo,
desde agora te aviso que esto que piensas que esta muy
lexos, si bives, muy mas presto que se ha dicho lo veras
sobre ti." Como se ve, todas estas filosofías de Celestina
las tomó Rojas, sustancialmente, del Petrarca, y es tan manifiesta la fuente que, viéndola Proaza, tomó de la misma el
trozo de las riquezas, que hemos visto, aunque harto más
servilmente, como hizo con el *Prólogo.*

prano é parezco de doblada edad. Que assí goze
desta alma pecadora é tu desse cuerpo gracioso,
que de quatro hijas, que parió mi madre, yo fué
la menor. Mira cómo no soy vieja, como me
5 juzgan.

MELIB.—Celestina, amiga, yo he holgado mucho en verte é conocerte. Tambien hasme dado
plazer con tus razones. Toma tu dinero é vete
con Dios, que me paresce que no deues hauer
10 comido.

CEL.—¡O angélica ymagen! ¡O perla preciosa, é como te lo dizes! Gozo me toma en
verte fablar. ¿E no sabes que por la diuina boca
fué dicho contra aquel infernal tentador, que
15 no de solo pan viuiremos? Pues assí es, que
no el solo comer mantiene. Mayormente á mí,
que me suelo estar vno é dos días negociando
encomiendas agenas ayuna, saluo hazer por los
buenos, morir por ellos. Esto tuue siempre,
20 querer mas trabajar siruiendo á otros, que holgar contentando á mí. Pues, si tú me das licencia, diréte la necessitada causa de mi venida, que es otra que la que fasta agora as oydo
é tal, que todos perderíamos en me tornar en
25 balde sin que la sepas.

MELIB.—Dí, madre, todas tus necessidades,
que, si yo las pudiere remediar, de muy buen

---

15 "Non in solo pane vivit homo" (MATEO, 4, 4).

grado lo haré por el passado conoscimiento é
vezindad, que pone obligación á los buenos.

CEL.—¿Mías, señora? Antes agenas, como
tengo dicho; que las mías de mi puerta adentro me las passo, sin que las sienta la tierra, co- 5
miendo quando puedo, beuiendo quando lo tengo. Que con mi pobreza jamás me faltó, á Dios
gracias, vna blanca para pan é vn quarto para
vino, después que embiudé; que antes no tenía
yo cuydado de lo buscar, que sobrado estaua 10
vn cuero en mi casa é vno lleno é otro vazío.
Jamás me acosté sin comer vna tostada en vino
é dos dozenas de soruos, por amor de la madre,
tras cada sopa. Agora, como todo cuelga de
mí, en vn jarrillo malpegado me lo traen, que 15

---

5 *Tebaida,* 10: Mira que no lo ha de sentir la tierra.

10 En esto del beber se parece á todas las semejantes comadres. La *Dipsas* ó hechicera y tercerona de Ovidio se
llamaba así por lo sedienta, διψάς, y no de agua (*Amo-
rum,* 1, 8):

"Ex re nomen habet. Nigri non illa parentem
Memnonis in roseis sobria vidit equis."

Y no menos la lena de la *Cistellaria:* "Et multiloqua et
multibiba est anus" (1, 3). Y la del *Curculio,* por apodos
Multibiba y *Merobiba,* que bebe mucho y lo bebe puro:

"Quasi tu lagenam dicas, ubi vinum solet
Chium esse" (1, 1).

13 *Madre,* la *matriz. Por amor de,* por causa, es vulgar,
ó *por mor de. Entrem. s. xvii,* p. 75: Me ha llamado para
que le bendiga la casa por amor del duende.

15 *Malpegado,* en *V mal pecado.* Quiere decir *mal em-
pegado* el jarrillo.

no cabe dos açumbres. *Seys vezes al día tengo
de salir por mi pecado, con mis canas acuestas,
á le henchir á la tauerna. Mas no muera yo
muerte, hasta que me vea con vn cuero ó tina-*
⁵ *gica de mis puertas adentro. Que en mi ánima
no ay otra prouisión, que como dizen: pan é
vino anda camino, que no moço garrido.* Assí
que donde no ay varón, todo bien fallesce: con
mal está el huso, quando la barua no anda de
¹⁰ suso. Ha venido esto, señora, por lo que dezía
de las agenas necessidades é no mías.

MELIB.—Pide lo que querrás, sea para quien
fuere.

CEL.—¡Donzella graciosa é de alto linaje!
¹⁵ tu suaue fabla é alegre gesto, junto con el aparejo de liberalidad, que muestras con esta pobre vieja, me dan osadía á te lo dezir. Yo dexo

---

1 *Seys vezes...,* falta en *B* hasta *Assí que.* Añadidura
exagerada y no necesaria del corrector. ¿Cómo había de
beberse cerca de doce azumbres?

3 *Morir de muerte* ó *morir muerte, vivir vida,* son maneras castizas y populares de decir, que tienen más fuerza
con el *objeto interno,* que llaman los gramáticos.

7 CORR., 382: *Pan y vino andan camino, que no mozo
ardido ó garrido.* J. PIN., *Agr.,* 14, 15. SORAPAN, *Medic.,* 36.

9 CORR., 354: Que la mujer necesita de la sombra del
varón. O *Guay del huso, que la barba no anda de suso.*
CORR., 300, y *Lis. Rosel.,* 1, 4.

12 *Pide lo que querrás,* así se usaba con el futuro, como
en francés; hoy *quisieres* ó *quieras.*

14 "Scis, here, te, mea lux, iuveni placuisse beato."
(OVID., *Amor,* 1, 8); pero Celestina tiene que andar con
más tiento, y esto la hace más sagaz é ingeniosa.

vn enfermo á la muerte, que con sola una palabra de tu noble boca salida, que le lleue metida en mi seno, tiene por fé que sanará, según
la mucha deuoción tiene en tu gentileza.

MELIB.—Vieja honrrada, no te entiendo, si ⁵
mas no declaras tu demanda. Por vna parte me
allteras é prouocas á enojo; por otra me mueues
á compasión. No te sabría boluer respuesta con-
ueniente, segun lo poco, que he sentido de tu
habla. Que yo soy dichosa, si de mi palabra ay ¹⁰
necessidad para salud de algun cristiano. Porque hazer beneficio es semejar á Dios, e el que
le dá le recibe, quando á persona digna dél le
haze. E demas desto, dizen que el que puede
sanar al que padece, no lo faziendo, le mata. ¹⁵
Assí que no cesses tu petición por empacho ni
temor.

CEL.—El temor perdí mirando, señora, tu
beldad. Que no puedo creer que en balde pin-
tasse Dios vnos gestos mas perfetos que otros, ²⁰
mas dotados de gracias, mas hermosas faciones; sino para fazerlos almazen de virtudes,
de misericordia, de compassión, ministros de
sus mercedes é dádiuas, como á ti. E pues como
todos seamos humanos, nascidos para morir, ²⁵
sea cierto que no se puede dezir nacido el que

12 En *V*, después de *Dios*, dice: *e mas que el que haze
beneficio le rescibe quando es á persona que le merece y
el que puede sanar.*

para sí solo nasció. Porque sería semejante á los brutos animales, en los quales avn ay algunos piadosos, como se dize del vnicornio, que se humilla á qualquiera donzella. *El perro con todo su ímpetu é braueza, quando viene á morder, si se echan en el suelo, no haze mal: esto de piedad.* ¿Pues las aues? Ninguna cosa el gallo come, que no participe é llame las gallinas á comer dello. *El pelicano rompe el pecho por dar á sus hijos á comer de sus entrañas. Las cigüeñas mantienen otro tanto tiempo á*

3 *Unicornio.* Huerta, *Plinio,* 8, 21, *anot.*: "Dícese que el unicornio respeta y ama tanto á las doncellas hermosas, que en viéndolas pierde la ferocidad y se amansa, y viniéndose á ellas se echa junto á sus faldas y se duerme y allí fácilmente le cogen y le atan. Y así dice Isidoro que suelen los cazadores vestir á un muchacho de buen rostro, en hábito de doncella muy galana y con muchos olores, para que el unicornio oliéndolos, venga á ellos, y dejándole solo se esconden, y en viniendo el unicornio, se echa en sus faldas y le limpia el rostro y con paños olorosos le halaga y, cuando le ve dormido, le cubre los ojos y le ata las manos, y luego, haciendo seña, vienen los cazadores y, cortándole el cuerno, no se les da cosa alguna de dejarle con libertad, porque no comen su carne."

4 *El perro...,* falta en *B* hasta *¿Pues las aves?*

9 *El pelicano,* falta en *B* hasta *Porqué los hombres.* Valdecebro, *Aves,* 7, 36: "Descubre pelado el pecho y en él se manifiesta la llaga, que ella misma se hace para sustentar sus hijos ó para darles vida muertos ó para darles alimento vivos."

11 Valdecebro, *Aves,* 3, 22: "Con vida tan larga pierden las fuerzas de volar las cigüeñas y se les caen las plumas, con que no pueden buscar la comida; pero tienen sus hijos tanto cuidado, que no sólo les traen de comer abastecidamente, pero las plumas viejas se las desmontan de las demás, que están fuertes y flamantes, con sus picos,

*sus padres viejos en el nido, quanto ellos les
dieron ccuo siendo pollitos.* Pues *tal conoscimiento dió la natura á los animales é aues,* ¿porqué los hombres hauemos de ser mas crueles?
¿Porqué no daremos parte de nuestras gracias
é personas á los próximos, mayormente, quando están embueltos en secretas enfermedades é
tales que, donde está la melezina, salió la causa
de la enfermedad?

MELIB.—Por Dios, sin más dilatar, me digas quién es esse doliente, que de mal tan perplexo se siente, que su passión é remedio salen
de vna misma fuente.

CEL.—Bien ternás, señora, noticia en esta
cibdad de vn cauallero mancebo, gentilhombre
de clara sangre, que llaman Calisto.

MELIB.—¡Ya, ya, ya! Buena vieja, no me
digas más, no pases adelante. ¿Esse es el doliente por quien has fecho tantas premissas en
tu demanda? ¿Por quien has venido á buscar la
muerte para ti? ¿Por quien has dado tan daño-
sos passos, desuergonçada barvuda? ¿Qué siente esse perdido, que con tanta passión vienes?
De locura será su mal. ¿Qué te parece? ¡Si me

---

las limpian y acarician con las mismas señas de amor
que cuando sus padres los criaban. Añaden á esto el car-
garles sobre sus alas y sacarlos del nido, para que se
diviertan por el campo, y luego los trasladan segunda vez
al nido con bondad y benevolencia extraña."

fallaras sin sospecha desse loco, con qué palabras me entrauas! No se dize en vano que el
mas empezible miembro del mal hombre ó muger es la lengua. ¡Quemada seas, alcahueta fal-
5 sa, hechizera, enemiga de onestad, causadora
de secretos yerros! ¡Jesú, Jesú! ¡Quítamela,
Lucrecia, de delante, que me fino, que no me ha
dexado gota de sangre en el cuerpo! Bien se
lo mereçe esto é mas, quien á estas tales da
10 oydos Por cierto, si no mirasse á mi honestidad é por no publicar su osadía desse atreuido,
yo te fiziera, maluada, que tu razón é vida aca-
baran en vn tiempo.

CEL. (*Aparte*).—¡En hora mala acá vine, si
15 me falta mi conjuro! ¡Ea pues!: bien sé á quien
digo. *¡Ce, hermano, que se va todo á perder!*

MELIB.—¿Avn hablas entre dientes delante
mí, para acrecentar mi enojo é doblar tu pena?
¿Querrías condenar mi onestidad por dar vida
20 á vn loco? ¿Dexar á mí triste por alegrar á
él é lleuar tú el prouecho de mi perdición, el

---

1 *Si me fallaras,* hubieras hallado, conforme al valor
del pluscuamperfecto latino, de donde salió. ¡Gracias que
ya *sospechaba* de él! Así dice ella por no descubrirle que
se lo sabía harto bien.

7 *Que me fino,* me muero. GALLO, *Job,* 34, 15: Parece
que ya se finan y arranca el alma.

16 Falta en *B* la frase *¡Ce, hermano...,* con que al
mismo diablo llama, y quitando la gracia al brevísimo y
callado *bien sé á quien digo.*

17 *Delante mi,* como preposición. FIGUEROA, *Egl. Tirsi:*
Huye delante mi, malvada Clori.

galardón de mi yerro? ¿Perder é destruyr la
casa é la honrra de mi padre por ganar la de
vna vieja maldita como tú? ¿Piensas que no
tengo sentidas tus pisadas é entendido tu dañado mensaje? Pues yo te certifico que las al- 5
bricias, que de aquí saques, no sean sino estor-
uarte de mas ofender á Dios, dando fin á tus
días. Respóndeme, traydora, ¿cómo osaste tanto fazer?

CEL.—Tu temor, señora, tiene ocupada mi 10
desculpa. Mi inocencia me da osadía, tu presencia me turba en verla yrada é lo que mas siento
é me pena es recibir enojo sin razón ninguna.
Por Dios, señora, que me dexes concluyr mi
dicho, que ni él quedará culpado ni yo conde- 15
nada. E verás cómo es todo mas seruicio de
Dios, que passos deshonestos; mas para dar salud al enfermo, que para dañar la fama al médico. Si pensara, señora, que tan de ligero hauías de conjecturar de lo passado nocibles sos- 20
pechas, no bastara tu licencia para me dar osadía á hablar en cosa, que á Calisto ni á otro
hombre tocasse.

MELIB.—¡Jesú! No oyga yo mentar mas esse
loco, saltaparedes, fantasma de noche, luengo 25

---

25 *Saltaparedes,* como *saltabardales,* de las mujeres y
mozos. CORR., 565: *Saltabardales.* (La mujerota inquieta y
marimacho.) *Lis. Rosel,* 2, 1: Trotaconventos, saltabardales.
OUDIN: "Putain, coureuse d'esguillette, qui saute par dessus
les murailles pour se faire baiser."

como cigüeña, figura de paramento malpinta-
do; sinó, aquí me caeré muerta. ¡Este es el que
el otro día me vido é començó á desuariar comigo en razones, haziendo mucho del galán!
5 Dirásle, buena vieja, que, si pensó que ya era
todo suyo é quedaua por él el campo, porque
holgué mas de consentir sus necedades, que castigar su yerro, quise mas dexarle por loco, que
publicar su grande atreuimiento. Pues auísale
10 que se aparte deste propósito é serle ha sano;
sinó, podrá ser que no aya comprado tan cara
habla en su vida. Pues sabe que no es vencido,
sino el que se cree serlo, é yo quedé bien segura
é él vfano. De los locos es estimar á todos los
15 otros de su calidad. E tú tórnate con su mesma
razón; que respuesta de mí otra no haurás ni la
esperes. Que por demas es ruego á quien no
puede hauer misericordia. E da gracias á Dios,
pues tan libre vas desta feria. Bien me hauían
20 dicho quien tu eras é auisado de tus propprieda-
des, avnque agora no te conocia.

---

1 *Figura de paramento,* por lo larguirucho y raro.
Quij., 2, 5: No, sino estaos siempre en un ser, sin crecer
ni menguar, como figura de paramento.

10 *E serle ha sano,* en amenazas, le vendrá bien y le
ahorrará de mal. CERV., *Alcald. Dag.:* Orbe diga | el dis-
creto Panduro, y serle ha sano.

14 *Piensa el ladrón que todos son de su condición.
Piensa el fraile que todos son de su aire. Es un loco quien
su mal echa á otro.*

17 CORR., 397: *Por demás es el ruego á quien no puede
haber misericordia ni mover el duelo.*

Cel. (*Aparte*).—¡Mas fuerte estaua Troya é avn otras mas brauas he yo amansado! Ninguna tempestad mucho dura.

Melib.—¿Qué dizes, enemiga? Fabla, que te pueda oyr. ¿Tienes desculpa alguna para satisfazer mi enojo é escusar tu yerro é osadía? 5

Cel.—Mientras viuiere tu yra, mas dañará mi descargo. Que estás muy rigurosa é no me marauillo: que la sangre nueua poca calor ha menester para heruir. 10

Melib.—¿Poca calor? ¿Poco lo puedes llamar, pues quedaste tú viua é yo quexosa sobre tan gran atreuimiento? ¿Qué palabra podías tú querer para esse tal hombre, que á mí bien me estuuiesse? Responde, pues dizes que no has 15 concluydo: ¡quiça pagarás lo passado!

Cel.—Vna oración, señora, que le dixeron que sabías de sancta Polonia para el dolor de las muelas. Assí mismo tu cordón, que es fama que ha tocado todas las reliquias, que ay en 20 Roma é Jerusalem. Aquel cauallero, que dixe, pena é muere dellas. Esta fué mi venida. Pero, pues en mi dicha estaua tu ayrada respuesta, padézcase él su dolor, en pago de buscar tan desdichada mensajera. Que, pues en tu mucha 25

---

18 Oración á *Santa Apolonia* para el dolor de muelas, corre la siguiente: "Santa Apolonia, que estás asentada en la piedra ¿qué haces?—He venido por el dolor de muelas: si es un gusano, se irá; si es mal de gota, pasará."

virtud me faltó piedad, también me faltará
agua, si á la mar me embiara. *Pero ya sabes que
el deleyte de la vengança dura vn momento y
el de la misericordia para siempre.*

5　MELIB.—Si esso querías, ¿porqué luego no
me lo espresaste? ¿Porqué me lo dixiste en tan
pocas palabras?

CEL.—Señora, porque mi limpio motiuo me
hizo creer que, avnque en menos lo propusiera,
10 no se hauía de sospechar mal. Que, si faltó el
deuido preámbulo, fué porque la verdad no es
necessario abundar de muchas colores. Compassión de su dolor, confiança de tu magnifi-
cencia ahogaron en mi boca *al principio* la es-
15 presión de la causa. E pues conosces, señora,
que el dolor turba, la turbación desmanda é altera la lengua, la qual hauía de estar siempre
atada con el seso, ¡por Dios! que no me culpes. E si el otro yerro ha fecho, no redunde en
20 mi daño, pues no tengo otra culpa, sino ser men-

2　Esto, añadido por el corrector, amengua el halago
y piropo con que se está atrayendo á Melibea.
6　*En tan pocas;* en *V por tales.*
9　*En menos,* en *V en otras qualesquier.*
11　*La verdad no es necesario abundar,* oración de infinitivo á la latina, *que abunde.*
20　"Mensajero sois, amigo, no mereceis culpa non."
Del romance viejo de Bernardo del Carpio. Véase en el
Quijote, 2, 10, y otros casos en *Lengua de Cervantes* (II,
Mensajero).

sajera del culpado. No quiebre la soga por lo
mas delgado. No seas la telaraña, que no muestra su fuerça sino contra los flacos animales.
No paguen justos por peccadores. Imita la diuina justicia, que dixo: El ánima que pecare, 5
aquella misma muera; á la humana, que jamás
condena al padre por el delicto del hijo ni al
hijo por el del padre. Ni es, señora, razón que
su atreuimiento acarree mi perdición. Avnque,
según su merecimiento, no ternía en mucho que 10
fuese él el delinquente é yo la condemnada.
Que no es otro mi oficio, sino seruir á los semejantes: desto biuo é desto me arreo. Nunca
fué mi voluntad enojar á vnos por agradar á
otros, avnque ayan dicho á tu merced en mi 15
absencia otra cosa. Al fin, señora, á la firme
verdad el viento del vulgo no la empece. *Vna
sola soy en este limpio trato. En toda la ciudad*

---

1 CORR., 348: *Quiebra la soga por lo más delgado.*
Idem, 262: *Siempre quiebra la soga por lo más delgado.*
(Sin decir soga es muy usado decir: "siempre quiebra por
lo más delgado"; por el que menos puede.)

2 *No seas,* en *V*: *No semejes la telaraña,* con com-
plemento. *Quij.,* 1, 19: Que propiamente semejábades cosa
mala y del otro mundo (véase CEJADOR, *Tesoro de la leng.
cast. Silbantes,* 233).

4 CORR., 385: *Pagar justos por pecadores.*

5 "Ecce omnes animae meae sunt: ut anima patris,
ita et anima filii mea est; *anima quae peccaverit, ipsa mo-
rietur* (EZEQUIEL, 18, 4).

13 *Me arreo,* de esto me visto y como.

18 *Una sola,* falta en *B* hasta *Por cierto.*

*pocos tengo descontentos. Con todos cumplo,
los que algo me mandan, como si touiesse veynte
pies é otras tantas manos.*

MELIB.—*No me marauillo, que vn solo maes-*
5 *tro de vicios dizen que basta para corromper
vn gran pueblo.* Por cierto, tantos é tales loores
me han dicho de tus *falsas* mañas, que no sé si
crea que pedías oración.

CEL.—Nunca yo la reze é si la rezare no
10 sea oyda, si otra cosa de mí se saque, avnque
mill tormentos me diessen.

MELIB.—Mi passada alteración me impide
á reyr de tu desculpa. Que bien sé que ni juramento ni tormento te torcerá á dezir verdad,
15 que no es en tu mano.

CEL.—Eres mi señora. Téngote de callar,
hęte yo de seruir, hasme tú de mandar. Tu mala
palabra será víspera de vna saya.

MELIB.—Bien la has merescido.

20 CEL.—Si no la he ganado con la lengua, no
la he perdido con la intención.

MELIB.—Tanto afirmas tu ignorancia, que
me hazes creer lo que puede ser. Quiero pues
en tu dubdosa desculpa tener la sentencia en

---

15   *No ser en su mano,* no serle posible.
24   *Tener la sentencia en peso,* tener el juicio en balanza, no juzgar decididamente. Y *en un peso.* TAM. VARG.,
Garc. Pared., f. 32: Tenian con iguales fuerzas en un
peso la batalla. Y *traer en peso.* A. ALV. *Silv. Prol.:* Traelle
en peso entretenido todo el dia (sin cesar, sin decidir).

peso é no disponer de tu demanda al sabor de
ligera interpretación. No tengas en mucho ni
te marauilles de mi passado sentimiento, porque concurrieron dos cosas en tu habla, que
qualquiera dellas era bastante para me sacar de 5
seso: nombrarme esse tu cauallero, que comigo se atreuió á hablar, é también pedirme palabra sin mas causa, que no se podía sospechar sino daño para mi honrra. Pero pues todo
viene de buena parte, de lo passado aya perdón. 10
Que en alguna manera es aliuiado mi coraçón,
viendo que es obra pía é santa sanar los passionados é enfermos.

CEL.—¡E tal enfermo, señora! Por Dios, si
bien le conosciesses, no le juzgasses por el que 15
has dicho é mostrado con tu yra. En Dios é
en mi alma, no tiene hiel; gracias, dos mill:
en franqueza, Alexandre; en esfuerço, Etor;
gesto, de vn rey; gracioso, alegre; jamás reyna
en él tristeza. De noble sangre, como sabes. 20

---

12 *Passionados,* ó como trae *V apassionados,* los que
tienen pasión, congoja, afición grande ó enfermedad.

14 La consabida loa, como en HITA (c. 730): Mançebillo
en la villa atal non se fallará." (c. 738): "¿Quién es,
fija señora? | Es aparado bueno, que Dios vos traxo ago-
ra..." Y en Ovidio: "Scis, hera, te, mea lux, iuveni pla-
cuisse beato... | Est etiam facies, quae se tibi comparet,
illi" (*Amor.,* 1, 8).

18 Alejandro, Héctor, Hércules y Aquiles, entre los no
cristianos, y entre éstos San Jorge, eran los héroes de la
Edad Media, y se hallan en medallones á cada paso.

Gran justador, pues verlo armado, vn sant
George. Fuerça é esfuerço, no tuuo Ercules
tanta. La presencia é faciones, dispusición,
desemboltura, otra lengua hauía menester para
5 las contar. Todo junto semeja angel del cielo.
Por fé tengo que no era tan hermoso aquel gentil Narciso, que se enamoró de su propia figura, quando se vido en las aguas de la fuente.
Agora, señora, tiénele derribado vna sola mue-
10 la, que jamás cessa de quexar.

MELIB.—¿E qué tanto tiempo ha?

CEL.—Podrá ser, señora, de veynte é tres
años: que aquí está Celestina, que le vido nas-
cer é le tomó á los piés de su madre.

---

7 *Narciso*. Recuérdense las coplas de Fernán Pérez de
Guzmán: "El gentil niño Narciso | en una fuente gayado, |
de sí mismo enamorado, | muy esquiva muerte priso."
Ovidio cuenta (*Metam.*, 3) que el río Cefiso y la ninfa Li-
riopea le engendraron, de tal hermosura, que robaba los co-
razones; pero con la soberbia, que suele acompañar á la
hermosura, menospreciaba á los demás, hasta á Eco, convertida en peñasco por su no correspondido amor. La cual
pidió á los dioses le diese en pago que muriese el desamo-
rado por cosa que gozar no pudiese. Narciso, que caluroso
de la caza se halló cabe una fuente clara y fría, quísose
refrescar en ella, y como se acostase para beber y viese
en el agua su peregrina hermosura, fué tan grande el
amor que le nació por gozar de ella, que, fatigado de que-
jarse de sí mismo por ser tal que por sí moría y su riqueza le empobrecía, comenzóse á consumir con el fuego
del amor hasta que cayó muerto. Sino que, porque tanta
beldad no se perdiese del todo, los dioses convirtieron su
cuerpo en la flor que tiene su nombre, y el alma, en el
infierno, se ocupa en mirarse en las aguas de la laguna
Estigia, durándole allá los deseos de acá.

Melib.—Ni te pregunto esso ni tengo necessidad de saber su edad; sino qué tanto ha
que tiene el mal.

Cel.—Señora, ocho días. Que parece que ha
vn año en su flaqueza. E el mayor remedio que 5
tiene es tomar vna vihuela é tañe tantas canciones é tan lastimeras, que no creo que fueron
otras las que compuso aquel Emperador é gran
músico Adriano, de la partida del ánima, por
sofrir sin desmayo la ya vezina muerte. Que 10
avnque yo sé poco de música, parece que faze
aquella vihuela fablar. Pues, si acaso canta, de
mejor gana se paran las aues á le oyr, que no
aquel antico, de quien se dize que mouía los
arboles é piedras con su canto. Siendo este nas- 15
cido no alabaran á Orfeo. Mirá, señora, si vna

---

4 Bien sabe la vieja que el amor entra en las tiernas
doncellas por la puerta de la compasión.

9 *Adriano.* "Como Nerón, fué un letrado, un artista
sobre el trono. Su facilidad para la pintura, la escultura
y la arquitectura era admirable y hacía además bonitos
versos; pero su gusto no era puro. Tenía sus autores fa-
voritos y preferencias singulares. En suma, un pequeño
literato y un arquitecto teatral. No adopta ninguna reli-
gión ni filosofía; pero tampoco niega nada. Su espíritu
superior gira siempre, como una veleta, á todos los
vientos. El elegante adiós á la vida, que murmura algunos momentos antes de su muerte:

"Animula, vagula, blandula..."

da la medida de su inteligencia" (Renan, *Orig. crist.*, pte. 6,
c. 1). A estos versos alude el texto.

16 Orfeo, *aquel antico ó antiguo,* que antes dice, perdida Eurídice para siempre, se recogió á lo alto del monte
Rodope, donde lloró tres años su cuita. Y como la lla-

pobre vieja, como yo, si se fallará dichosa en
dar la vida á quien tales gracias tiene. Ninguna
muger le vee, que no alabe á Dios, que assí le
pintó. Pues, si le habla acaso, no es mas se-
5 ñora de sí, de lo que él ordena. E pues tanta
razón tengo, juzgá, señora, por bueno mi propósito, mis passos saludables é vazíos de sospecha.

MELIB.—¡O quanto me pesa con la falta de
10 mi paciencia! Porque siendo él ignorante é tu
ynocente, haués padescido las alteraciones de

---

nada era rasa y sin regalo de alguna sombra, desque tornó
á su música, luego vierais todos los linajes de árboles del
contorno del monte moverse de sus lugares y ponérsele
en rededor, haciéndole como morada deleitosa. Y allí re-
paraban los crueles tigres y toda suerte de bestias y de
aves, embeleñadas con la suavidad de su música. En la fiesta
de Baco quisieron vengarse de él las mujeres, por haberlas
descasado de sus maridos (OVID., *Metam.*, 2). Arremetieron
contra él á pedradas; pero las piedras caían en tierra de-
tenidas del son de la música. Sólo á fuerza de gritar in-
vocando á Baco, llegaron á ensordecerla, y entonces lo-
graron matarle á pedradas y palos. Daban dolorosos que-
jidos las aves, bestias y serpientes al verle muerto; los árboles, enlutándose, dejaron caer sus hojas; las flores se
alaciaron y los ríos lloraron tanto, que salieron de madre.
Sólo las bacantes tuvieron valor para despedazarle y echar
su cabeza al río Hebro, juntamente con su vihuela. Pero
allí resonaron las quejas de su lengua y la melodía del
instrumento, con lo que las peñas de las riberas respondie-
ron el ay lamentable, y, si no se fueron tras el son, como
solían, fué por ser música sin espíritu. Río abajo llegaron
cabeza y vihuela al mar, junto á Lesbos, donde en el templo de Apolo fué colgada la vihuela, que después Júpiter
la subió al cielo, y su cuerpo enterrado por las Musas. De
aquella isla salieron los grandes líricos y músicos griegos

mi ayrada lengua. Pero la mucha razón me
relieua de culpa, la qual tu habla sospechosa
causó. En pago de tu buen sofrimiento, quiero
complir tu demanda é darte luego mi cordón.
E porque para escriuir la oración no haurá tiem- 5
po sin que venga mi madre, si esto no bastare,
ven mañana por ella muy secretamente.

LUCR. (*Aparte*).—¡Ya, ya, perdida es mi ama!
¿Secretamente quiere que venga Celestina?
¡Fraude ay! ¡Más le querrá dar, que lo dicho! 10

MELIB.—¿Qué dizes, Lucrecia?

LUCR.—Señora, que baste lo dicho; que es
tarde.

MELIB.—Pues, madre, no le dés parte de lo
que passó á esse cauallero, porque no me tenga 15
por cruel ó arrebatada ó deshonesta.

LUCR. (*Aparte*).—No miento yo, que ¡mal va
este fecho!

CEL.—Mucho me marauillo, señora Melibea,
de la dubda que tienes de mi secreto. No temas, 20
que todo lo sé sofrir e encubrir. Que bien veo
que tu mucha sospecha echó, como suele, mis
razones á la mas triste parte. Yo voy con tu
cordón tan alegre, que se me figura que está

---

22 *Echar á buena, mala, peor parte,* tomar lo que se dice
en bueno ó mal sentido, contrario ó favorable. En los *Proverbios de Séneca,* Sevilla, 1495, f. 3, se glosa éste: "La
mucha sospecha siempre echa las cosas á la mas triste
parte."

diziéndole allá su coraçón la merced, que nos hiziste é que lo tengo de hallar aliuiado.

MELIB.—Mas haré por tu doliente, si menester fuere, en pago de lo sofrido.

5 CEL.—Mas será menester é mas harás é avnque no se te agradezca.

MELIB.—¿Qué dizes, madre, de agradescer?

CEL.—Digo, señora, que todos lo agradescemos é seruirémos é todos quedamos obliga-
10 dos. Que la paga mas cierta es, quando mas la tienen de complir.

LUCR.—¡Trastrócame essas palabras!

CEL.—¡Hija Lucrecia! ¡Ce! Yrás á casa é darte he vna lexía, con que pares essos cave-
15 llos mas que el oro. No lo digas á tu señora. E avn darte he vnos poluos para quitarte esse olor de la boca, que te huele vn poco, que en el reyno no lo sabe fazer otra sino yo é no ay cosa que peor en la muger parezca.

20 LUCR.—*¡O! Dios te dé buena vejez, que mas necessidad tenía de todo esso que de comer.*

CEL.—*¿Pues, porque murmuras contra mí,*

---

12 *Cuando la han cumplido,* da á entender Lucrecia.

13 La vieja quiere engatusar y coger á la moza para asegurar la pesca del ama. *Parar ó poner como el oro, como un oro, como los chorros ó los rollos del oro, como mil oros.* FERRER, *Dom. 2 adv.*: Que le nació un nieto como un oro. ZAMORA, *Monarquía mist.,* 2, 3, 12: Una cosa muy perfecta decimos que es como mil oros.

20 Falta en B hasta *¿Qué le dices, madre?*

loquilla? Calla, que no sabes si me aurás me-
nester en cosa de mas importancia. No prouo-
ques á yra á tu señora, mas de lo que ella
ha estado. Déxame yr en paz.

MELIB.—¿Qué le dizes, madre? 5

CEL.—Señora, acá nos entendemos.

MELIB.—Dímelo, que me enojo, quando yo
presente se habla cosa de que no aya parte.

CEL.—Señora, que te acuerde la oración,
para que la mandes escriuir é que aprenda de 10
mí á tener mesura en el tiempo de tu yra, en la
qual yo vsé lo que se dize: que del ayrado es de
apartar por poco tiempo, del enemigo por mucho. Pues tú, señora, tenías yra con lo que sos-
pechaste de mis palabras, no enemistad. Porque, 15
avnque fueran las que tú pensauas, en sí no eran
malas: que cada día ay hombres penados por
mugeres é mugeres por hombres é esto obra la
natura é la natura ordenóla Dios é Dios no hizo

---

9 *Que te acuerde,* que te recuerde. CERV., *Galat.,* 5:
No dejaré de acordaros á su tiempo la obligación en que
os tiene puestos.

12 "Del ayrado apartate por poco tiempo, del enemigo
por largo. Segund dize Seneca en el primero libro que compuso de yra, la yra esta presta a se tornar en locura e
queriendo fazer peligro non teme peligro, assy que el
yrado con la yra sale de seso en tal manera que aquella
yra esta presta a se tornar en locura, e como no mora mucho
la yra en el yrado da por consejo Seneca, que del yrado te
apartes por poco tiempo fasta que se aparte del la yra. La
enemistança dura fasta que el enemigo se vengue. E por
esso dize que del enemigo te apartes por largo tiempo."
(*Proverb. de Séneca,* Sevilla, 1495, fol. 39.)

cosa mala. E assí quedaua mi demanda, como
quiera que fuesse, en sí loable, pues de tal tronco procede, é yo libre de pena. Mas razones destas te diría, si nó porque la prolixidad es eno-
5 josa al que oye é dañosa al que habla.

MELIB.—En todo has tenido buen tiento,
assí en el poco hablar en mi enojo, como con
el mucho sofrir.

CEL.—Señora, sofrite con temor, porque te
10 ayraste con razón. Porque con la yra morando
poder, no es sino rayo. E por esto passé tu rigurosa habla hasta que tu almazén houiesse
gastado.

MELIB.—En cargo te es esse cauallero.

15 CEL.—Señora, más merece. E si algo con mi
ruego para él he alcançado, con la tardança lo
he dañado. Yo me parto para él, si licencia me
das.

MELIB.—Mientra mas ayna la houieras pe-
20 dido, mas de grado la houieras recabdado. Vé
con Dios, que ni tu mensaje me ha traydo prouecho ni de tu yda me puede venir daño.

---

14 *Serle en cargo,* estarle obligado. *Selvag.,* 216: Sin
duda que le soy en mucho cargo. Idem, 78: Te será en
mas cargo que á la madre que me parió.

EL AUCTO QUINTO

Despedida Celestina de Melibea, va por la calle hablando consigo misma entre dientes. Llegada á su casa, 5 halló á Sempronio, que la aguardaua. Ambos van hablando hasta llegar á su casa de Calisto é, vistos por Pármeno, cuéntalo á Calisto su amo, el qual le mandó abrir la puerta.

Calisto, Pármeno, Sempronio, Celestina.   10

CEL.—¡O rigurosos trances! ¡O cruda osadía! ¡O gran sofrimiento! ¡E qué tan cercana estuue de la muerte, si mi mucha astucia no rigera con el tiempo las velas de la petición! ¡O amenazas de donzella braua! ¡O ayrada 15 donzella! ¡O diablo á quien yo conjuré! ¿Cómo compliste tu palabra en todo lo que te pedí? En cargo te soy. Assí amansaste la cruel hembra con tu poder é diste tan oportuno lugar á mi habla quanto quise, con la absencia de su ma- 20 dre. ¡O vieja Celestina! ¿Vas alegre? Sábete

13

que la meytad está hecha, quando tienen buen
principio las cosas. ¡O serpentino azeyte! ¡O
blanco filado! ¡Cómo os aparejastes todos en
mi fauor! ¡O! ¡yo rompiera todos mis atamien-
5 tos hechos é por fazer ni creyera en yeruas ni
piedras ni en palabras! Pues alégrate, vieja, que
mas sacarás deste pleyto, que de quinze virgos,
que renouaras. ¡O malditas haldas, prolixas é
largas, cómo me estoruays de llegar adonde
10 han de reposar mis nueuas! ¡O buena fortuna,
cómo ayudas á los osados, é á los tímidos eres
contraria! Nunca huyendo huye la muerte al
couarde. ¡O quantas erraran en lo que yo he
acertado! ¿Qué fizieran en tan fuerte estrecho
15 estas nueuas maestras de mi oficio, sino responder algo á Melibea, por donde se perdiera
quanto yo con buen callar he ganado? Por esto
dizen quien las sabe las tañe é que es mas cier-

---

1 *Meytad, ó meetad,* vulgar *metá,* de *me(d)ietat(em).*
5 *Atar ó ligar,* hacer impotente á uno con algún maleficio y hechicería. Es creencia vulgar de que las hechiceras pueden hacerlo.
7 *Pleyto,* trato, de *placitum* (véase mi edic. de HITA).
11 *Audaces fortuna iuvat,* variante del verso de Virgilio: "Audentes fortuna iuvat."
12 Huyendo el cobarde, nunca huyó de él la muerte.
14 *Estrecho.* GALLO, *Job,* 36, 16: Sin duda te libraré del
estrecho angosto en que estás con hartura de mil bienes.
18 *Quij.,* 2, 59; CACER., *ps.* 88. *El que las sabe las tañe,
que los otros revuélvenlas. Quien las sabe las tañe y eran
campanas* (CORR., 92). *El que las sabe las tañe y era una
bocina* (CORR., 92). El segundo refrán no lo traen Correas
ni los demás Refraneros.

to médico el esperimentado que el letrado é la
esperiencia é escarmiento haze los hombres ar-
teros é la vieja, como yo, que alce sus haldas al
passar del vado, como maestra. ¡Ay cordón,
cordón! Yo te faré traer por fuerça, si viuo, á 5
la que no quiso darme su buena habla de grado.

SEMP.—O yo no veo bien ó aquella es Celestina. ¡Válala el diablo, haldear que trae! Parlan-
do viene entre dientes.

CEL.—¿De qué te santiguas, Sempronio? 10
Creo que en verme.

SEMP.—Yo te lo diré. La raleza de las cosas es madre de la admiración; la admiración
concebida en los ojos deciende al ánimo por
ellos; el ánimo es forçado descubrillo por estas 15
esteriores señales. ¿Quién jamás te vido por la
calle, abaxada la cabeça, puestos los ojos en el
suelo, é no mirar á ninguno como agora? ¿Quién
te vido hablar entre dientes por las calles é venir aguijando, como quien va á ganar bene- 20

3 *Haldas.* CORR., 436: *Vieja escarmentada, arregazada
pasa el agua.* Idem, 436: *Vieja escarmentada, pasa el vado
arregazada, el río arremangada.*

10 *Santiguarse,* dícese del diablo y de lo malo. *Lazar.,*
2, 31: Y santiguándose de mí, como si yo estuviera en-
demoniada.

12 Torna el autor á los sorites escolásticos, como en
el primer acto. ¡Y nos vendrá el del *Prólogo* con que son
diferentes los autores de éste y de aquél! *Raleza,* calidad
de lo ralo, que entonces era lo mismo que raro, como de
él derivado.

ficio? Cata que todo esto nouedad es para se
marauillar quien te conoce. Pero esto dexado,
dime, por Dios, con qué vienes. Dime si tenemos hijo ó hija. Que desde que dió la vna te
5 espero aquí é no he sentido mejor señal que tu
tardança.

CEL.—Hijo, essa regla de bouos no es siempre cierta, que otra hora me pudiera mas tar-
dar é dexar allá las narizes; é otras dos, nari-
10 zes é lengua: é assí que, mientra mas tardasse,
mas caro me costasse.

SEMP.—Por amor mío, madre, no passes de
aquí sin me lo contar.

CEL.—Sempronio amigo, ni yo me podría pa-
15 rar ni el lugar es aparejado. Vente comigo. Delante Calisto oyrás marauillas. Que será desflorar mi embaxada comunicándola con muchos.
De mi boca quiero que sepa lo que se ha hecho.
Que, avnque ayas de hauer alguna partizilla del
20 prouecho, quiero yo todas las gracias del trabajo.

SEMP.—¿Partezilla, Celestina? Mal me parece eso que dizes.

4 CORR., 415: *¿Tenemos hijo ó hija?* (Por bien ó mal;
véase en *¿Qué tenemos?*) Idem, 335: *¿Qué tenemos, hijo
ó hija?* (Es como decir sí ó no, bien ó mal.)

10 *Mientra,* de donde *mientra-s,* como *entonce-s* de *entonce.* C. VILLAL., *Scholast.,* I, p. 58: Estremada locura es
pensar ninguno que mientra vive ha de satisfacer.

16 *Desflorar.* J. PIN., *Agr.,* 2, 29: Con todos los autores que desflora, y no por eso se autoriza más.

CEL.—Calla, loquillo, que parte ó partezilla, quanto tú quisieres te daré. Todo lo mío es tuyo. Gozémonos é aprouechémonos, que sobre el partir nunca reñiremos. E tambien sabes tú quanta mas necessidad tienen los viejos que los ⁵ moços, mayormente tú que vas á mesa puesta.

SEMP.—Otras cosas he menester mas de comer.

CEL.—¿Qué, hijo? ¡Una dozena de agujetas é vn torce para el bonete é vn arco para andar- ¹⁰ te de casa en casa tirando á páxaros é aojando páxaras á las ventanas! *Mochachas digo, bouo, de las que no saben bolar, que bien me entien- des. Que no ay mejor alcahuete para ellas que vn arco, que se puede entrar cada vno hecho* ¹⁵ *moxtrenco, como dizen: en achaque de trama*

6 *A mesa puesta,* sin trabajo, sin afanarlo. CORR., 567: *Sentarse á mesa puesta.* (El que no pone cuidado y nada le cuesta.)

9 Cosas galanas para galantear. *Agujeta,* tira ó correa con herrete para atacar los calzones, jubones. etc. QUEV., *Tac.,* 13: Comprele del huesped tres agujetas y atacose. *Torce,* vuelta á eslabón de cadena ó collar y el mismo collar. HERN., *Eneid..* 5, f. 109: Les pende atados por el pecho abajo | una cadena de oro en torces vuelto.

11 *Aojando,* echando el ojo, mirando, pero como en- cantando, generalmente en mala parte. J. PIN., *Agr.,* 7, 1: Ni quiere que me toque la helada ni me vea el sol, cuanto mas que me aoje la luna.

12 *Paxaras,* las mozas ó *mochachas.*

16 *Hecho moxtrenco,* sin pedir permiso, como las reses mostrencas, esto es, sin dueño, que andan descarriadas y se meten por cualquier parte.

16 CORR., 350: *Con achaque de trama ¿está acá nuestra*

etc. ¡Mas ay, Sempronio, de quien tiene de mantener honrra é se va haziendo vieja como yo!

Semp. (*Aparte*).—¡O lisonjera vieja! ¡O vieja llena de mal! ¡O cobdiciosa é auarienta garganta! Tambien quiere á mí engañar como á mi amo, por ser rica. ¡Pues mala medra tiene! ¡No le arriendo la ganancia! Que quien con modo torpe sube en lo alto, mas presto cae, que sube. ¡O que mala cosa es de conocer el hombre! Bien dizen que ninguna mercaduría ni animal es tan difícil! ¡Mala vieja, falsa, es ésta! ¡El diablo me metió con ella! Mas seguro me fuera huyr desta venenosa bíuora, que tomalla. Mía fue la culpa. Pero gane harto, que por bien ó mal no negará la promessa.

Cel.—¿Qué dizes, Sempronio? ¿Con quien hablas? ¿Viénesme royendo las haldas? ¿Porqué no aguijas?

Semp.—Lo que vengo diziendo, madre mía, es que no me marauillo que seas mudable, que

---

ama, ó estaca nuestra ama? Idem, 110: *En achaque de trama ¿viste acá á nuestra ama?* Que con achaque de pedir trama para la labor la hilandera ó labrandera, se mete por las habitaciones, y si halla á alguno pregunta por su ama. Así tú puedes meterte á buscar *mochachas.* En *B* falta desde *Mochachas* hasta ¡*Mas ay...*

8 Corr., 225: *No le arriendo la ganancia.* (Al que se cree que tendrá daño.)

20 *Madre mia,* en *V madre Celestina.*

sigues el camino de las muchas. Dicho me auías
que diferirías este negocio. Agora vas sin seso
por dezir á Calisto quanto passa. ¿No sabes
que aquello es en algo tenido, que es por tiempo
desseado, é que cada día que él penasse era do- 5
blarnos el prouecho?

CEL.—El propósito muda el sabio; el nes-
cio perseuera. A nueuo negocio, nueuo consejo se requiere. No pensé yo, hijo Sempronio,
que assí me respondiera mi buena fortuna. De 10
los discretos mensajeros es hazer lo que el tiempo quiere. Assí que la qualidad de lo fecho no
puede encubrir tiempo dissimulado. E mas que
yo sé que tu amo, según lo que dél sentí. es li-
beral é algo antojadizo. Mas dará en vn día de 15
buenas nueuas, que en ciento, que ande penado
é yo yendo é viniendo. Que los acelerados é sú-
pitos plazeres crian alteración, la mucha alteración estorua el deliberar. Pues ¿en qué podrá
parar el bien, sino en bien é el alto mensaje, sino 20
en luengas albricias? Calla, bouo, dexa fazer á
tu vieja.

---

1 Las mujeres suelen ser ligeras de cascos y precipi-
tadas.

7 "Sapientis est mutare consilium" (Cic.). *El consejo
muda el viejo y porfía el necio* (Corr., 95).

11 Gran doctrina de embajadores y diplomáticos.

18 *Súpito* es vulgar. *Entrem. s. xvii*, 128: ¿Qué es la
causa de tan súpita mudanza? F. Silva, *Celest.*, 26: Cata,
señora, que no seas tan súpita.

20 *Mensaje*, en *V linaje*.

Semp.—Pues díme lo que passó con aquella gentil donzella. Díme alguna palabra de su boca. Que, por Dios, assí peno por sabella, como mi amo penaría.

5 Cel.—¡Calla, loco! Altérasete la complesión. Ya lo veo en tí, que querrías mas estar al sabor, que al olor deste negocio. Andemos presto, que estará loco tu amo con mi mucha tardança.

Semp.—E avn sin ella se lo está.

10 Párm.—¡Señor, señor!

Cal.—¿Qué quieres, loco?

Párm.—A Sempronio é á Celestina veo venir cerca de casa, haziendo paradillas de rato en rato é, *quando están quedos, hazen rayas en* 15 *el suelo con el espada. No sé que sea.*

Cal.—¡O desuariado, negligente! Veslos venir: ¿no puedes decir corriendo á abrir la puerta? ¡O alto Dios! ¡O soberana deydad! ¿Con qué vienen? ¿Qué nueuas traen? Qué tan gran- 20 de ha sido su tardança, que ya mas esperaua su venida, que el fin de mi remedio. ¡O mis tristes oydos! Aparejaos á lo que os viniere, que en su boca de Celestina está agora aposen-

---

6 Corr., 33: *Al sabor y no al olor.* (Dice esto quien guele buenas viandas, escogiendo mas hallarse á comellas que á olellas.) *Comed. Eufros.,* 1: Soy mas amigo de estar á sabor que á olor.

17 *Decir,* en *V baxar,* de *deci(d)er(e)*, véase mi edición de Hita.

tado el aliuio ó pena de mi coraçón. ¡O! ¡si en
sueño se pasasse este poco tiempo, hasta ver el
principio é fin de su habla! Agora tengo por
cierto que es mas penoso al delinquente esperar la cruda é capital sentencia, que el acto de 5
la ya sabida muerte. ¡O espacioso Pármeno, manos de muerto! Quita ya essa enojosa aldaua:
entrará essa honrrada dueña, en cuya lengua
está mi vida.

CEL.—¿Oyes, Sempronio? De otro temple 10
anda nuestro amo. Bien difieren estas razones
á las que oymos á Pármeno é á él la primera
venida. De mal en bien me parece que va. No
ay palabra de las que dize, que no vale á la vieja
Celestina mas que vna saya. 15

SEMP.—Pues mira que entrando hagas que
no ves á Calisto é hables algo bueno.

CEL.—Calla, Sempronio, que avnque aya
auenturado mi vida, mas merece Calisto é su
ruego é tuyo é mas mercedes espero yo dél. 20

6 *Espacioso,* que anda despacio, úsase en Extremadura.
FONS., *Vid. Cr.,* 1, 3, 3: Mientras en esto anduvieredes
tibios y espaciosos.
14 *Vale,* indicativo por subjuntivo, es clásico de aquel
tiempo.

EL AUCTO SESTO

ARGUMENTO

DEL SESTO AUTO

Entrada Celestina en casa de Calisto, con grande afición é desseo Calisto le pregunta de lo que le ha acontescido con Melibea. Mientra ellos están hablando, Pármeno, oyendo fablar á Celestina, de su parte contra Sempronio á cada razón le pone vn mote, reprehendiéndolo Sempronio. En fin, la vieja Celestina le descubre todo lo negociado é vn cordón de Melibea. E, despedida de Calisto, vase para su casa é con ella Pármeno.

Calisto, Celestina, Pármeno, Sempronio.

CAL.—¿Qué dizes, señora é madre mía?

CEL.—¡O mi señor Calisto! ¿E aquí estás? ¡O mi nueuo amador de la muy hermosa Melibea é con mucha razón! ¿Con qué pagarás á la vieja, que oy ha puesto su vida al tablero por tu seruicio? ¿Qual muger jamás se vido en tan estrecha afrenta como yo, que en tornallo á pensar se me menguan é vazían todas las venas de mi cuerpo, de sangre? Mi vida diera

por menor precio, que agora daría este manto
raydo é viejo.

Párm.—Tú dirás lo tuyo: entre col é col lechuga. Sobido has vn escalón; mas adelante te
5 espero á la saya. Todo para tí é no nada de
que puedas dar parte. Pelechar quiere la vieja.
Tú me sacarás á mí verdadero é á mi amo loco.
No le pierdas palabra, Sempronio, é verás cómo
no quiere pedir dinero, porque es diuisible.

10 Semp.—Calla, hombre desesperado, que te
matará Calisto si te oye.

Cal.—Madre mía, abreuia tu razón ó toma
esta espada é mátame.

Párm.—Temblando está el diablo como azo-
15 gado: no se puede tener en sus piés, su lengua
le querría prestar para que fablasse presto, no
es mucha su vida, luto hauremos de medrar destos amores.

Cel.—¿Espada, señor, ó qué? ¡Espada mala
20 mate á tus enemigos é á quien mal te quiere!
que yo la vida te quiero dar con buena esperança, que traygo de aquella, que tú mas
amas.

---

3 Corr., 127: *Entre col y col, lechuga; ansi plantan los
hortelanos.* (Dícese cuando entre el trabajo se toma algún
alivio ó se mezclan cosas diversas.) Esto es, el *mote* ó
dicho, que dice el Argumento (Hita, mi edición).

6 *Pelechar,* echar el primer pelo malo ó pluma, de
donde medrar. *Comed. Florin.,* 1: Y aun eso es lo mas seguro para pelechar.

Cal.—¿Buena esperança, señora?

Cel.—Buena se puede dezir, pues queda abierta puerta para mi tornada é antes me recibirá á mí con esta saya rota, que á otro con seda é brocado.

Párm.—Sempronio, cóseme esta boca, que no lo puedo sofrir. ¡Encaxado ha la saya!

Semp.—¿Callarás, por Dios, ó te echaré dende con el diablo? Que si anda rodeando su vestido, haze bien, pues tiene dello necessidad. Que el abad de dó canta de allí viste.

Párm.—E avn viste como canta. E esta puta vieja querría en vn día por tres pasos desechar todo el pelo malo, quanto en cincuenta años no ha podido medrar.

Semp.—¿Todo esso es lo que te castigó é el conocimiento que os teníades é lo que te crió?

---

8 *Dende,* de ahí. L. Fern., *179:* Yerguete dende, mosquilon. Idem, *191:* N'os quereis dende quitar? *Rodeando su vestido,* buscando ó pretendiendo con maña que se lo dé. Zabal., *Error, 34:* Piensa el poderoso que con sustentar sus hijos y criados cumplidamente rodeó muy como debia su obligacion. S. Ter., *Fund., 12:* Tenia tan presente aquel Señor, por quien padecía, que todo lo mas que ella podia rodeaba, porque no entendiesen lo mucho que padecia.

11 Corr., *76: El abad de do canta, de allí yanta.*

13 *Desechar ó echar el pelo malo,* salir de miseria, como la bestia flaca, que echa de sí el malo y se *le luce el pelo,* ó se le pone *lúcio* en comiendo bien. *Selvag., 84:* Que desta vez yo salga de laceria y á pesar de gallegos deseche el pelo malo por entero.

16 *Te castigó,* te enseñó. Véase mi edición de Hita.

Párm.—Bien sofriré mas que pida é pele; pero no todo para su prouecho.

Semp.—No tiene otra tacha sino ser cobdiciosa; pero déxala, varde sus paredes, que des-
5 pués vardará las nuestras ó en mal punto nos conoció.

Cal.—Díme, por Dios, señora, ¿qué fazía? ¿Cómo entraste? ¿Qué tenía vestido? ¿A qué parte de casa estaua? ¿Qué cara te mostró al
10 principio?

Cel.—Aquella cara, señor, que suelen los brauos toros mostrar contra los que lançan las agudas frechas en el coso, la que los monteses puercos contra los sabuesos, que mucho los
15 aquexan.

Cal.—¿E á essas llamas señales de salud? Pues ¿quáles serán mortales? No por cierto la misma muerte: que aquella aliuio sería en tal caso deste mi tormento, que es mayor é duele
20 más.

Semp.—¿Estos son los fuegos pasados de mi

---

1 *Pelar* es sacarle á uno los cuartos, dejándole casi sin nada. T. Ram., *Dom. 17 Trin.*, 2 : Mientras hay que pelar muestra que ama. León, *Cas.*, 12 : Su primer y principal cuidado es el sacarles algo y el pelar á los tristes mezquinos.

4 *Bardar* es poner bardas sobre la pared para abrigarlas ó cercar con ellas un terreno. Abreu, *Himno*, v. 23 : Destas zarzas y cambrones espinosas bardan los vallados de las viñas y de los huertos.

13 *Frecha*, ant., por flecha.

amo? ¿Qué es esto? ¿No ternía este hombre sofrimiento para oyr lo que siempre ha deseado?

Párm.—¡E que calle yo, Sempronio! Pues, si nuestro amo te oye, tan bien te castigará á tí como á mí.

Semp.—¡O mal fuego te abrase! Que tú fablas en daño de todos é yo á ninguno ofendo. ¡O! ¡Intolerable pestilencia é mortal te consuma, rixoso, embidioso, maldito! ¿Toda esta es la amistad, que con Celestina é comigo hauías concertado? ¡Vete de aquí á la mala ventura!

Cal.—Si no quieres, reyna é señora mía, que desespere é vaya mi ánima condenada á perpetua pena, oyendo essas cosas, certifícame breuemente si houo buen fin tu demanda gloriosa é la cruda é rigurosa muestra de aquel gesto angélico é matador; pues todo esso mas es señal de odio, que de amor.

Cel.—La mayor gloria, que al secreto oficio de la abeja se da, á la qual los discretos deuen imitar, es que todas las cosas por ella tocadas conuierte en mejor de lo que son. Desta manera me he hauido con las çahareñas razones é esquiuas de Melibea. Todo su rigor traygo conuertido en miel, su yra en mansedumbre, su ace-

---

9 *Rixoso,* apasionado, furioso. J. Pin., *Agr., 22,* 4: Mas si se alteran, levantan las furias de sus ondas rijosas sobre las mas altas rocas de las cabezas de sus maridos.

leramiento en sosiego. ¿Pues, á qué piensas que
yua allá la vieja Celestina, á quien tú, demás
de su merecimiento, magníficamente galardo-
naste, sino ablandar su saña, sofrir su acidente,
5 á ser escudo de tu absencia, á recebir en mi
manto los golpes, los desuíos, los menosprecios,
desdenes, que muestran aquellas en los principios de sus requerimientos de amor, para que
sea después en mas tenida su dádiua? Que á
10 quien mas quieren, peor hablan. E si assí no
fuesse, ninguna diferencia hauría entre las pú-
blicas, que aman, á las escondidas donzellas, si
todas dixesen sí á la entrada de su primer re-
querimiento, en viendo que de alguno eran ama-
15 das. Las quales, avnque están abrasadas é en-
cendidas de viuos fuegos de amor, por su honestidad muestran vn frío esterior, vn sosegado
vulto, vn aplazible desuío, vn constante ánimo
é casto propósito, vnas palabras agras, que la
20 propia lengua se marauilla del gran sofrimiento suyo, que la fazen forçosamente confessar
el contrario de lo que sienten. Assí que para

---

4 *Ablandar, sofrir*, sin *á*, por tenerla ya embebida el
infinitivo, y así se usaba todavía; otras ediciones ponen *á*
con sofrir, en *V* falta con ablandar.

18 *Aplazible*, en *V apazible*, de *placibilis*. GUEV., *Alej.
Severo*, 5: Dentro de su palazio hizo dos muy aplaçibles
y graciosos edificios.

19 *Agro* fué clásico, etimológico, de *agre*, de *acre(m)* y
es vulgar. CABR., p. 61: Una punta de agro en la comida
la adoba.

que tú descanses é tengas reposo, mientra te
contare por estenso el processo de mi habla é la
causa que tuue para entrar, sabe que el fin de
su razón é habla fué muy bueno

CAL.—Agora, señora, que me has dado se- ⁵
guro, para que ose esperar todos los rigores de
la respuesta, dí quanto mandares é como quisìe-
res; que yo estaré atento. Ya me reposa el coraçón, ya descansa mi pensamiento, ya reciben
las venas é recobran su perdida sangre, ya he ¹⁰
perdido temor, ya tengo alegría. Subamos, si
mandas, arriba. En mi cámara me dirás por estenso lo que aquí he sabido en suma.

CEL.—Subamos, señor.

PÁRM.—*¡O sancta María! ¡Y qué rodeos bus-* ¹⁵
ca este loco por huyr de nosotros, para poder
llorar á su plazer con Celestina de gozo y por
descubrirle mill secretos de su liuiano é desua-
riado apetito, por preguntar y responder seys
vezes cada cosa, sin que esté presente quien le ²⁰
pueda dezir que es prolixo! Pues mándote yo,
desatinado, que tras tí vamos.

CAL.—*Mirá, señora, qué fablar trae Párme-*
no, cómo se viene santiguando de oyr lo que has
hecho con tu gran diligencia. Espantado está, ²⁵
por mi fe, señora Celestina. Otra vez se santi-

---

21 *Mándote, como te prometo,* del hacer mandas, por
te aseguro, te espera, en amenazas y mandas irónicas con-
tra el gusto.

gua. Sube, sube, sube y asiéntate, señora, que de
rodillas quiero escuchar tu suaue respuesta.
Dime luego la causa de tu entrada, qué fué.

CEL.—Vender vn poco de hilado, con que
5 tengo caçadas mas de treynta de su estado, si
á Dios ha plazido, en este mundo é algunas mayores.

CAL.—Esso será de cuerpo, madre; pero no
de gentileza, no de estado, no de gracia é dis-
10 creción, no de linaje, no de presunción con merecimiento, no en virtud, no en habla.

PÁRM.—Ya escurre eslauones el perdido. Ya
se desconciertan sus badajadas. Nunca dá menos
de doze; siempre está hecho relox de mediodía.
15 Cuenta, cuenta, Sempronio, que estás desbauando oyéndole á él locuras é á ella mentiras.

SEMP.—¡Maldeziente venenoso! ¿Porqué cie-
rras las orejas á lo que todos los del mundo
las aguzan, hecho serpiente, que huye la boz
20 del encantador? Que solo por ser de amores
estas razones, avnque mentiras, las hauías de escuchar con gana.

---

12 *Escurre eslavones,* como *desconcertarse sus badajadas,*
es salir de seso, necear, como borracho en la comida bien
bebido, que á esto alude lo de las doce *badajadas* ó golpes
de campana á *mediodía,* y á la vez como *porrada,* dichos
necios. *Entrem. s. xvii,* 282: Me embiste con nueve badajadas. L. FERN., 72: ¡O qué gentil badajada.

15 *Desbauando,* propio del embaucado, que por oir mejor
y tragar cuanto oye, deja bien abierta la boca y se le cae
la baba.

CEL.—Oye, señor Calisto, é verás tu dicha é mi solicitud qué obraron. Que en començando yo á vender é poner en precio mi hilado, fué su madre de Melibea llamada para que fuesse á visitar vna hermana suya enferma. E como le fuesse necessario absentarse, dexó en su lugar á Melibea.

CAL.—¡O gozo sin par! ¡O singular oportunidad! ¡O oportuno tiempo! ¡O quien estuuiera allí debaxo de tu manto, escuchando qué hablaría sola aquella en quien Dios tan estremadas gracias puso!

CEL.—¿Debaxo de mi manto, dizes? ¡Ay mezquina! Que fueras visto por treynta agujeros que tiene, si Dios no le mejora.

PÁRM.—Sálgome fuera, Sempronio. Ya no digo nada; escúchatelo tú todo. Si este perdido de mi amo no midiesse con el pensamiento quantos pasos ay de aquí á casa de Melibea é contemplasse en su gesto é considerasse cómo estaría haviniendo el hilado, todo el sentido puesto é ocupado en ella, él vería que mis con-

---

13 ¡Cómo aprovecha toda coyuntura para pedir!
21 *Haviniendo el hilado,* concertando su compra con la vieja; *aviniendo* en *S, Z* y *A, viniendo* en *V;* de *avenir* en el sentido de *avenirse* ó concertarse, avenencia. Como intransitivo, por lograrse, en las *Partidas,* 2, 3, 3: Porque la guarda aviene por sesso e la ganancia por aventura. Del *avenir,* por acaecer.

sejos le eran mas saludables, que estos engaños
de Celestina.

CAL.—¿Qué es esto, moços? Estó yo escuchando atento, que me va la vida; ¿vosotros su-
5 surrays, como soleys, por fazerme mala obra é
enojo? Por mi amor, que calleys: morirés de
plazer con esta señora, según su buena diligencia. Dí, señora, ¿qué fiziste, quando te viste
sola?

10 CEL.—Recebí, señor, tanta alteración de plazer, que qualquiera que me viera, me lo conociera en el rostro.

CAL.—Agora la rescibo yo: quanto mas quien
ante sí contemplaua tal ymagen. Enmudecerías
15 con la nouedad incogitada.

CEL.—Antes me dió mas osadía á hablar lo
que quise verme sola con ella. Abrí mis entrañas. Díxele mi embaxada: cómo penauas tanto
por vna palabra, de su boca salida en fauor tu-
20 yo, para sanar un gran dolor. E como ella estuuiesse suspensa, mirándome, espantada del
nueuo mensaje, escuchando fasta ver quién podía ser el que assí por necessidad de su palabra
penaua ó á quién pudiesse sanar su lengua, en
25 nombrando tu nombre, atajó mis palabras, dióse
en la frente vna grand palmada, como quien
cosa de grande espanto houiesse oydo, diziendo

6 *Morirés,* con *-és* por *-eis,* como otros muchos presentes y futuros en la misma *Tragicomedia.*

que cessasse mi habla é me quitasse delante, si
no quería hazer á sus seruidores verdugos de
mi postremería, agrauando mi osadía, llamándome hechizera, alcahueta, vieja falsa, *barbuda, malhechora* é otros muchos inominiosos 5
nombres, con cuyos títulos asombran á los niños *de cuna. E empós desto mill amortescimien-
tos é desmayos, mill milagros é espantos, turbado el sentido, bulliendo fuertemente los miem-*

---

3 Véase el texto primitivo después de *postremería*:
"*Yo, que en este tiempo no dexava mis pensamientos vagos ni ociosos, viendo quanto almazen gastava su yra,
agravando mi osadia,* llamándome hechizera, alcahueta, vieja falsa e otros muchos inominiosos nombres, con cuyos
títulos asombran á los niños, *tuve lugar de salvar lo dicho.*"
De este período el corrector del primitivo texto añadió al
período anterior el tronco, y con la cabeza y los pies hizo
otro período, el que dice *Pero entre tanto que gastava,* exa-
gerándolo, así como había exagerado y abultado feamente
con aspavientos exorbitantes las muestras de enojo de Melibea. El corrector vese claramente ser otro que el autor,
pues todas esas exageraciones son de pésimo gusto, cari-
caturescas, y hasta afean la persona de Melibea y no menos
la de la vieja. Baste ver convertida la frase: *viendo quanto
almazen gastava su yra* en la otra de *entre tanto que gastava aquel espumajoso almazen su yra.* Lo de *espumajoso*
ni es del primer autor ni deja bien parada á la virginal
Melibea, ni á la vieja, que tal se la pinta á su amante, el
cual, si tal hubiera oído, desnuca por descomedida á Celestina y todos la tendríamos por poco discreta. Como no
lo es bajo la pluma del corrector con esas pasmarotadas
con que nos pinta á la doncella, cual bacante, energúmena
y borracha. El añadidor es de diferente estilo y pluma que
el autor primitivo. Eso de *bullir los miembros,* de *retorcer el cuerpo,* de *desperezarse* y de *acocear* no es del autor, que pintó hermosísima á la joven y discretísima á la
vieja.

bros todos á vna parte é á otra, herida de aque-
lla dorada frecha, que del sonido de tu nombre
le tocó, retorciendo el cuerpo, las manos encla-
uijadas, como quien se despereza, que parecía
5 *que las despedaçaua, mirando con los ojos á*
todas partes, acoceando con los piés el suelo
duro. E yo á todo esto arrinconada, encogida,
callando, muy gozosa con su ferocidad. Mientra
mas vasqueaua, mas yo me alegraua, porque
10 *mas cerca estaua el rendirse é su cayda. Pero en-*
tre tanto que gastaua aquel espumajoso alma-
zen su yra, yo no dexaua mis pensamientos estar
vagos ni ociosos, de manera que toue tiempo
para saluar lo dicho.

15 CAL.—Esso me dí, señora madre. Que yo he
rebuelto en mi juyzio mientra te escucho é no
he fallado desculpa que buena fuesse ni conui-
niente, con que lo dicho se cubriesse ni colo-
rasse, sin quedar terrible sospecha de tu deman-
20 da. Porque conozca tu mucho saber, que en todo
me pareces mas que muger: que como su respuesta tú pronosticaste, proueyste con tiempo tu
réplica. ¿Qué mas hazía aquella Tusca Ade-

---

23 *Qué mas hazia aquella Tusca Adeleta.* Matías Gast
dice en la edic. de Salamanca de 1570: "Atreuime con
consejo de algunos doctos (el BROCENSE acaso) á mudar algunas palabras que algunos indoctos correctores peruirtie-
ron... En el acto sexto corregí *Adelecta.* Fué esta Adelecta
(como cuenta Petrarca) una noble mujer toscana, grandísi-
ma astróloga y mágica. Dijo muchas cosas á su marido é

leta, cuya fama, siendo tú viua, se perdiera?
La qual tres días ante de su fin prenunció la
muerte de su viejo marido é de dos fijos que tenía. Ya creo lo que dizes, que el género flaco de
las hembras es mas apto para las prestas caute- 5
las, que el de los varones.

CEL.—¿Qué, señor? Dixe que tu pena era
mal de muelas é que la palabra, que della quería,
era vna oración, que ella sabía, muy deuota, para
ellas. 10

CAL.—¡O marauillosa astucia! ¡O singular
muger en su oficio! ¡O cautelosa hembra! ¡O
melezina presta! ¡O discreta en mensajes! ¿Qual
humano seso bastara á pensar tan alta manera
de remedio? De cierto creo, si nuestra edad 15

---

hijos, Eternio (Ezzelino) y Albricio. Pero principalmente
estando á la muerte, en tres versículos, anunció á sus
hijos lo que les habia de acaecer, especialmente á Eternio,
que se guardase de Cassano, lugar de Padua. Siendo al fin
de sesenta años vino á Milan, adonde por sus obras era
muy aborrecido de los longobardos: fué de ellos cercado,
y pasando un puente con gran fatiga, supo que aquel lugar
se nombraba Cassano. Luego da espuelas al caballo y lán-
zase en el rio diciendo á grandes voces: Oh hado inevita-
ble! O maternales presagios! Oh secreto Cassano! Al fin
salió á tierra; mas los enemigos que la puente y entrambas
riberas tenian tomadas, allí le acabaron." Menéndez y Pelayo (Oríg. Nov., III, LXXXIII) dió con la cita del Petrarca
en el libro 4.°, t. I, *Rerum Memorandarum*, c. 5, *De Va-
ticiniis. La fatídica de Hetruria* es la *tusca Adeleta. Petrarchae Opera*, Basilea, t. I, p. 536: "Fama est et quidam
scriptores asserunt Ezzelinum de Romano et Albricum fra-
tres..."

alcançara aquellos passados Eneas é Dido, no trabajara tanto Venus para atraer á su fijo el amor de Elisa, haziendo tomar á Cupido Ascánica forma, para la engañar; antes por euitar 5 prolixidad, pusiera á tí por medianera. Agora doy por bienempleada mi muerte, puesta en tales manos, é creeré que, si mi desseo no houiere efeto, qual querría, que no se pudo obrar mas, según natura, en mi salud. ¿Qué os parece, mo-10 ços? ¿Qué mas se pudiera pensar? ¿Ay tal muger nascida en el mundo?

CEL.—Señor, no atajes mis razones; déxame dezir, que se va haziendo noche. Ya sabes que quien malhaze aborrece la claridad é, yendo á 15 mi casa, podré hauer algun malencuentro.

CAL.—¿Qué, qué? Sí, que hachas é pajes ay, que te acompañen.

PÁRM.—¡Sí, sí, porque no fuercen á la niña!

---

1 Conocida es la treta de Venus al fin del primer libro (v. 656) de la *Eneida*, de VIRGILIO, no en el libro IV, como dice Menéndez y Pelayo.

"Ad Cytherea novas artes, nova pectore versat
Consilia, ut faciem mutatus et ora Cupido
Pro dulci Ascanio veniat, donisque furentem
Incendat reginam atque ossibus implicet ignem."

Hace que, en lugar de **Ascanio, venga Cupido ó el Amor,** revestido con el exterior de Ascanio, para que encienda en el pecho de Dido ó Elisa el fuego amoroso y se enamore de Eneas.

14 *Qui male agit, odit lucem* (S. JUAN, 3, 20).

Tú yrás con ella, Sempronio, que ha temor de
los grillos, que cantan con lo escuro.

CAL.—¿Dizes algo, hijo Pármeno?

PÁRM.—Señor, que yo é Sempronio será bueno que la acompañemos hasta su casa, que haze 5
mucho escuro.

CAL.—Bien dicho es. Despúes será. Procede
en tu habla é dime qué mas passaste. ¿Qué
respondió á la demanda de la oración?

CEL.—Que la daría de su grado.   10

CAL.—¿De su grado? ¡O Dios mío, qué alto
don!

CEL.—Pues mas le pedí.

CAL.—¿Qué, mi vieja honrrada?

CEL.—Vn cordón, que ella trae contino ce- 15
ñido, diziendo que era prouechoso para tu mal,
porque hauía tocado muchas reliquias.

CAL.—¿Pues qué dixo?

CEL.—¡Dame albricias! Decírtelo hé.

CAL.—¡O! por Dios, toma toda esta casa é 20
quanto en ella ay é dímelo ó pide lo que querrás.

CEL.—Por vn manto, que tu dés á la vieja,
te dará en tus manos el mesmo, que en su cuerpo ella traya.   25

CAL.—¿Qué dizes de manto? E saya é quanto yo tengo.

CEL.—Manto he menester é éste terné yo en
harto. No te alargues más. No pongas sospe-

chosa duda en mi pedir. Que dizen que ofrescer
mucho al que poco pide es especie de negar.

CAL.—¡Corre! Pármeno, llama á mi sastre
é corte luego vn manto é vna saya de aquel con-
5 tray, que se sacó para frisado.

PÁRM.—¡Assí, assí! A la vieja todo, porque
venga cargada de mentiras como abeja é á mi
que me arrastien. Tras esto anda ella oy todo
el día con sus rodeos.

10 CAL.—¡De qué gana va el diablo! No ay
cierto tan malseruido hombre como yo, manteniendo moços adeuinos, reçongadores, enemigos de mi bien. ¿Qué vas, vellaco, rezando?
Embidioso, ¿qué dizes, que no te entiendo? Vé
15 donde te mando presto é no me enojes. que harto basta mi pena para acabar: que también
haurá para tí sayo en aquella pieça.

PÁRM.—No digo, señor, otra cosa, sino que
es tarde para que venga el sastre.

20 CAL.—¿No digo yo que adeuinas? Pues quédese para mañana. E tu, señora, por amor mío
te sufras, que no se pierde lo que se dilata. E

---

5 *Contray,* paño fino fabricado en Contray, de Flan-
des. *Romancero Cid,* 18: Lleva un manto de contray. En la
Germanía significaba paño fino. *Frisar,* levantar y retorcer
los pelitos de algunos tejidos de lana por el envés.

20 CORR., 73: *Adivinar que azotan.* De lo imposible ó
muy dificultoso que es prevenir los futuros contingentes y
lo que ha de suceder. Repréndele de que se meta á con-
jeturar sobre lo que no puede.

mándame mostrar aquel sancto cordón, que tales miembros fué digno de ceñir. ¡Gozarán mis ojos con todos los otros sentidos, pues juntos han sido apassionados! ¡Gozará mi lastimado coraçón, aquel que nunca recibió momento de plazer, despues que aquella señora conoció! Todos los sentidos le llegaron, todos acorrieron á él con sus esportillas de trabajo. Cada vno le lastimó quanto mas pudo: los ojos en vella, los oydos en oylla, las manos en tocalla.

CEL.—¿Que la has tocado dizes? Mucho me espantas.

CAL.—Entre sueños, digo.

CEL.—¿En sueños?

CAL.—En sueños la veo tantas noches, que temo me acontezca como á Alcibíades ó á Sócra-

---

16 *Alcibiades.* Anécdota tomada del Petrarca en el lugar citado (*Rerum Memorand. Petrarchae Opera,* Basilea, t. I, p. 532): "Alcibiades paulo prius quam e rebus humanis repelleretur, se amicae suae veste contectum somniaverat, alias fortassis sperare licuit illecebras amanti, sed enim brevi post occisus, et nullo miserante insepultus iacens, amicae obvolutus amiculo est." En *V* se quitó *ó á Socrates* y lo que le atañe: *el otro via que...,* y *el uno* antes de *soñó.* Parecióle sin duda al corrector que no venía á cuento más que lo del *manto,* que correspondía al *cordon* y *vestidura,* siendo así que lo que pretendía el autor era lo del ser pronosticada la muerte por medio de los sueños. Véase lo de Sócrates, que en el Petrarca sigue á continuación: "Socrates dum carcere clauderetur, Erichthoni familiari suo narravit, excellentis formae mulierem ad se in somniis accessisse et nomine appellantem versum Homericum ex quo tertia sibi luce moriendum illa coniiceret recitavit; atque

tes, que el uno soñó que se veya embuelto en el manto de su amiga é otro día matáronle, e no houo quien le alçasse de la calle ni cubriesse, sino ella con su manto; el otro via que le llama-
5 van por nombre e murió dende á tres días; pero en vida ó en muerte, alegre me sería vestir su vestidura.

CEL.—Asaz tienes pena, pues, quando los otros reposan en sus camas, preparas tú el tra-
10 bajo para sofrir otro día. Esfuerçate, señor, que no hizo Dios á quien desamparasse. Dá espacio á tu desseo. Toma este cordón, que, si yo no me muero, yo te daré á su ama.

CAL.—¡O nueuo huesped! ¡O bienauentura-
15 do cordón, que tanto poder é merescimiento touiste de ceñir aquel cuerpo, que yo no soy digno de seruir! ¡O ñudos de mi pasión, vosotros enlazastes mis desseos! ¡Dezime si os hallastes presentes en la desconsolada respuesta de aquella
20 á quien vosotros seruís é yo adoro é, por mas que trabajo noches e días, no me vale ni aprouecha!

CEL.—Refrán viejo es: quien menos procu-

ita accidit. Satis locupletes testes rerum etiam graviorum, huius enim somnii Platonem auctorem affert Cicero, sequentis Aristotelem." (PETRARCHAE, *Opera*, Basilea, t. I, p. 532).

4 Falta en *V*: *el otro via* hasta *pero*.

23 *Refr. glos.*: *Quien menos procura alcanza mas bien.* CORR., 346: *Quien menos la procura, á veces ha más ventu-*

ra, alcança mas bien. Pero yo te haré procurando conseguir lo que siendo negligente no haurías. Consuélate, señor, que en vna hora no se ganó Çamora; pero no por esso desconfiaron los combatientes.

CAL.—¡O desdichado! Que las cibdades están con piedras cercadas é á piedras, piedras las vencen; pero esta mi señora tiene el coraçón de azero. No ay metal, que con él pueda; no ay tiro, que le melle. Pues poned escalas en su muro: vnos ojos tiene con que echa saetas, vna lengua de reproches é desuíos, el asiento tiene en parte, que media legua no le pueden poner cerco.

CEL.—¡Callá, señor! que el buen atreuimiento de vn solo hombre ganó á Troya. No desconfíes, que vna muger puede ganar otra. Poco has tratado mi casa: no sabes bien lo que yo puedo.

---

ra. Quien menos la procura alcanza á veces más buena ventura.

3 CORR., 227: *No se ganó Zamora en una hora ni Sevilla en un día.* (Mas por eso no desconfiaron los combatientes. Contra los que aceleran las cosas y ejemplo de constancia) Idem: *No se ganó Zamora en una hora ni Roma se fundó luego toda.*

15 *Callá,* y demás imperativos, perdida la -*d,* como todavía en América.

16 Por haber dado crédito los troyanos á la relación falsa del *pérfido Sinon* sobre la huída de los griegos y fábrica del famoso caballo, donde estaban metidos sus más valerosos capitanes y soldados: "Talibus insidiis periurique arte Sinonis | credita res" (*Eneida, 2*).

Cal.—Quanto dixeres, señora, te quiero creer, pues tal joya como esta me truxiste. ¡O mi gloria é ceñidero de aquella angélica cintura! Yo te veo é no lo creo. ¡O cordón, cordón!
5 Fuísteme tú enemigo? Dílo cierto. Si lo fuiste, yo te perdono, que de los buenos es propio las culpas perdonar. No lo creo: que, si fueras contrario, no vinieras tan presto á mi poder, saluo si vienes á desculparte. Conjúrote me respon-
10 das, por la virtud del gran poder, que aquella señora sobre mí tiene.

Cel.—Cessa ya, señor, esse deuanear, que á mí tienes cansada de escucharte é al cordón, roto de tratarlo.

15 Cal.—¡O mezquino de mí! Que asaz bien me fuera del cielo otorgado, que de mis braços fueras fecho é texido, no de seda como eres, porque ellos gozaran cada día de rodear é ceñir con deuida reuerencia aquellos miembros, que
20 tú, sin sentir ni gozar de la gloria, siempre tienes abraçados. ¡O qué secretos haurás visto de aquella excelente ymagen!

Cel.—Mas verás tú é con mas sentido, si no lo pierdes fablando lo que fablas.

25 Cal.—Calla, señora, que él é yo nos entendemos. ¡O mis ojos! Acordaos cómo fuistes causa é puerta, por donde fué mi coraçón llagado, é que aquel es visto fazer daño, que da la causa. Acordaos que soys debdores de la

salud. Remirá la melezina, que os viene hasta casa.

SEMP.—Señor, por holgar con el cordón, no querrás gozar de Melibea.

CAL.—¡Qué loco, desuariado, atajasolazes! 5 ¿Cómo es esso?

SEMP.—Que mucho fablando matas á tí é á los que te oyen. E assí que perderás la vida ó el seso. Qualquiera que falte, basta para quedarte ascuras. Abreuia tus razones: darás lugar 10 á las de Celestina.

CAL.—¿Enójote, madre, con mi luenga razón ó está borracho este moço?

CEL.—Avnque no lo esté, deues, señor, cessar tu razon, dar fin á tus luengas quere- 15 llas, tratar al cordón como cordón, porque sepas fazer diferencia de fabla, quando con Melibea te veas: no haga tu lengua yguales la persona é el vestido.

CAL.—¡O mi señora, mi madre, mi conso- 20 ladora! Déjame gozar con este mensajero de mi gloria. ¡O lengua mía! ¿porqué te impides en otras razones, dexando de adorar presente la excellencia de quien por ventura jamás verás en tu poder? ¡O mis manos! con qué atreui- 25 miento, con quán poco acatamiento teneys y

---

5 *Atajasolaces*, que los interrumpe y corta.
10 *Ascuras*, era contracción común por *á escuras*.

tratays la triaca de mi llaga! Ya no podrán empecer las yeruas, que aquel crudo caxquillo traya embueltas en su aguda punta. Seguro soy,
pues quien dió la herida la cura. ¡O tú, señora,
5 alegría de las viejas mugeres, gozo de las moças, descanso de los fatigados como yo! No me
fagas mas penado con tu temor, que faze mi
vergüença. Suelta la rienda á mí contempla-
ción, déxame salir por las calles con esta joya,
10 porque los que me vieren, sepan que no ay
mas bienandante hombre que yo.

SEMP.—No afistoles tu llaga cargándola de
mas desseo. No es, señor, el solo cordón del
que pende tu remedio.

15 CAL.—Bien lo conozco; pero no tengo sofrimiento para me abstener de adorar tan alta empresa.

---

1 *Triaca* es contraveneno, de *theriaca*, θηριαχή, cosa
de θήρ ó *fiera,* por entrar en su composición los trociscos
de víbora. CABR., p. 35 : Triaca contra todas las ponzoñosas.
2 *Caxquillo,* el hierro que iba en la punta de la saeta.
TORR., *Filos. mor.,* 8, 8 : Para que la saeta vuele y vaya derecha le ponen plumas y para que hiera la caza lleva un
casquillo de acero.
11 *Bienandante* y *bienandanza* valen feliz y felicidad
(véase mi edición de HITA). De aquí tomó Cervantes el
pintar á Sancha con su sarta al cuello saliendo de casa y
saltando de contento.
17 *Empresa,* símbolo ó figura enigmática con un mote
breve y conciso, enderezado á manifestar lo que el ánimo
quiere ó pretende, como la cruz del emperador Constan-
tino con su mote : *In hoc signo vinces. Quij.,* 1, 31 : Bor-
dando alguna empresa con oro de cañutillo para este su

CEL.—¿Empresa? Aquella es empresa, que de grado es dada; pero ya sabes que lo hizo por amor de Dios, para guarecer tus muelas, no por el tuyo, para cerrar tus llagas. Pero si yo viuo, ella boluerá la hoja.

CAL.—¿E la oración?

CEL.—No se me dió por agora.

CAL.—¿Qué fué la causa?

CEL.—La breuedad del tiempo; pero quedó, que si tu pena no afloxase, que tornasse mañana por ella.

CAL.—¿Afloxar? Entonce afloxará mi pena, quando su crueldad.

CEL.—Asaz, señor, basta lo dicho é fecho. Obligada queda, segúnd lo que mostró, á todo lo que para esta enfermedad yo quisiere pedir, según su poder. Mirá, señor, si esto basta para la primera vista. Yo me voy. Cumple, señor, que si salieres mañana, lleues reboçado vn paño, porque si della fueres visto, no acuse de falsa mi petición.

---

cautivo caballero. Saavedra, Alciato y Núñez escribieron libros famosos en empresas.

3 *Guarecer*, curar, sanar, ó *guarir. Selvag.*, 10: Si las grandes y mortales llagas... del todo siendo guarecidas. J. ENC., 190: Si quies guarecer, | muestres la causa de tu padecer.

5 *Volver la hoja*, mudar parecer, tomado del hojear del libro. CORR., 587. D. VEGA, *Fer. 5 dom.*, 5: Pero, cuando vuelvo la hoja y contemplo que tambien hay de todo en esta Iglesia. A. PÉREZ, f. 354: Que tratasen de volver la hoja y enmendar la vida.

CAL.—E avn cuatro por tu seruicio. Pero dime, pardios, ¿passó mas? Que muero por oyr palabras de aquella dulce boca. ¿Cómo fueste tan osada, que, sin la conocer, te mostraste tan familiar en tu entrada é demanda?

CEL.—¿Sin la conoscer? Quatro años fueron mis vezinas. Tractaua con ellas, hablaua é reya de día é de noche. Mejor me conosce su madre, que á sus mismas manos; avnque Melibea se ha fecho grande, muger discreta, gentil.

PÁRM.—Ea, mira, Sempronio, que te digo al oydo.

SEMP.—Díme, ¿qué dizes?

PÁRM.—Aquel atento escuchar de Celestina da materia de alargar en su razón á nuestro amo. Llégate á ella, dale del pié, hagámosle de señas que no espere mas; sino que se vaya. Que no hay tan loco hombre nacido, que solo mucho hable.

CAL.—¿Gentil dizes, señora, que es Melibea? Paresce que lo dizes burlando. ¿Ay nascida su par en el mundo? ¿Crió Dios otro mejor cuerpo? ¿Puédense pintar tales faciones, dechado de hermosura? Si oy fuera viua Elena, por

---

24 *Elena,* famosa princesa por su hermosura, que fué causa de la guerra de Troya, hija de Júpiter y de Leda, esposa de Tíndaro y hermana de Clitemnestra, de Cástor y Polux. ¡No es de maravillar, se decían los viejos troyanos al verla como una diosa pasearse por las almenas, que por ella se haya encendido tan gran guerra y mueran tantas

quien tanta muerte houo de griegos é troyanos, ó la hermosa Pulicena, todas obedescerían
á esta señora por quien yo peno. Si ella se ha-
llara presente en aquel debate de la mançana
con las tres diosas, nunca sobrenombre de dis- 5
cordia le pusieran. Porque sin contrariar ninguna, todas concedieran é vivieran conformes
en que la lleuara Melibea. Assí que se llamara
mançana de concordia. Pues quantas oy son
nascidas, que della tengan noticia, se maldizen, 10
querellan á Dios, porque no se acordó dellas,
quando á esta mi señora hizo. Consumen sus vidas, comen sus carnes con embidia, danles siempre crudos martirios, pensando con artificio
ygualar con la perfición, que sin trabajo dotó 15
á ella natura. Dellas, pelan sus cejas con tena-
zicas é pegones é á cordelejos; dellas, buscan
las doradas yeruas, rayzes, ramas é flores para
hazer lexías, con que sus cabellos semejassen á
los della, las caras martillando, enuistiéndolas 20
en diuersos matizes con vngüentos é vnturas,
aguas fuertes, posturas blancas é coloradas, que
por evitar prolixidad no las cuento. Pues la

gentes! *Polixena,* hija de Príamo, y de quien se enamoró
Aquiles habiéndola visto durante una tregua. Según Eu-
rípides y Ovidio (*Metam.,* l. 13) fué sacrificada por los
griegos sobre el sepulcro de Aquiles. De la manzana de la
discordia véase auto I.

22 *Postura,* afeite. León, *Casad.,* 12: Y con la postura
y afeites esconde el rostro.

que todo esto falló fecho, mirá si merece de vn
triste hombre como yo ser seruida.

CEL.—Bien te entiendo, Sempronio. Déxale,
que él caerá de su asno. Ya acaba.

5 CAL.—En la que toda la natura se remiró
por la fazer perfeta. Que las gracias, que en
todas repartió, las juntó en ella. Allí hizieron
alarde quanto mas acabadas pudieron allegar-
se, porque conociessen los que la viessen, quan-
10 ta era la grandeza de su pintor. Solo vn poco
de agua clara con vn eburneo peyne basta para
exceder á las nacidas en gentileza. Estas son
sus armas. Con estas mata é vence, con estas
me catiuó, con estas me tiene ligado é puesto
15 en dura cadena.

CEL.—Calla é no te fatigues. Que mas aguda
es la lima, que yo tengo, que fuerte essa cadena, que te atormenta. Yo la cortaré con ella,
porque tú quedes suelto. Por ende, dáme licen-
20 cia, que es muy tarde, é déxame lleuar el cordón, porque tengo del necessidad.

CAL.—¡O desconsolado de mí! La fortuna
aduersa me sigue junta. Que contigo ó con el
cordón ó con entramos quisiera yo estar acom-
25 pañado esta noche luenga é escura. Pero, pues

---

4 *Caer de su asno* es convencerse, entender lo que no
se calaba, ceder á razones, salir del error propiamente,
tomado éste como asno ignorante y tozudo. GALINDO, 655.

no ay bien complido en esta penosa vida, venga entera la soledad. ¡Moços!, ¡moços!

PÁRM.—Señor.

CAL.—Acompaña á esta señora hasta su casa é vaya con ella tanto plazer é alegría, quanta comigo queda tristeza é soledad. 5

CEL.—Quede, señor, Dios contigo. Mañana será mi buelta, donde mi manto é la respuesta vernán á vn punto; pues oy no huvo tiempo. E súfrete, señor, é piensa en otras cosas. 10

CAL.—Esso nó, que es eregía oluidar aquella por quien la vida me aplaze.

EL SETIMO AUCTO

ARGUMENTO

DEL SÉTIMO AUTO

Celestina habla con Pármeno, induziéndole á concordia é amistad de Sempronio. Tráele Pármeno á memoria la 5 promessa, que le hiziera, de le fazer auer á Areusa, qu' él mucho amaua. Vanse á casa de Areusa. Queda ay la noche Pármeno. Celestina va para su casa. Llama á la puerta. Elicia le viene á abrir, increpándole su tardança.

Pármeno, Celestina, Areusa, Elicia.   10

Cel.—Pármeno hijo, despues de las passadas razones, no he hauido oportuno tiempo para te dezir é mostrar el mucho amor, que te tengo é asimismo cómo de mi boca todo el mundo ha oydo hasta agora en absencia bien de tí. 15 La razón no es menester repetirla, porque yo te tenía por hijo, á lo menos quasi adotiuo e assí que imitavas á natural; é tú dasme el pago en mi presencia, paresciéndote mal quanto digo, susurrando é murmurando contra mí en presen- 20 cia de Calisto. Bien pensaua yo que, despues

que concediste en mi buen consejo, que no
hauías de tornarte atrás. Todavía me parece
que te quedan reliquias vanas, hablando por an-
tojo, mas que por razón. Desechas el prouecho
5 por contentar la lengua. Óyeme, si no me has
oydo, e mira que soy vieja é el buen consejo
mora en los viejos e de los mancebos es propio el deleyte. Bien creo que de tu yerro sola
la edad tiene culpa. Espero en Dios *que serás*
10 *mejor para mí de aquí adelante, é mudarás el*
ruyn propósito con la tierna edad. Que, como
dizen, múdanse costumbres con la mudança del
cabello é variación; digo, hijo, cresciendo é
viendo cosas nueuas cada día. Porque la moce-
15 dad en solo lo presente se impide é ocupa á
mirar; mas la madura edad no dexa presente
ni passado ni por venir. Si tú touieras memoria,
hijo Pármeno, del pasado amor, que te tuue, la
primera posada, que tomaste venido nueuamen-
20 te en esta cibdad, auía de ser la mía. Pero los
moços curays poco de los viejos. Regísvos á
sabor de paladar. *Nunca pensays que teneys ni*
haueys de tener necessidad dellos. Nunca pen-
says en enfermedades. Nunca pensays que os
25 puede faltar esta florezilla de juuentud. Pues
mira, amigo, que para tales necessidades, como

---

9 Falta en *V*: *que variaran tus costumbres, variando el*
cabello, y en cambio el corrector añadió lo que va en
cursiva.

estas, buen acorro es vna vieja conoscida, amiga, madre é mas que madre, buen mesón para
descansar sano, buen hospital para sanar enfermo, buena bolsa para necessidad, buena arca
para guardar dinero en prosperidad, buen fuego 5
de inuierno rodeado de asadores, buena sombra
de verano, buena tauerna para comer é beuer.
¿Qué dirás, loquillo, á todo esto? Bien sé que
estás confuso por lo que oy has hablado. Pues
no quiero mas de tí. Que Dios no pide mas del 10
pecador, de arrepentirse é emendarse. Mira á
Sempronio. Yo le fize hombre, de Dios en
ayuso. Querría que fuesedes como hermanos,
porque, estando bien con él, con tu amo é con
todo el mundo lo estarías. Mira que es bien- 15
quisto, diligente, palanciano, buen seruidor,
gracioso. Quiere tu amistad. Crecería vuestro
prouecho, dandoos el vno al otro la mano ni
aun havría mas privados con vuestro amo, que
vosotros. E pues sabe que es menester que ames, 20
si quieres ser amado, que no se toman tru-

---

1 *Acorro,* posverbal de *acorrer,* ayuda y amparo.

12 *De Dios en ayuso,* además de la Providencia.

16 *Palanciano,* cortes, de palacio. GRAC., *Mor.,* f. 145:
Y se daba una vida alegre y palanciana. *Bibl. Gallard.,* 4,
46: Préciase de gran dotora, | de hablar muy palanciano.

18 Después de *la mano* falta en *V*: *ni aun havría mas
privados con vuestro amo que vosotros.*

21 CORR., 228: *No se toman truchas á bragas enjutas.*
Idem, 343: *Quien truchas ha de minchar, las bragas se ha
de bañar.*

chas, etc., ni te lo deue Sempronio de fuero,
simpleza es no querer amar é esperar de ser
amado, locura es pagar el amistad con odio.

PÁRM.—Madre, para contigo digo que mi
5 segundo yerro te confiesso é, con perdón de
lo passado, quiero que ordenes lo por venir.
Pero con Sempronio me paresce que es impossible sostenerse mi amistad. El es desuariado, yo malsufrido: conciértame essos amigos.
10   CEL.—Pues no era essa tu condición.

PÁRM.—A la mi fe, mientra mas fué creciendo, mas la primera paciencia me oluidaua.
No soy el que solía é assímismo Sempronio
no ay ni tiene en que me aproueche.
15   CEL.—El cierto amigo en la cosa incierta se

---

4 Después de *Madre,* falta en *V: para contigo digo
que.*
9 Como *conciértame* ó *adóbame esos candiles,* de cosas
disparatadas entre sí.
15 CORR., 257: *Si quieres de tu amigo probar la voluntad, finge necesidad.* Idem, 202: *Los amigos ciertos son
los probados en hechos.* Pero tómalo del Petrarca, *De
Remed.,* 1, 19: "Estonce entenderas aquello de Oracio.
Huyen los amigos, quando han bevido los jarros hasta las
hezes. Destos amigos cierto habla; que los verdaderos en
las adversidades se hallan mas cerca e aquellas casas ve-
sitan ellos de mejor gana que la próspera fortuna ha des-
amparado." Y en otro lugar (1, 50): "Tengo amistades
ciertas.—Luego cierta es tu adversidad, que tambien es
verdadero aquel otro dicho que el amigo cierto en la adversidad se conoce." Y en su *Opera* (I, 61) copia lo de
Enio: "Amicus certus in re incerta cernitur." CORR., 114:
En la necesidad se prueba los amigos. Idem: *En la necesidad se ve la amistad.*

conosce, en las aduersidades se prueua. Entonces se allega é con mas desseo visita la casa,
que la fortuna próspera desamparó ¿Qué te
diré, fijo, de las virtudes del buen amigo? No
ay cosa mas amada ni mas rara. Ninguna carga 5
rehusa. Vosotros soys yguales. La paridad de
las costumbres é la semejança de los coraçones
es la que mas la sostiene. Cata, hijo, que, si algo
tienes, guardado se te está. Sabe tú ganar más,
que aquello ganado lo fallaste. Buen siglo aya 10
aquel padre, que lo trabajó. No se te puede dar
hasta que viuas mas reposado é vengas en edad
complida.

PÁRM.—¿A qué llamas reposado, tía?

CEL.—Hijo, á viuir por tí, á no andar por 15
casas agenas, lo qual siempre andarás, mientra
no te supieres aprouechar de tu seruicio. Que
de lástima, que houe de verte roto, pedí oy
manto, como viste, á Calisto. No por mi manto; pero porque, estando el sastre en casa é 20
tú delante sin sayo, te le diesse. Assi que, no
por mí prouecho, como yo sentí que dixiste;
mas por el tuyo. Que si esperas al ordinario
galardón destos galanes, es tal, que lo que en
diez años sacarás atarás en la manga. Goza tu 25

---

4 PETRARCA (ibid.): "Tengo un amigo.—Mucho has dicho, que como no ay cosa mas amada que el amigo, assi
ninguna ay que menos vezes se halle."

25 *Manga,* dícese de un maletín pequeño de mano.
CORR., *Cint.,* 1: Bien quisiera desbalijar esta manga; mas

mocedad, el buen día, la buena noche, el buen
comer ó beuer. Quando pudieres hauerlo, no lo
dexes. Piérdase lo que se perdiere. No llores
tú la fazienda, que tu amo heredó, que esto te
5 lleuarás deste mundo, pues no le tenemos mas
de por nuestra vida. ¡O hijo mío Pármeno! Que
bien te puedo dezir fijo, pues tanto tiempo te
crié. Toma mi consejo, pues sale con limpio
deseo de verte en alguna honrra. ¡O quan di-
10 chosa me hallaría en que tú é Sempronio estu-
uiesedes muy conformes, muy amigos, hermanos en todo, viéndoos venir á mi pobre casa á
holgar, á verme é avn á desenojaros con sen-
das mochachas!

15 PÁRM.—¿Mochachas, madre mía?

CEL.—¡Alahé! Mochachas digo; que viejas,
harto me soy yo. Qual se la tiene Sempronio é
avn sin hauer tanta razón ni tenerle tanta afición como á tí. Que de las entrañas me sale
20 quanto te digo.

PÁRM.—Señora, ¿no viues engañada?

CEL.—E avnque lo viua, no me pena mucho,
que tambien lo hago por amor de Dios é por
verte solo en tierra agena é más por aquellos
25 huessos de quien te me encomendó. Que tú se-

---

pareciome poca fidelidad. Da á entender que será tan poca
cosa que consigo podrá llevarla.

22 *Y aunque lo viva*, empleo del *lo*, muy castizo, por
toda la frase *vivir engañada*, como poco antes: *No andar
por casas ajenas*, LO QUAL *siempre andarás*.

rás hombre é vernás en buen conocimiento é
verdadero é dirás: la vieja Celestina bien me
consejaua.

Párm.—E avn agora lo siento; avnque soy
moço. Que, avnque oy veyas que aquello dezía, 5
no era porque me paresciesse mal lo que tú fa-
zías; pero porque veya que le consejaua yo lo
cierto é me daua malas gracias. Pero de aquí
adelante demos tras él. Faz de las tuyas, que
yo callaré. Que ya tropecé en no te creer cerca 10
deste negocio con él.

Cel.—Cerca deste é de otros tropeçarás é
caerás, mientra no tomares mis consejos, que
son de amiga verdadera.

Párm.—Agora doy por bienempleado el 15
tiempo, que siendo niño te seruí, pues tanto fruto trae para la mayor edad. E rogaré á Dios
por el anima de mi padre, que tal tutriz me dexó
é de mi madre, que á tal muger me encomendó.

Cel.—No me la nombres, fijo, por Dios, que 20
se me hinchen los ojos de agua. ¿E tuue yo en
este mundo otra tal amiga? ¿Otra tal compañera? ¿Tal aliuiadora de mis trabajos é fatigas? ¿Quién suplía mis faltas? ¿Quién sabía

---

4 *Sentir,* juzgar. *Quij.,* 1, 33: Pues si esto sintió un
gentil de la amistad ¿cuánto mejor es que lo sienta el
cristiano?

18 *Tutriz,* latinismo. De los pocos en *triz,* del *-trix* latino, que ya iban introduciéndose, se quejaba Lope un
siglo después.

mis secretos? ¿A quién descubría mi coraçón?
¿Quién era todo mi bien é descanso, sino tu
madre, mas que mi hermana é comadre? ¡O qué
graciosa era! ¡O qué desembuelta, limpia, va-
5 ronil! Tan sin pena ni temor se andaua á media
noche de cimenterio en cimenterio, buscando
aparejos para nuestro oficio, como de día. Ni
dexava christianos ni moros ni judíos, cuyos
enterramientos no visitaua. De día los acecha-
10 ua, de noche los desterraua. Assí se holgaua
con la noche escura, como tú con el día claro;
dezía que aquella era capa de pecadores. ¿Pues

---

6 *De cimenterio en.* Era *nigromántica*, como las Ca-
nidias y Saganas de Horacio y Apuleyo; de νεχρο-μάντις,
adivinador por los muertos. ¡Buena pieza! Si tal era Celestina, ¿qué sería esta su maestra, cuya preciosa descrip-
ción va á hacer? Los que hurtan los huesos de los condenados al fuego ó los cuerpos de niños ilegítimos para con-
feccionar medicinas son mirados con tal horror en China,
que se dice que, cuando vuelvan á nacer, nacerán sin orejas
ú ojos ó con las manos, pies, boca, labios ó nariz mutilados.
En la caldera de las brujas del gran dramático había
(*Macbeth*, 4, 1):
"El dedo de un niño, que en foso secreto,
Dió á luz madre infame, ahogándolo al parir."
El polvo de huesos de un hombre quemado, y más del crá-
neo desenterrado, servía en Escocia contra la epilepsia.
Dicen que los huesos del hombre curan á la mujer y los
de la mujer al hombre. Véanse creencias y casos en BLACK,
Medicina popular (c. 6). Celestina era curandera y acaso
sacamantecas, pues en el primer auto vimos que tenía
mantillo de niño, esto es, manteca y redaño.

12 GALINDO, C, 312: *La noche es capa de pecadores.*
CORR., 330: *Capa de pecadores, el verano con sus flores.*
Esto es, excusa del mal labrador. *Capa* es excusa, y en
Germanía la noche, la cual en vascuence se dice *gaba*.

maña no tenía con todas las otras gracias? Una
cosa te diré, porque veas qué madre perdiste;
avnque era para callar. Pero contigo todo passa.
Siete dientes quitó á vn ahorcado con vnas te-
nazicas de pelacejas, mientra yo le descalcé los 5
çapatos. Pues entrava en vn cerco mejor que

---

4 *Dientes* de ahorcado, servían para hechizos y cosas de
magia, como dijimos de la soga de ahorcado. En el Norte
de Hants un diente de ahorcado ó de un cadáver se envuelve tres veces en un saquito y se lleva al cuello para
preservar del dolor de muelas. En el Nordeste de Escocia
se requiere que el enfermo arranque con sus propios dientes un diente de la calavera. Nació esta superstición del
creer que la vida que cesa en el muerto pasa al vivo por
medio de alguna cosa suya, y así la sanidad de los dientes
viene por los dientes del muerto, que contienen la vida que
perdió. Igualmente una de las brujas de Macbeth tiene "el
dedo de un marino | que de un viaje naufragó al volver".

5 *Pelacejas,* tenacillas para este menester.

6 *Cerco* mágico. Cuando se invoca al diablo hay que
ponerse en el centro del *cerco mágico,* porque el primer
movimiento del demonio es el de echarse contra el que
le invoca. Ha de hacerse con carbón y rociarse con agua
bendita. No se puede entrar con metales impuros, sino
con monedas de oro ó plata, que se le echan en apareción-
dose en un papel blanco, y cuando se baja para cogerlas se
dicen las palabras del conjuro. Véase este trozo del *Fausto*: "Te pido por él lo mejor que tienes en tu cocina. Vamos, pues, traza tu círculo, pronuncia tus palabras y dale
una taza llena. (La bruja traza un círculo haciendo gestos
extraños y coloca luego en él mil cosas extravagantes,
mientras que los vasos y las ollas empiezan á chocar entre
sí, formando una rara música. Por fin trae un gran libro.
coloca los animales en el círculo para que le sirvan de pu-
pitre y le tengan los candelabros...) (Obliga á Fausto á
entrar en el círculo. La hechicera se pone á leer en el libro
y á declamar con énfasis.)... ¿Es posible que *unido como
estás con el diablo,* te asuste tanto la llama?" Tal es el cerco
dentro del cual se junta con el diablo. Puede verse pintado

yo é con mas esfuerço; avnque yo tenía farto
buena fama, mas que agora, que por mis pecados todo se oluidó con su muerte. ¿Qué mas
quieres, sino que los mesmos diablos la hauían
5 miedo? Atemorizados é espantados los tenía
con las crudas bozes, que les daua. Assí era
ella dellos conoscida, como tú en tu casa. Tumbando venían vnos sobre otros á su llamado.
No le osauan dezir mentira, según la fuerça con
10 que los apremiaua. Despues que la perdí, jamás
les oy verdad.

PÁRM.—No la medre Dios mas á esta vieja,
que ella me da plazer con estos loores de sus
palabras.

15 CEL.—¿Qué dizes, mi honrrado Pármeno
mi hijo é mas que hijo?

PÁRM.—Digo que ¿cómo tenía esa ventaja
mi madre, pues las palabras que ella é tú dezía-
des eran todas vnas?

20 CEL.—¿Cómo? ¿E deso te marauillas? ¿No
sabes que dize el refrán que mucho va de Pe-

el cerco mágico en las *Cántigas* del Rey Sabio (t. I,
cánt. 125).

6 Las hechiceras así tratan á los diablos, á voces, apre-
miándoles con los objetos mágicos, que tienen más poder
que ellos. Recuérdese el conjuro de Celestina.

8 *Tumbando,* dando tumbos, intransitivo.

9 Hacer que los demonios no mientan es cuanto puede
encarecerse el miedo que les ponía, pues son padres de la
mentira.

21 PINCIANO, *Filos.,* 11, 3: *Gran diferencia hay de Pedro
á Pedro.* CORR., 475, y *Lis. Rosel.,* 2, 2: *Mucho va de Pedro*

dro á Pedro? Aquella gracia de mi comadre no
la alcançáuamos todas. ¿No as visto en los oficios vnos buenos é otros mejores? Assí era tu
madre, que Dios aya, la prima de nuestro oficio
é por tal era de todo el mundo conocida é que- 5
rida, assí de caualleros como clérigos, casados,
viejos, moços é niños. ¿Pues moças é donzellas?
Assí rogauan á Dios por su vida, como de sus
mismos padres. Con todos tenía quehazer, con
todos fablaua. Si salíamos por la calle, quantos 10
topauamos eran sus ahijados. Que fue su principal oficio partera diez é seys años. Así que,
avnque tú no sabías sus secretos, por la tierna
edad que auías, agora es razón que los sepas,
pues ella es finada é tú hombre. 15

PÁRM.—Dime, señora, quando la justicia te
mandó prender, estando yo en tu casa, ¿teenía-
des mucho conocimiento?

CEL.—¿Si teníamos me dizes? ¡Como por
burla! Juntas lo hizimos, juntas nos sintieron, 20

á *Pedro. Pedro,* por hombre, indefinidamente, por lo común que es, como *Mari* por mujer.

4 *La prima,* el, la ó lo más excelente. A. PÉREZ, *Juev.
I cuar.,* f. 36: En tanta manera que las dos primas del
mundo en materia de conmiseracion y ternura ambos fueron soldados. BAÑUELOS, *Jineta,* p. 48: Quien fué la prima
del torear con la lanza fué D. Pedro Ponce de León.

12 *Partera* se hacía la trotaconventos, y es la mejor entrada para con las familias.

19 *¡Como por burla!,* ¡no era nada!, manera irónica de
decir que mucho.

juntas nos prendieron é acusaron, juntas nos
dieron la pena essa vez, que creo que fué la primera. Pero muy pequeño eras tú. Yo me espanto cómo te acuerdas, que es la cosa, que
5 mas oluidada está en la cibdad. Cosas son que
pasan por el mundo. Cada día verás quien peque é pague, si sales á esse mercado.

PÁRM.—Verdad es; pero del pecado lo peor
es la perseuerancia. Que assí como el primer
10 mouimiento no es en mano del hombre, assí el
primer yerro; donde dizen que quien yerra é
se emienda etc.

CEL.—Lastimásteme, don loquillo. A las verdades nos andamos. Pues espera, que yo te
15 tocaré donde te duela.

PÁRM.—¿Qué dizes, madre?

CEL.—Hijo, digo que, sin aquella, prendieron quatro veces á tu madre, que Dios aya, sola.

---

7 *Quien peque é pague,* alude á *pagar justos por pecadores,* que otros tienen la culpa y ellas, las honradas, pa-
gaban el pato. ¡Esas son las cosas que pasan por el mundo!

10 *El primer movimiento...,* frase de teólogos, de los
movimientos *primo primi* ante toda reflexión, que, por no
intervenir la razón, no son actos humanos, y, por tanto, ni
malos ni buenos.

11 *Donde,* por *de donde,* según la etimología *de onde.*
Selvag., 22: Dejándole á él allá, donde no ha vuelto. *Quien
yerra y se enmienda á Dios se encomienda. Quijote,* 2, 18;
en H. NÚÑEZ, *Dios le ayudará.*

13 *Andarse á las verdades,* decirlas, que son amargas.
Pícase la vieja y carga la mano en las fechorías de la
madre de Pármeno.

E avn la vna le leuantaron que era bruxa, porque la hallaron de noche con vnas candelillas, cogiendo tierrá de vna encruzijada, é la touieron medio día en vna escalera en la plaça, puesto vno como rocadero pintado en la cabeça. Pero [5] cosas son que passan. Algo han de sofrir los hombres en este triste mundo para sustentar sus vidas é *honrras*. E mira en qué poco lo tuuo con su buen seso, que ni por esso dexó dende en adelante de vsar mejor su oficio. Esto ha [10] venido por lo que dezías del perseuerar en lo que vna vez se yerra. En todo tenía gracia. Que en Dios é en mi conciencia, avn en aquella escalera estaua é parecía que á todos los debaxo no tenía en vna blanca, según su meneo é presencia. [15] Assí que los que algo son como ella é saben é valen, son los que mas presto yerran. Verás quien fué Virgilio é qué tanto supo; mas

---

3 Tierra de sepulturas ó debajo de la horca; véase BLACK, loc. cit.

5 *Rocadero,* cucurucho ó mitra de ajusticiado ó condenado á la vergüenza pública. *Lis. Ros., 2, 1*: Y las cabezas con mitras y rocaderos.

6 *Cosas son que pasan,* en *V*: *no fué nada.*

18 Tomado del *Corvacho,* 1, 17: "¿Quien vido Vergilyo, un ombre de tanta acucia e çiençia, qual nunca de magica arte nin çiençia otro qualquier tal se sopo nin se vido nin se falló, segund por sus fechos podras leer, oyr e veer, que estuvo en Roma colgado de una torre a una ventana, á vista de todo el pueblo romano, solo por dezir e porfiar que su saber era tan grande que muger en el mundo non le podria engañar?" Ya traté de esta leyenda en mi edición de HITA (c. 261).

ya haurás oydo cómo estouo en vn cesto colgado de vna torre, mirándole toda Roma. Pero
por eso no dejó de ser honrrado ni perdió el
nombre de Virgilio.

5　PÁRM.—Verdad es lo que dizes; pero esso
no fué por justicia.

CEL.—¡Calla, bouo! Poco sabes de achaque
de yglesia é quánto es mejor por mano de justicia, que de otra manera. Sabíalo mejor el cura,
10　que Dios aya, que, viniéndole á consolar, dixo
que la sancta Escriptura tenía que bienauenturados eran los que padescían persecución por
la justicia, que aquellos posseerían el reyno de
los cielos. Mira si es mucho passar algo en este
15　mundo por gozar de la gloria del otro. E mas
que, según todos dezían, á tuerto é sin razón é

7　CORR., 403: *Poco sabeis de achaque de Igreja, de
Iglesia.*

11　Así suelen traer el agua á su molino y los textos del
Evangelio algunos ignorantes y no pocos que se dicen sabios, sino que no han leído ni estudiado los textos que
aducen, ó con mala fe los tergiversan. "Beati qui persecu-
tionem patiuntur propter iustitiam, quoniam ipsorum est
regnum coelorum" (MATEO, 5, 10). Esta preferencia de Celestina por la justicia ordinaria y encubierta enemiga contra los procedimientos inquisitoriales, dicen bien con la
persona de Rojas, judío converso, que nunca los tales pudieron echar de sí ciertas ideas judaicas ni abrazar amo-
rosamente las católicas, ni menos ver con buenos ojos el
Tribunal del Santo Oficio. Cuando el suegro de Rojas le
designó como abogado en su causa, los inquisidores dijeron
que no había lugar y que nombrase *persona sin sospecha,*
y él nombró al licenciado del Bonillo.

con falsos testigos é rezios tormentos la hizieron aquella vez confessar lo que no era. Pero con su buen esfuerço. E como el coraçón abezado á sofrir haze las cosas mas leues de lo que son, todo lo tuuo en nada. Que mill vezes 5 le oya dezir: si me quebré el pié, fué por mi bien, porque soy mas conoscida que antes. Assí que todo esto pasó tu buena madre acá, deuemos creer que le dará Dios buen pago allá, si es verdad lo que nuestro cura nos dixo é con 10 esto me consuelo. Pues seme tú, como ella, amigo verdadero é trabaja por ser bueno, pues tienes á quien parezcas. Que lo que tu padre te dexó á buen seguro lo tienes.

Párm.—Bien lo creo, madre; pero querría 15 saber qué tanto es.

Cel.—No puede ser agora; verná tiempo, como te dixe, para que lo sepas e lo oyas.

Párm.—Agora dexemos los muertos é las herencias; que si poco me dexaron, poco ha- 20 llaré; hablemos en los presentes negocios, que nos va mas que en traer los passados á la memoria. Bien se te acordará, no ha mucho que me prometiste que me harías hauer á Areusa,

6 Corr., 256: *Si caí y me quebré el pié, mejor me fué.* En B. Garay: *quizá fué por mi bien.*

15 Falta en *V* lo que dicen Pármeno y Celestina: *Bien lo creo..., No puede ser...*

21 *Hablar en,* era la manera ordinaria, mejor que *hablar de.*

quando en mi casa te dixe cómo moría por sus
amores.

CEL.—Si te lo prometí, no lo he oluidado
ni creas que he perdido con los años la memo-
5 ria. Que mas de tres xaques he rescebido de
mí sobre ello en tu absencia. Ya creo que estará bien madura. Vamos de camino por casa,
que no se podrá escapar de mate. Que esto es
lo menos, que yo por tí tengo de hazer.

10 PÁRM.—Yo ya desconfiaua de la poder alcançar, porque jamás podía acabar con ella que
me esperasse á poderle dezir vna palabra. E
como dizen, mala señal es de amor huyr é
boluer la cara. Sentía en mi gran desfuzia
15 desto.

CEL.—No tengo en mucho tu desconfiança,
no me conosciendo ni sabiendo, como agora,
que tienes tan de tu mano la maestra destas
labores. Pues agora verás quánto por mi causa
20 vales, quánto con las tales puedo, quánto sé
en casos de amor. Anda passo. ¿Vés aquí su
puerta? Entremos quedo, no nos sientan sus

---

5 Darle jaque y darle mate, del ajedrez.

14 *Desfucia*, desconfianza, falta de *fucia ó confianza*, ó
fiucia, de *fi(d)ucia(m)*. J. ENC., 67: Hucia en Dios que no
se irá. VALDERRAMA, *Teatr. Dif.*, 3: Miradme mortales y
no hagais fucia en otra cosa humana, porque todo se acaba.

21 *Passo*, adv. y adj., despacio, como contando los pasos
y sin ruido. *Comed. Florin.*, 32: Salid todos paso. FONS.,
Vid. Cr., 1, 3, 3: Tiene Dios unos pasos tan pasos y tan
sutiles.

vezinas. Atiende é espera debaxo desta escalera.
Sobiré yo á uer qué se podrá fazer sobre lo hablado é por ventura haremos mas que tú ni yo
traemos pensado.

AREUSA.—¿Quién anda ay? ¿Quién sube á 5
tal hora en mi cámara?

CEL.—Quien no te quiere mal, cierto; quien
nunca da passo, que no piense en tu prouecho;
quien tiene mas memoria de tí, que de sí mesma: vna enamorada tuya, avnque vieja. 10

AREU.—¡Válala el diablo á esta vieja, con
qué viene como huestantigua á tal hora! Tía,
señora, ¿qué buena venida es esta tan tarde?
Ya me desnudaua para acostar.

CEL.—¿Con las gallinas, hija? Así se hará 15
la hazienda. ¡Andar!, ¡passe! Otro es el que ha

---

12 *Huestantigua,* ó en *V estantigua.* MEND., *G. Gran.,* 4:
"Estantiguas llama el vulgo español á semejantes aparien-
cias ó fantasmas, que el vaho de la tierra, cuando el sol
sale ó se pone forma en el aire bajo, como se ven en el
alto las nubes formadas en varias figuras y semejanzas."
Creíase que se tragaba á las personas y que huía á la
señal de la cruz. ESPIN., *Flor.,* p. 56: Que huyes de los
poetas | cual de la cruz la estantigua. *Aut. s. xvi,* 2, 320:
Pensé que cualque estantigua me avie tragado. Viene de
hueste, antigua, y *hueste* de *hostis,* enemigo, era el diablo.
L. RUEDA, *Despos.:* Ahora ofrezco á la mala güeste tan en-
diabrada muchacha. Idem, *Auto Naval:* A tiempo que se
haga hacienda, ansi lo lleve la güeste. En Oviedo, *huestia,*
es procesión nocturna de muertos, *Santa Compaña.*

16 ¡*Andar!,* exclamación que era popular, hoy ¡*anda!*

de llorar las necessidades, que no tú. Yerua pasce quien lo cumple. Tal vida quienquiera se la quería.

AREU.—¡Jesú! Quiérome tornar á vestir, que
5 he frío.

CEL.—No harás, por mi vida; sino éntrate en la cama, que desde allí hablaremos.

AREU.—Assí goze de mí, pues que lo he bien menester, que me siento mala oy todo el
10 día. Assí que necessidad, mas que vicio, me fizo tomar con tiempo las sáuanas por faldetas.

CEL.—Pues no estés asentada; acuéstate é métete debaxo de la ropa, que paresces serena.
15 AREU.—Bien me dizes, señora tía.

CEL.—¡Ay como huele toda la ropa en bulléndote! ¡A osadas, que está todo á punto! Siempre me pagué de tus cosas é hechos, de tu limpieza é atauío. ¡Fresca que estás! ¡Ben-

---

1 *Yerva,* por no decirle asno, que lleva la carga de la otra, trabajando para mantenerla.

12 *Faldetas,* saya corta, hasta la corva. *Lis. Ros.,* 2, 3: Con un disimulado descuido en faldetas como estas. CORR., 117: *En faldetas nuestra ama y en delgada.*

14 *Serena,* sirena, mujer de medio cuerpo arriba, lo demás pez, metido en el agua, aquí en las sábanas. En *V* falta: AREU. *Bien me dizes, señora tia.* CEL.

19 *Fresca que estás,* construcción muy castellana, echar por delante la palabra principal y detrás el verbo, como en oración relativa, ó el *que* conjuncional. *Quij.,* 2, 16: Los hijos... se han de querer, ó buenos ó malos, *que sean.* Idem, 2, 14: La verdad, que diga. Idem, 1, 2: Comilón, *que tu eres.* (CEJADOR, *Leng. Cervant.,* I, 235 y 236.)

dígate Dios! ¡Qué sáuanas é colcha! ¡Qué al-
mohadas! ¡E qué blancura! Tal sea mi vejez,
quál todo me parece perla de oro. Verás si te
quiere bien quien te visita á tales horas. Déxame
mirarte toda, á mi voluntad, que me huelgo. 5

AREU.—¡Passo, madre, no llegues á mí, que
me fazes coxquillas é prouócasme á reyr é la
risa acreciéntame el dolor.

CEL.—¿Qué dolor, mis amores? ¿Búrlaste,
por mi vida, comigo? 10

AREU.—Mal gozo vea de mí, si burlo; sino
que ha quatro horas, que muero de la madre,
que la tengo sobida en los pechos, que me quiere
sacar deste mundo. Que no soy tan vieja como
piensas. 15

CEL.—Pues dame lugar, tentaré. Que avn
algo sé yo deste mal por mi pecado, que cada
vna se tiene ó ha tenido su madre é sus çoçobras
della.

AREU.—Más arriba la siento, sobre el estó- 20
mago.

CEL.—¡Bendígate Dios é señor Sant Miguel,
ángel! ¡E qué gorda é fresca que estás! ¡Qué

---

3 No hay perlas de oro, pero *oro* significa lo muy excelente en castellano. El diablo de la vieja atiza así los
apetitos de Areusa y del otro, que está al paño.

18 Falta en *V*: *ó ha tenido... sus.*

20 VÉLEZ ARCINIEGA, *Animales,* 1, 5: A las mugeres que
aflige la enfermedad de la madre, que la hacen volver, reci-
biendola por la boca, á su lugar.

pechos é qué gentileza! Por hermosa te tenía
hasta agora, viendo lo que todos podían ver;
pero agora te digo que no ay en la cibdad tres
cuerpos tales como el tuyo, en quanto yo co-
5 nozco. No paresce que hayas quinze años. ¡O
quién fuera hombre é tanta parte alcançara de
tí para gozar tal vista! Por Dios, pecado ganas
en no dar parte destas gracias á todos los que
bien te quieren. Que no te las dió Dios para que
10 pasasen en balde por la frescor de tu juuentud
debaxo de seys dobles de paño é lienço. Cata
que no seas auarienta de lo que poco te costó.
No atesores tu gentileza. Pues es de su natura
tan comunicable como el dinero. No seas el
15 perro del ortolano. E pues tú no puedes de tí
propia gozar, goze quien puede. Que no creas
que en balde fueste criada. Que, cuando nasce

---

7 *Pecado ganas en no dar parte...* Compárese con Ovidio, *Ars amatoria* (3, 59 y 79):

> "Venturae memores iam nunc estote senectae:
> Sic nullum vobis tempus abibit iners.
> Dum licet et veros etiam nunc editis annos,
> Ludite: eunt anni more fluentis aquae.
> ....
> Nostra sine auxilio fugiunt bona. Carpite florem;
> Qui nisi carptus erit, turpiter ipse cadet."

10 *La frescor,* femenino, como lo eran los demás nombres en *-or.*

15 CORR., 98: *El perro del hortelano ni quiere las man-
zanas para sí ni para su amo; ó las berzas.* Idem, 98: *El
perro del hortelano, que ni come las berzas ni las deja
comer al extraño. Ortolano* se decía, de *huert-o,* después
hortelano.

ella, nasce él é, quando él, ella. Ninguna cosa ay criada al mundo superflua ni que con acordada razón no proueyesse della natura. Mira que es pecado fatigar é dar pena á los hombres, podiéndolos remediar.

AREU.—Alábame agora, madre, é no me quiere ninguno. Dame algún remedio para mi mal é no estés burlando de mí.

CEL.—Deste tan común dolor todas somos, ¡mal pecado!, maestras. Lo que he visto á muchas fazer é lo que á mí siempre aprouecha, te diré. Porque como las calidades de las personas son diuersas, assí las melezinas hazen diuersas sus operaciones é diferentes. Todo olor fuerte es bueno, assí como poleo, ruda, axiensos, humo de plumas de perdíz, de romero, de moxquete, de encienso. Recebido con mucha diligencia, aprouecha é afloxa el dolor é buelue poco á poco la madre á su lugar. Pero otra cosa hallaua yo siempre mejor que todas é ésta no te quiero dezir, pues tan santa te me hazes.

6 *Alábame*, en *V alahé*.

14 Así dice ARCINIEGA, *Animales*, 1, 31: Las boñigas del macho (del buey) peculiarmente administradas en sahumerio reprimen á su lugar la madre salida afuera. Idem, 1, 35: La algalia... aprovecha á la sofocacion de la madre, puesta sobre el ombligo. Véase además, l. 4, c. 8.

16 ARCINIEGA, *Animales*, 3, 7: Sus plumas sirven para dar humo á narices á las mujeres, cuando se les sube la madre y las ahoga y para esto aprovechan mucho las gomas hidiondas, como la asafétida y el opopanaco.

Areu.—¿Qué, por mi vida, madre? Vesme penada ¿é encúbresme la salud?

Cel.—¡Anda, que bien me entiendes, no te hagas boua!

5 Areu.—¡Ya! ¡ya! Mala landre me mate, si te entendía. ¿Pero qué quieres que haga? Sabes que se partió ayer aquel mi amigo con su capitán á la guerra. ¿Hauía de fazerle ruyndad?

Cel.—¡Verás é qué daño é qué gran ruyn-
10 dad!

Areu.—Por cierto, sí sería. Que me da todo lo que he menester, tiéneme honrrada, fauoréceme é trátame como si fuesse su señora.

Cel.—Pero avnque todo esso sea, mientra
15 no parieres, nunca te faltará este mal e dolor que agora, de lo qual él deue ser causa. *E si no crees en dolor, cree en color, é verás lo que viene de su sola compañía.*

Areu.—No es sino mi mala dicha. Maldi-
20 ción mala, que mis padres me echaron. ¿Qué, no está ya por prouar todo esso? Pero dexemos esso, que es tarde é dime á qué fué tu buena venida.

Cel.—Ya sabes lo que de Pármeno te oue di-

---

8 Nótese esto, porque luego el corrector desfigura á Areusa.

15 *E dolor que,* falta en *V,* donde, en cambio, dice *de.*
17 *Cree en color.* Porrada de á cuarta parece esta añadidura del corrector. Alude á la palidez del *coeuntis.*

cho. Quéxasseme que avn verle no le quieres.
No sé porqué, sino porque sabes que le quiero
yo bien é le tengo por hijo. Pues por cierto, de
otra manera miro yo tus cosas, que hasta tus
vezinas me parescen bien é se me alegra el co- 5
raçón cada vez que las veo, porque sé que hablan contigo.

AREU.—¿No viues, tía señora, engañada?

CEL.—No lo sé. A las obras creo; que las
palabras, de balde las venden dondequiera 10
Pero el amor nunca se paga sino con puro
amor é á las obras con obras. Ya sabes el debdo,
que ay entre tí é Elicia, la qual tiene Sempronio en mi casa. Pármeno é él son compañeros,
siruen á este señor, que tú conoces é por quien 15
tanto fauor podrás tener. No niegues lo que
tan poco fazer te cuesta. Vosotras, parientas;
ellos, compañeros: mira cómo viene mejor me-
dido, que lo queremos. Aquí viene comigo. Verás si quieres que suba. 20

AREU.—¡Amarga de mí, si nos ha oydo!

CEL.—No, que abaxo queda. Quiérole hazer
subir. Resciba tanta gracia, que le conozcas é
hables é muestres buena cara. E si tal te pares-
ciere, goze él de tí é tú dél. Que, avnque él gane 25
mucho, tú no pierdes nada.

AREU.—Bien tengo, señora, conoscimiento
cómo todas tus razones, estas é las passadas,
se endereçan en mi prouecho; pero, ¿cómo quie-

res que haga tal cosa, que tengo á quien dar
cuenta, como has oydo é, si soy sentida, matarme ha? Tengo vezinas embidiosas. Luego lo
dirán. Assí que, avnque no aya mas mal de
5 perderle, será mas que ganaré en agradar al
que me mandas.

CEL.—Esso, que temes, yo lo provey primero, que muy passo entramos.

AREU.—No lo digo por esta noche, sino por
10 otras muchas.

CEL.—¿Cómo? ¿E dessas eres? ¿Dessa manera te tratas? Nunca tú harás casa con sobrado. Absente le has miedo; ¿qué harías, si esto-
uiesse en la cibdad? En dicha me cabe, que ja-
15 más cesso de dar consejo á bouos é todavía ay
quien yerre; pero no me marauillo, que es grande el mundo é pocos los esperimentados. ¡Ay!
¡ay! hija, si viesses el saber de tu prima é qué
tanto le ha aprouechado mi criança é consejos é
20 qué gran maestra está. E avn ¡que no se halla
ella mal con mis castigos! Que vno en la cama
é otro en la puerta e otro, que sospira por ella
en su casa, se precia de tener. E con todos cumple é á todos muestra buena cara é todos pien-

---

12 *Casa con sobrado,* casa alta de sobrados ó pisos; en
V cosa. CORR., 237: *No harás casa con sobrados, con dos
ni tres altos.* El corrector la pintará luego muy de otra
manera.

21 *Castigos,* enseñanzas. Véase mi edición de HITA.
CORR., 164: *Uno en casa y otro á la puerta.*

san que son muy queridos é cada vno piensa
que no ay otro é que él solo es priuado é él
solo es el que le da lo que ha menester. ¿E tú
piensas que con dos, que tengas, que las ta-
blas de la cama lo han de descobrir? ¿De vna 5
sola gotera te mantienes? ¡No te sobrarán muchos manjares! ¡No quiero arrendar tus exca-
mochos! Nunca vno me agradó, nunca en vno
puse toda mi afición. Mas pueden dos é mas
quatro e mas dan é mas tienen é mas ay en qué 10
escoger. No ay cosa mas perdida, hija, que el
mur, que no sabe sino vn horado. Si aquel le
tapan, no haurá donde se esconda del gato.
Quien no tiene sino vn ojo, ¡mira á quanto peligro anda! Vna alma sola ni canta ni llora; vn 15

---

4 *Piensas,* en *V temes.*

8 *No arrendarle los escamochos,* modo de decir que no
tiene cosa que valga, ni siquiera los desperdicios y lo que
se escamocha. F. Silva, *Celest.,* 22 : No me estés contando
las veces, pues yo no te arriendo los escamochos.

8 *Nunca uno me agradó, nunca en uno puse toda mi afición.* Idea común de las tales que se halla en la *Mostellaria*
de Plauto (v. 188):

"Matronae, non meretriciunst, unum inservire amantem."

Y en otro lugar:

"At hoc unum facito cogites, si illum inservibis solum,
dum tibi nunc haec aetatula est, in senecta male quaerere."

12 Corr., 106: *El mur que no sabe más de un horado,
presto le toma el gato.* Sin duda se acuerda el autor de
Hita (1370).

15 Corr., 163: *Un alma sola, ni canta ni llora;* ó *un
anima sola,* ó *una persona sola.*

solo acto no haze hábito; vn frayle solo pocas
vezes lo encontrarás por la calle; vna perdiz sola
por marauilla buela mayormente en verano; *vn*
manjar solo continuo presto pone hastío; vna
5 *golondrina no haze verano; vn testigo solo no es*
entera fe; quien sola vna ropa tiene, presto la
enuegece. ¿Qué quieres, hija, deste número de
vno? Mas inconuenientes te diré dél, que años
tengo acuestas. Ten siquiera dos, que es compa-
10 ñía loable é tal qual es este: *como tienes dos*
orejas, dos pies é dos manos, dos sáuanas en la
cama: como dos camisas para remudar. E si
mas quisieres, mejor te yrá, que mientra mas
moros, mas ganancia; que honrra sin prouecho,
15 *no es sino como anillo en el dedo. E pues en-*
trambos no caben en vn saco, acoge la ganan-
cia.—Sube, hijo Pármeno.

---

1 CORR., 161: *Un solo acto no hace hábito.* (Refrán de
teólogos y filósofos.)

3 *Mayormente en verano*, falta en *V*, donde, en cambio, se ponen otros refranes que ya nada añaden. CORR.,
163: *Un manjar de contino, quita el apetito.* Idem, 163: *Una*
golondrina no hace verano ni una sola virtud, bienaven-
turado.

10 *E tal qual es éste*, falta en *V*, donde en cambio,
allá va la retahila en alabanza del dos y de la compañía,
con que remeda fuera ya de propósito el corrector al autor.

14 *A mas moros*, así en CORR., 21, ó *más despojos*.
CORR., 21.

15 CORR., 156: *Honra sin prouecho, anillo en el dedo;*
en VALDÉS, *Diál. leng.*, *sortija en el dedo.*

16 CORR., 156: *Honra y provecho no caben en un saco,*
techo, y en cesto.

AREU.—¡No suba! ¡Landre me mate! que me fino de empacho, que no le conozco. Siempre houe vergüença dél.

CEL.—Aquí estoy yo que te la quitaré é cobriré é hablaré por entramos: que otro tan empachado es él. 5

PÁRM.—Señora, Dios salue tu graciosa presencia.

AREU.—Gentilhombre, buena sea tu venida.

CEL.—Llégate acá, asno. ¿Adónde te vas allá 10 assentar al rincón? No seas empachado, que al hombre vergonçoso el diablo le traxo á palacio. Oydme entrambos lo que digo. Ya sabes tú, Pármeno amigo, lo que te prometí, é tú, hija mía, lo que te tengo rogado. Dexada *aparte* la 15 dificultad con que me lo has concedido, pocas razones son necessarias, porque el tiempo no lo padece. El ha siempre viuido penado por tí. Pues viendo su pena, sé que no le querrás matar é avn conozco que él te paresce tal, que no 20 será malo para quedarse acá esta noche en casa.

AREU.—Por mi vida, madre, que tal no se haga; ¡Jesú! no me lo mandes.

PÁRM.—Madre mía, por amor de Dios, que no salga yo de aquí sin buen concierto. Que 25 me ha muerto de amores su vista. Ofréscele

---

1 Lo de *la landre,* en las maldiciones era común.
12 *Al hombre...,* refrán comentado por Tirso en *El vergonzoso en palacio.*

quanto mi padre te dexó para mí. Dile que le
daré quanto tengo. ¡Ea! díselo, que me parece
que no me quiere mirar.

AREU.—¿Qué te dize esse señor á la oreja?
5 ¿Piensa que tengo de fazer nada de lo que pi-
des?

CEL.—No dize, hija, sino que se huelga mucho con tu amistad, porque eres persona tan
honrrada é en quien qualquier beneficio cabrá
10 bien. E assimismo que, pues que esto por mi in-
tercessión se hace, que el me promete d'aqui
adelante ser muy amigo de Sempronio é venir en
todo lo que quisiere contra su amo en un negocio, que traemos entre manos. ¿Es verdad, Pár-
15 meno? ¿Prometeslo assi como digo?

PÁRM.—Sí prometo, sin dubda.

CEL.—¡Ha, don ruyn, palabra te tengo, á
buen tiempo te así. Llégate acá, negligente, vergonçoso, que quiero ver para quánto eres, ante
20 que me vaya. Retóçala en esta cama.

AREU.—No será él tan descortés, que entre
en lo vedado sin licencia.

CEL.—¿En cortesías é licencias estás? No
espero mas aquí yo, fiadora que tú amanezcas
25 sin dolor é él sin color. Mas como es vn putillo,
gallillo, barbiponiente, entiendo que en tres no-

---

10 Falta en *V* desde *E assimismo...*, hasta *Llégate acá.*
26 *Gallillo,* lascivo, como gallo.

ches no se le demude la cresta. Destos me man-
dauan á mi comer en mi tiempo los médicos de
mi tierra, quando tenía mejores dientes.

AREU.—*Ay, señor mío, no me trates de tal
manera; ten mesura por cortesía; mira las ca-* 5
nas de aquella vieja honrrada, que están pre-
sentes; quítate allá, que no soy de aquellas que
piensas; no soy de las que públicamente están
á vender sus cuerpos por dinero. Assí goze de
mí, de casa me salga, si fasta que Celestina mi 10
tía sea yda á mi ropa tocas.

CEL.—*¿Qué es eso, Areusa? ¿Qué son estas*
estrañezas y csquiuedad, estas nouedades é re-
traymiento? Paresce, hija, que no sé yo qué cosa
es esto, que nunca ví estar vn hombre con vna 15
muger juntos e que jamás passé por ello ni gozé
de lo que gozas é que no sé lo que passan é lo
que dizen é hazen. ¡Guay de quien tal oye como
yo! Pues auísote, de tanto, que fuy errada como
tú é tuue amigos; pero nunca el viejo ni la vie- 20
ja echaua de mi lado ni su consejo en público
ni en mis secretos. Para la muerte que á Dios
deuo, mas quisiera vna gran bofetada en mitad
de mi cara. Paresce que ayer nascí, según tu
encubrimiento. Por hazérte á tí honesta, me 25
hazes á mí necia é vergonçosa é de poco secreto

---

4 Ya son demasiados fingimientos de la vergonzosita
desvergonzada éstos que añade el corrector, y los argumentos de la vieja, otro que tal.

é sin esperiencia ó me amenguas en mi officio
por alçar á tí en el tuyo. Pues de cossario á
cossario no se pierden sino los barriles. Mas te
alabo yo detrás, que tú te estimas delante.

5   AREU.—*Madre, si erré aya perdón é llégate*
mas acá y él haga lo que quisiere. Que mas quie-
ro tener á tí contenta, que no á mí; antes me
quebraré vn ojo que enojarte.

CEL.—*No tengo ya enojo; pero dígotelo para*
10 *adelante.* Quedaos adios, *que* voyme *solo* porque me hazés dentera con vuestro besar é re-
toçar. Que avn el sabor en las enzías me quedó:
no le perdí con las muelas.

AREU.—Dios vaya contigo.

15   PÁRM.—Madre, ¿mandas que te acompañe?

CEL.—Sería quitar á vn sancto para poner
en otro. Acompáñeos Dios; que yo vieja soy,
que no he temor que me fuercen en la calle.

ELIC.—El perro ladra. ¿Si viene este diablo
20 de vieja?

CEL.—Tha, tha, *tha.*

ELIC.—¿Quién es? ¿Quién llama?

CEL.—Báxame abrir, fija.

---

3 CORR., 558: *No se pierden sino los barriles.* (Cuando
barajan dos iguales.) Cuando no se quedan debiendo nada
los que riñen. S. BALLESTA.

16 CORR., 348: *Quitar de un Santo para darlo á otro
Santo.* Idem: *Quitar de un Santo para poner en otro.*
Suple las velas, etc.

ELIC.—¿Estas son tus venidas? Andar de noche es tu plazer. ¿Porque lo hazes? ¿Qué larga estada fué ésta, madre? Nunca sales para boluer á casa. Por costumbre lo tienes. Cumpliendo con vno, dexas ciento descontentos. Que has sido oy buscada del padre de la desposada, que leuaste el día de pasqua al racionero; que la quiere casar d'aquí á tres días é es menester que la remedies, pues que se lo prometiste, para que no sienta su marido la falta de la virginidad.

CEL.—No me acuerdo, hija, por quien dizes.

ELIC.—¿Cómo no te acuerdas? Desacordada eres, cierto. ¡O como caduca la memoria! Pues, por cierto, tú me dixiste, quando la leuauas, que la auías renouado siete vezes.

CEL.—No te marauilles, hija, que quien en muchas partes derrama su memoria, en ninguna la puede tener. Pero, díme si tornará.

ELIC.—¡Mirá si tornará! Tiénete dada vna manilla de oro en prendas de tu trabajo ¿é no hauía de venir?

CEL.—¿La de la manilla es? Ya sé por quien dizes. ¿Porqué tú no tomauas el aparejo é començauas á hazer algo? Pues en aquellas tales te hauías de abezar é prouar, de quantas vezes me lo as visto fazer. Si nó, ay te estarás toda

---

7 *Racionero.* Siempre pullas clericales que hablan en favor de ser Rojas, el converso, autor de la obra.

tu vida, fecha bestia sin oficio ni renta. E quando seas de mi edad, llorarás la folgura de agora. Que la mocedad ociosa acarrea la vejez arrepentida é trabajosa. Hazíalo yo mejor, quando 5 tu abuela, que Dios aya, me mostraua este oficio: que á cabo de vn año, sabía mas que ella.

ELIC.—No me marauillo, que muchas vezes, como dizen, al maestro sobrepuja el buen discípulo. E no va esto, sino en la gana con que se 10 aprende. Ninguna sciencia es bienempleada en el que no le tiene afición. Yo le tengo á este oficio odio; tú mueres tras ello.

CEL.—Tú te lo dirás todo. Pobre vejez quieres. ¿Piensas que nunca has de salir de mi lado?

15 ELIC.—Por Dios, dexemos enojo é al tiempo el consejo. Ayamos mucho plazer. Mientra oy touiéremos de comer, no pensemos en mañana. También se muere el que mucho allega como el que pobremente viue e el doctor como el pastor 20 é el papa como el sacristán é el señor como el sieruo é el de alto linaje como el baxo é tú con oficio como yo sin ninguno. No hauemos de viuir para siempre. Gozemos é holguemos, que la vejez pocos la veen é de los que la veen nin- 25 guno murió de hambre. *No quiero en este mun-*

---

3 CORR., 470: *Mocedad ociosa, vejez trabajosa.* Idem, 186: *La mocedad holgada trae la vejez trabajada ó arrastrada.*

15 CORR., 39: *Al tiempo el consejo.* (Se dé ó se deje.)

do, sino día é victo é parte en parayso. Avnque
los ricos tienen mejor aparejo para ganar la
gloria, que quien poco tiene. No ay ninguno
contento, no ay quien diga: harto tengo; no
ay ninguno, que no trocasse mi plazer por sus 5
dineros. Dexemos cuydados agenos é acostémo-
nos, que es hora. *Que mas me engordará vn*
buen sueño sin temor, que quanto thesoro ay en
Venecia.

1 *Dia e victo.* Corr., 282: *Día y vito y sartén para eso.*
(Día y vito es el sustento de cada día justamente cuando
llega y no sobra y añaden esta piedad: "denos Dios día y
vito y parte en paraíso"; "no tiene fulano más de día y
vito" y acontece por muchos.) H. Santiago, *Cuar.*, pl. 51:
Bastante lo es para en esta vida un dia y victo, una racion
segura, que se come con descanso. *De victus,* vitualla, ali-
mentación.

9 Corr., 205: *Los tesoros de Venecia.* (Por decir tesoros grandes.)